EU VOU TE ENCONTRAR

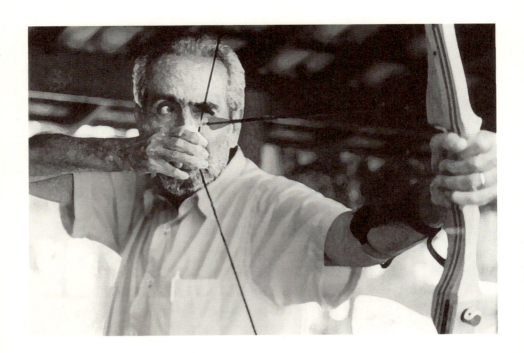

O Arqueiro

GERALDO JORDÃO PEREIRA (1938-2008) começou sua carreira aos 17 anos, quando foi trabalhar com seu pai, o célebre editor José Olympio, publicando obras marcantes como *O menino do dedo verde*, de Maurice Druon, e *Minha vida*, de Charles Chaplin.

Em 1976, fundou a Editora Salamandra com o propósito de formar uma nova geração de leitores e acabou criando um dos catálogos infantis mais premiados do Brasil. Em 1992, fugindo de sua linha editorial, lançou *Muitas vidas, muitos mestres*, de Brian Weiss, livro que deu origem à Editora Sextante.

Fã de histórias de suspense, Geraldo descobriu *O Código Da Vinci* antes mesmo de ele ser lançado nos Estados Unidos. A aposta em ficção, que não era o foco da Sextante, foi certeira: o título se transformou em um dos maiores fenômenos editoriais de todos os tempos.

Mas não foi só aos livros que se dedicou. Com seu desejo de ajudar o próximo, Geraldo desenvolveu diversos projetos sociais que se tornaram sua grande paixão.

Com a missão de publicar histórias empolgantes, tornar os livros cada vez mais acessíveis e despertar o amor pela leitura, a Editora Arqueiro é uma homenagem a esta figura extraordinária, capaz de enxergar mais além, mirar nas coisas verdadeiramente importantes e não perder o idealismo e a esperança diante dos desafios e contratempos da vida.

Título original: *I Will Find You*
Copyright © 2023 por Harlan Coben
Copyright da tradução © 2024 por Editora Arqueiro Ltda.

Todos os direitos reservados. Nenhuma parte deste livro pode ser utilizada ou reproduzida sob quaisquer meios existentes sem autorização por escrito dos editores.

tradução: Leonardo Alves
preparo de originais: Cláudia Mello Belhassof
revisão: André Marinho e Pedro Staite
produção editorial: Guilherme Bernardo
diagramação: Ana Paula Daudt Brandão
capa: Elmo Rosa
imagens de capa: Shutterstock / aarows (homem e menino)
impressão e acabamento: Bartira Gráfica

CIP-BRASIL. CATALOGAÇÃO NA PUBLICAÇÃO
SINDICATO NACIONAL DOS EDITORES DE LIVROS, RJ

C586e

    Coben, Harlan, 1962-
        Eu vou te encontrar / Harlan Coben ; [tradução Leonardo Alves]. - 1. ed. - São Paulo : Arqueiro, 2024.

    288 p. ; 23 cm.

    Tradução de: I will find you
    ISBN 978-65-5565-607-7

    1. Ficção americana. I. Alves, Leonardo. II. Título.

23-87581   CDD: 813
                                               CDU: 82-3(73)

Gabriela Faray Ferreira Lopes - Bibliotecária - CRB-7/6643

Todos os direitos reservados, no Brasil, por
Editora Arqueiro Ltda.
Rua Artur de Azevedo, 1767, cj. 177 – Pinheiros
05404-014 – São Paulo – SP
Tel.: (11) 2894-4987
E-mail: atendimento@editoraarqueiro.com.br
www.editoraarqueiro.com.br

Para meus sobrinhos e sobrinhas:
Thomas, Katharine, McCallum, Reilly, Dovey, Alek,
Genevieve, Maja, Allana, Ana, Mary, Mei, Sam,
Caleb, Finn, Annie, Ruby, Delia, Henry e Molly

Com amor,
Tio Harlan

PARTE UM

capítulo um

Estou cumprindo o quinto ano de prisão perpétua por ter matado meu próprio filho.

Aviso de spoiler: não fui eu.

Meu filho Matthew tinha 3 anos quando foi brutalmente assassinado. Era a melhor coisa da minha vida, e de repente ele se foi, e estou em prisão perpétua desde então. Não é uma metáfora. Ou, melhor dizendo, não é *só* uma metáfora. Seria uma prisão perpétua de qualquer jeito, mesmo se eu não tivesse sido preso, julgado e condenado.

Mas, no meu caso, *neste* caso, a prisão perpétua é tanto uma metáfora quanto um fato literal.

Você talvez esteja se perguntando: como eu poderia ser inocente?

Mas sou.

Então quer dizer que não resisti nem declarei minha inocência com todas as forças do meu ser?

Não, não muito. Acho que a questão remonta à prisão metafórica. Eu não ligava tanto assim se fosse considerado culpado. Eu sei que parece chocante, mas não é. Meu filho morreu. O lead é esse. É o lead, a manchete e a chamada. Meu filho está morto e enterrado, e esse fato não teria mudado se a chefe dos jurados tivesse me declarado culpado ou inocente. Culpado ou inocente, eu havia deixado meu filho na mão. Enfim. Matthew não estaria menos morto se o júri tivesse conseguido enxergar a verdade e me libertado. A função de um pai é proteger o filho. Essa é a prioridade máxima. Então, mesmo que eu não tenha usado a arma que transformou a linda existência do meu filho na massa disforme que encontrei naquela noite horrível cinco anos atrás, também não a impedi. Não cumpri meu papel de pai. Não o protegi.

Não importa o culpado do assassinato propriamente dito, a culpa é minha, e portanto é uma pena que devo cumprir.

Sendo assim, praticamente nem reagi quando a chefe dos jurados leu o veredito. Observadores concluíram, claro, que devo ser sociopata, psicopata, louco ou perturbado. Eu não era capaz de *sentir*, alegou a mídia. Não tinha o gene da empatia, era desprovido de remorso, tinha olhos mortos, qualquer que fosse a terminologia que me deixasse no campo dos assassinos. Nada disso era verdade. Eu só não sabia de que adiantava. Tinha sido um golpe devastador encontrar Matthew naquela noite, com seu pijama de herói da Marvel. Aquele golpe me deixou prostrado no chão, e não consegui me levantar. Nem na época. Nem agora. Nem nunca mais.

A prisão perpétua metafórica tinha começado.

Se você acha que esta vai ser a história de um homem injustiçado que prova sua inocência, não é. Porque essa não seria uma história muito boa. No fim, não faria diferença. Sair desta cela infernal não levaria à redenção. Meu filho continuaria morto.

A redenção não é possível, neste caso.

Ou pelo menos era isso que eu pensava até o momento em que o guarda, um sujeito excêntrico que chamamos de Curly, vem até minha cela e fala:

– Visita.

Não me mexo, porque acho que ele não está falando comigo. Faz quase cinco anos que estou aqui, e nunca recebi visita nesse tempo todo. No primeiro ano, meu pai tentou vir me ver. Tia Sophie e uns poucos amigos próximos e parentes que acreditavam que eu fosse inocente, ou pelo menos que não fosse culpado *de verdade*, também tentaram. Não deixei ninguém entrar. Cheryl, a mãe de Matthew, minha esposa na época (agora ela é, como seria de esperar, minha *ex*), também tentou, ainda que sem muito ânimo, mas eu não quis recebê-la. Deixei claro: nenhuma visita. Não era porque eu estava remoendo minhas angústias ou qualquer outra coisa. Visitas não ajudam nem o visitante nem o *visitado*. Eu não via e ainda não vejo propósito nisso.

Passou um ano. Passaram dois. Aí todo mundo parou de tentar visitar. Não que tivesse alguém, exceto talvez Adam, muito ansioso para fazer a jornada até o Maine, mas já deu para entender. Agora, pela primeira vez em muito tempo, alguém veio aqui à Briggs Penitentiary me visitar.

– Burroughs! – esbraveja Curly. – Anda, vem. Visita.

Faço uma careta.

– Quem é?

– Eu tenho cara de agenda de secretária?

– Boa.

– O quê?

– Essa da agenda de secretária. Foi muito engraçada.

– Tá de gracinha comigo?

– Não tenho interesse em visitas – digo a ele. – Por favor, mande a pessoa embora.

Curly suspira.

– Burroughs.

– Quê?

– Levanta logo. Você não preencheu o formulário.

– Que formulário?

– Quem não quer receber visita tem que preencher um formulário.

– Achei que as pessoas tinham que estar na minha lista de convidados.

– Lista de convidados – repetiu Curly, balançando a cabeça. – Você acha que isso aqui é uma boate?

– Boates têm lista de convidados? – retruco. – Bem, eu preenchi, sim, alguma coisa sobre não querer receber visitas.

– Quando você chegou aqui.

– Isso.

Curly dá outro suspiro.

– Tem que renovar todo ano.

– O quê?

– Você preencheu alguma coisa este ano dizendo que não queria visitas?

– Não.

Curly abre os braços.

– Então pronto. Agora levanta.

– Você não pode mandar a visita embora?

– Não, Burroughs, não posso, e vou te explicar por quê. Isso me daria mais trabalho do que arrastar a sua bunda até a área de visitação. É o seguinte, se eu fizer isso, vou ter que explicar por que você não está lá, e talvez a pessoa que veio te visitar me faça perguntas, e aí provavelmente eu também vou ter que preencher um formulário e vou ter que ir pra lá e pra cá e, olha, eu não preciso dessa dor de cabeça, você não precisa dessa dor de cabeça. Então o que vai acontecer é o seguinte: você vai vir comigo agora, e aí pode ficar lá sentado e não falar nada, pra mim tanto faz, e depois você pode preencher a papelada certa e a gente não precisa passar por isso de novo. Sacou?

Já estou aqui há tempo suficiente para saber que resistência demais não é apenas inútil, mas também prejudicial. Além disso, verdade seja dita, estou curioso.

– Saquei – respondo.

– Beleza. Vamos.

Já sei como é, claro. Deixo Curly colocar as algemas, seguidas pela corrente na barriga para que minhas mãos fiquem presas à cintura. Ele dispensa as correntes das pernas, principalmente porque elas são um saco para colocar e tirar. A caminhada é relativamente longa do Seguro (nome do pavilhão para presos ameaçados, para quem não conhece) da Briggs Penitentiary até a área de visitas. Somos dezoito no Seguro: sete molestadores de crianças, quatro estupradores, dois assassinos em série canibais, dois assassinos em série "normais", dois assassinos de policiais e, claro, um maníaco filicida (este que vos fala). Um grupo e tanto.

Curly faz cara feia para mim, o que é incomum. A maioria dos guardas é gente entediada que posa de policial e/ou marombeiros que olham para nós, detentos, com apatia estarrecedora. Quero perguntar para ele o que foi, mas sei quando é hora de ficar quieto. A gente aprende isso aqui. Sinto as pernas tremerem um pouco enquanto ando. Estou estranhamente nervoso. A verdade é que me acostumei a estar aqui. É horrível (pior do que você imagina), mas mesmo assim me habituei a este tipo específico de horrível. Essa visita, quem quer que seja depois de tanto tempo, veio me dar alguma notícia avassaladora.

Não gosto disso.

Minha mente pula para o sangue daquela noite. Eu penso muito no sangue. Sonho, também. Não sei com que frequência. No começo, era toda noite. Agora eu diria que está mais para uma vez por semana, mas não fico contando. O tempo não passa de um jeito normal na cadeia. Ele para e recomeça e engasga e ziguezagueia. Eu me lembro de acordar piscando na cama que dividia com Cheryl, minha esposa, naquela noite. Não olhei o relógio, mas, segundo os autos do processo, eram quatro da madrugada. A casa estava em silêncio, quieta, e, mesmo assim, de alguma forma, eu sentia que havia algo errado. Ou talvez seja nisso que acredito – erroneamente – hoje. A memória costuma ser nossa contadora de histórias mais criativa. Então talvez, provavelmente, eu não tenha "sentido" nada. Já não sei mais. Demorei para me levantar. Fiquei na cama por alguns minutos, com o cérebro preso naquele limiar estranho entre o sono e a vigília, flutuando o tempo todo até a superfície da consciência.

A certa altura, enfim me sentei. Comecei a andar pelo corredor até o quarto de Matthew.

E foi aí que vi o sangue.

Era mais vermelho do que eu imaginava – fresco, um vermelho vivo de giz de cera, chocante e debochado como batom de palhaço no lençol branco.

Fiquei em pânico. Chamei o nome de Matthew. Corri aos tropeços até o quarto dele, esbarrei com força no batente da porta. Chamei o nome dele de novo. Nenhuma resposta. Entrei correndo no quarto e encontrei… algo irreconhecível.

Disseram que comecei a gritar.

Foi assim que a polícia me achou. Ainda gritando. Os gritos se tornaram cacos de vidro percorrendo meu corpo todo. Acho que parei de gritar em algum momento. Também não me lembro disso. Talvez minhas cordas vocais tenham se rompido, sei lá. Mas o eco daqueles gritos nunca me abandonou. Aqueles cacos ainda rasgam e dilaceram e destroem.

– Anda logo, Burroughs – diz Curly. – Ela está esperando.

Ela.

Por um instante imagino que seja Cheryl, e meu coração acelera um pouco. Mas não, ela não vai vir, e eu nem quero isso. Fomos casados por oito anos. Felizes, eu achava, na maior parte do tempo. Não estava tão bom no final. Novos estresses haviam formado rachaduras, e as rachaduras estavam se transformando em fissuras. Cheryl e eu teríamos conseguido ficar juntos? Não sei. Às vezes acho que Matthew teria feito a gente se esforçar mais, teria feito a gente ficar junto, mas isso é uma fantasia.

Pouco depois da minha condenação, assinei os documentos do divórcio. Nunca mais nos falamos. Foi mais por escolha minha. Então é só isso que eu sei da vida dela. Não faço a menor ideia de onde Cheryl está agora, se ainda está mal e de luto ou se conseguiu recomeçar a vida. Acho que é melhor não saber.

Por que não prestei mais atenção em Matthew naquela noite?

Não estou dizendo que fui um pai ruim. Não acho que tenha sido. Mas, naquela noite, eu não estava a fim, só isso. Crianças de 3 anos às vezes são difíceis. E chatas. Todo mundo sabe. Os pais tentam fingir que cada instante com os filhos é alegria pura. Não é. Ou pelo menos era o que eu achava naquela noite. Não li uma historinha para Matthew dormir porque eu estava sem saco. Horrível, né? Só mandei meu filho ir dormir porque eu estava distraído com minhas próprias questões e inseguranças insignificantes. Idiota. Muito idiota. Todos somos espetacularmente idiotas quando as coisas estão indo bem na vida.

Cheryl, que tinha acabado de terminar a residência em cirurgia geral, estava de plantão noturno na área de transplantes do Boston General. Eu estava sozinho com Matthew. Comecei a beber. Não sou de beber muito e não tenho boa tolerância para álcool, mas, nos últimos meses, com a tensão em relação a Cheryl e nosso casamento, eu tinha encontrado nisso um pouco de, se não consolação, anestesia. Então me servi, e acho que os copos me subiram à cabeça rápido e com força. Bebi demais e apaguei, então, em vez de ficar de olho no meu filho, em vez de proteger meu filho, em vez de conferir se as portas estavam trancadas (não estavam) ou ficar atento a qualquer intruso ou, ora, em vez de ouvir uma criança gritar de medo e/ou agonia, eu estava, como o advogado da acusação debochou no julgamento, "só no goró".

Não me lembro de mais nada até, claro, aquele cheiro.

Eu sei o que você está pensando: talvez ele (ou seja, "eu") tenha matado mesmo. Afinal, as provas contra mim eram bem fortes. Eu entendo. Às vezes também fico pensando nisso. Só alguém muito cego ou delirante não consideraria essa possibilidade, então vou contar uma história rápida que acho que tem a ver com isso: uma vez, chutei Cheryl durante o sono. Eu estava tendo um pesadelo em que um guaxinim gigantesco atacava nosso cachorrinho Laszlo, então, no pânico, chutei o guaxinim com toda a força e acabei atingindo a canela de Cheryl. Foi estranhamente engraçado, em retrospecto, ver Cheryl tentando manter a seriedade enquanto eu me defendia (*Você queria que eu deixasse o Laszlo ser comido por um guaxinim?*), mas minha esposa cirurgiã maravilhosa, uma mulher que amava Laszlo e todos os cachorros, bufou mesmo assim.

– Talvez – disse Cheryl para mim –, no seu inconsciente, você quisesse me machucar.

Ela falou isso sorrindo, então não levei a sério. Mas talvez fosse verdade. Esquecemos o assunto na mesma hora e tivemos um ótimo dia juntos. Mas agora eu penso muito nisso. Eu também estava dormindo e sonhando naquela noite. Um chute não é assassinato, mas quem sabe? A arma do crime foi um taco de beisebol. A Sra. Winslow, que morava havia quarenta anos na casa atrás do nosso terreno, me viu enterrá-lo. Essa foi a cereja do bolo, mas ponderei sobre isso, sobre eu ter sido idiota a ponto de enterrar aquilo tão perto da cena do crime, cheio de impressões digitais minhas. Eu pondero sobre muitas coisas assim. Por exemplo, eu já tinha pegado no sono depois de beber duas vezes antes – quem nunca? –, mas jamais daquele jeito. Talvez eu tenha sido dopado, mas, quando me tornei um suspeito viável, já era tarde demais para fazer um teste. Os policiais, muitos dos quais idolatravam meu pai, foram solidários no começo. Investigaram algumas pessoas que ele havia prendido, mas isso nunca fez muito sentido nem para mim. Meu pai tinha inimigos, claro, mas foi há muito tempo. Por que algum deles ia matar um menino de 3 anos para se vingar desse jeito? Tampouco havia sinais de agressão sexual ou qualquer outra motivação, então, no fim das contas, só havia um único suspeito realmente viável.

Eu.

Então talvez tenha acontecido algo parecido com meu sonho com o guaxinim. Não é impossível. Tom Florio, meu advogado, queria que eu usasse um argumento desses. Minha família, ou pelo menos parte dela, também achava que eu deveria seguir esse caminho. Defesa de semi-imputabilidade ou coisa que o valha. Eu tinha histórico de sonambulismo e algumas questões que poderiam ser descritas, forçando um pouco a barra, como de saúde mental. Falaram que eu podia usar isso.

Mas, não, eu não ia confessar porque, apesar desses argumentos, eu não era culpado. Não matei meu filho. Eu sei que não o matei. Eu *sei*. E, sim, eu *sei* que todo criminoso fala isso.

Curly e eu dobramos a última curva. A Briggs Penitentiary foi construída no estilo antigo. Tudo é de um cinza lavado, cor de rua desbotada depois de uma tempestade. Eu saí de uma casa de estilo colonial com três quartos, dois banheiros e um lavabo, pintada de amarelo-sol com janelas verdes, decorada com tons terrosos e antiguidades de pinho, bem situada em um terreno de três mil metros quadrados em uma rua sem saída, para isso. Não importa. O entorno é irrelevante. A gente aprende que o exterior é temporário, ilusório e, portanto, insignificante.

Depois de um barulho de campainha, Curly abre a porta. Muitas cadeias têm áreas de visita mais modernas. Detentos de menor periculosidade podem se sentar a uma mesa com sua ou suas visitas sem nenhuma divisória ou barreira. Eu não posso. Aqui na Briggs ainda temos o acrílico à prova de balas. Eu me sento em uma banqueta de metal presa no chão. A corrente na minha barriga é afrouxada para que eu possa pegar o telefone. É assim que visitantes da prisão de segurança supermáxima se comunicam – por telefone e através do acrílico.

A visitante não é Cheryl, minha ex, mas parece Cheryl.

É Rachel, irmã dela.

Rachel está sentada do outro lado do acrílico e vejo seus olhos se arregalarem quando me vê. Quase sorrio. Eu, seu ex-querido cunhado, o homem com aquele senso de humor peculiar e sorriso despretensioso, mudei bastante nos últimos cinco anos. Fico me perguntando qual é a primeira coisa em que ela repara. A perda de peso, talvez. Ou, mais provavelmente, os ossos da face fraturados que ainda não cicatrizaram direito. Pode ser a pele pálida, os ombros antes atléticos e agora encurvados, o cabelo grisalho rareando.

Eu me sento e olho para ela através do acrílico. Pego o fone e gesticulo para que ela faça o mesmo. Quando Rachel leva o fone até o ouvido, eu pergunto:

– O que está fazendo aqui?

Rachel quase sorri. Sempre fomos próximos, eu e Rachel. Eu gostava de estar com ela. Ela gostava de estar comigo.

– Direto ao ponto.

– Você veio jogar conversa fora, Rachel?

Qualquer sombra de sorriso desaparece.

– Não – responde ela.

Espero. Rachel parece envelhecida, mas ainda é bonita. Seu cabelo é do mesmo tom louro-claro de Cheryl, seus olhos são do mesmo verde-escuro. Eu me ajeito no banco e olho para ela de viés, porque é doloroso encará-la.

Rachel reprime as lágrimas e balança a cabeça.

– Isso é loucura.

Ela baixa os olhos e, por um instante, vejo a menina de 18 anos que eu conheci quando Cheryl me levou pela primeira vez à casa dela em Nova Jersey durante nosso penúltimo ano na Amherst College. Os pais de Cheryl e Rachel não foram muito com a minha cara. Eu era um pouco baixa renda demais para eles, sendo filho de pai policial criado em bairro pobre. Rachel, por sua vez, gostou de mim logo de cara, e com o tempo passei a amá-la como o mais próximo que eu teria de uma irmã caçula. Eu gostava dela. Queria protegê-la. Um ano depois, dirigi até a casa dela e a ajudei a levar suas coisas para a Lemhall University, onde ela fez a graduação, e depois para Columbia, onde se especializou em Jornalismo.

– Quanto tempo – diz Rachel.

Faço que sim. Quero que ela vá embora. Olhar para ela dói. Ela não fala nada. Finalmente eu digo algo, porque parece que Rachel precisa de um empurrão, então não consigo evitar.

– Como está Sam? – pergunto.

– Bem. Ele trabalha na Merton Pharmaceuticals agora. Vendas. Virou gerente, viaja muito. – Ela dá de ombros e acrescenta: – A gente se divorciou.

– Ah. Lamento.

Ela faz um gesto de indiferença. Eu não lamento tanto assim. Nunca achei que Sam fosse digno dela, mas eu pensava isso da maioria de seus namorados.

– Você ainda escreve para o *Globe*? – pergunto.

– Não – responde ela com um tom que dá o assunto por encerrado.

Ficamos sentados em silêncio por mais alguns segundos. Depois eu tento de novo:

– Você veio por causa da Cheryl?

– Não. Não exatamente.

Engulo em seco.

– Como ela está?

Rachel começa a torcer as mãos. Olha para todo canto, menos para mim.

– Ela se casou de novo.

As palavras me acertam como um soco no estômago, mas eu nem estremeço. É por isso, penso. É por isso que eu não quero visitas.

– Ela nunca culpou você, sabe? Ninguém culpou.

– Rachel...

– O quê?

– O que você veio fazer aqui?

Ficamos em silêncio de novo. Atrás dela, vejo outro guarda, um que eu não conheço, encarando a gente. Tem outros três detentos aqui, agora. Não conheço nenhum. A Briggs é um lugar grande e eu tento ficar na minha. Sinto a tentação de me levantar e ir embora, mas Rachel finalmente fala:

– Sam tem um amigo – diz ela.

Espero.

– Não é bem um amigo. Um colega de trabalho. É da área de marketing. Gerente também. Na Merton Pharmaceuticals. O nome dele é Tom Longley. Tem esposa e dois filhos. Boa família. A gente se encontrava de vez em quando. Churrasco da firma, esse tipo de coisa. A esposa dele se chama Irene. Eu gosto dela. Muito engraçada. – Rachel para e balança a cabeça. – Não estou contando direito.

– Imagina – digo. – A história até aqui está ótima.

Rachel sorri de verdade do meu sarcasmo.

– Um vestígio do antigo David – diz ela.

Nos calamos de novo.

Quando Rachel volta a falar, as palavras saem mais lentas, mais cuidadosas:

– A Merton promoveu uma viagem para os funcionários uns meses atrás, para um parque de diversões em Springfield. Six Flags, acho que o nome era esse. Os Longleys foram, levaram os dois meninos. Irene e eu continuamos amigas, então ela me chamou para almoçar outro dia. Ela falou do passeio...

meio em tom de fofoca, porque acho que Sam levou a namorada nova. Como se eu desse a mínima. Mas isso não importa.

Engulo o comentário sarcástico e olho para ela.

– E aí Irene me mostrou um monte de fotos.

Rachel para nesse ponto. Não faço a menor ideia do que ela pretende, mas quase dá para ouvir uma trilha sonora de suspense tocando na minha cabeça. Rachel pega um envelope pardo. Tamanho 10 por 25, eu acho. Ela o coloca na bancada diante de si. Olha para ele por uma fração de segundo a mais do que deveria, como se estivesse decidindo o próximo passo. Por fim, de repente ela enfia os dedos no envelope, puxa algo e apoia no acrílico.

É, conforme anunciado, uma foto.

Não sei o que dizer a respeito do que vejo. A fotografia parece mesmo ter sido tirada em um parque de diversões. Uma mulher (será que é a Irene Muito Engraçada?) olha para a câmera com um sorriso tímido. Está segurando dois meninos, provavelmente os Longleys, um em cada lado do quadril, e nenhum olha para a câmera. Tem alguém fantasiado de Pernalonga à direita e alguém de Batman à esquerda. Irene parece irritada – mas de um jeito divertido. Quase dá para imaginar a cena. O bom e velho Tom do Marketing da Indústria Farmacêutica insiste, animado, que Irene Muito Engraçada faça pose, Irene Muito Engraçada não está muito a fim mas colabora, os dois meninos não estão nem aí, a gente sabe como é. Tem uma montanha-russa vermelha gigantesca ao fundo. O sol ilumina o rosto da família Longley, o que explica por que eles estão semicerrando os olhos e desviando um pouco o olhar.

Rachel me observa.

Olho para ela. Ela continua apoiando a foto no acrílico.

– Olhe com atenção, David.

Eu a encaro por mais um ou dois segundos e depois deixo meus olhos voltarem à fotografia. Dessa vez eu vejo na mesma hora. Uma garra de aço se afunda no meu peito e aperta meu coração. Não consigo respirar.

Tem um menino.

Está no fundo, na borda direita do quadro, quase fora da foto. O rosto é um perfil perfeito, como se estivesse gravado em uma moeda. O menino parece ter uns 8 anos. Alguém, talvez um homem, está segurando a mão dele. O menino está de cabeça erguida, olhando provavelmente para as costas do homem, que está fora de quadro.

Sinto as lágrimas abrirem caminho pelos meus olhos e tentarem estender dedos hesitantes para fora. Acaricio a imagem do menino pelo acrílico. É impossível, claro. Um homem desesperado enxerga o que quer ver, e convenhamos: nem quem já andou pelo deserto vendo miragens, afligido pela sede e pela insolação, sentiu um desespero tão grande. Matthew ainda não tinha completado 3 anos quando foi assassinado. Ninguém, nem sequer um pai amoroso, seria capaz de adivinhar qual seria sua aparência cerca de cinco anos depois. Não com certeza. Existe uma semelhança, só isso. O menino parece Matthew. Parece. Tem uma semelhança. Mais nada. Semelhança.

Um soluço rasga minha garganta. Enfio o punho na boca e mordo. Levo alguns segundos para conseguir falar. Quando eu falo, minhas palavras são simples:

– É o Matthew.

capítulo dois

RACHEL MANTÉM A FOTO pressionada no acrílico.

– Você sabe que não é possível – diz ela.

Não respondo.

– Parece o Matthew – diz Rachel, com um tom monocórdio forçado. – Admito que parece ele. Muito. Mas Matthew era quase um bebê quando... – Ela para, se recompõe, começa de novo: – E, mesmo se você considerar a marca de nascença na bochecha... essa é menor que a de Matthew.

– É para ser menor mesmo – digo.

O termo médico da enorme marca de nascença que encobria o lado direito do rosto do meu filho é hemangioma congênito. O menino da fotografia também tem: menor, mais apagada, só que mais ou menos no mesmo lugar.

– Os médicos disseram que ia diminuir – continuo. – Com o tempo, some de vez.

– David, nós dois sabemos que não pode ser.

Não respondo.

– É só uma coincidência bizarra. Uma semelhança forte junto com o desejo de ver o que a gente quer, o que a gente *precisa* ver. E você não pode esquecer a perícia e o DNA...

– Pare – digo.

– O quê?

– Você não trouxe isso para mim só porque achou parecido com o Matthew.

Rachel fecha os olhos com força.

– Fui falar com um técnico conhecido meu que trabalha para a polícia de Boston. Dei uma foto antiga de Matthew.

– Qual foto?

– Aquela em que ele está com o suéter da Amherst.

Cheryl e eu compramos o suéter para ele no reencontro de 10 anos. Usamos a foto no cartão de Natal que enviamos para amigos e familiares.

– Esse técnico tem um programa de progressão de idade. De última geração. A polícia usa para pessoas desaparecidas. Pedi para ele fazer o menino na foto envelhecer cinco anos e...

– Bateu – completo no lugar dela.

– Quase. Não é conclusivo. Você entende, né? Até meu amigo falou isso...

e ele não sabe por que eu estava pedindo. Só para você saber. Não falei disso com ninguém.

Isso me surpreende.

– Você não mostrou essa foto para Cheryl?

– Não.

– Por que não?

Rachel se mexe, parecendo desconfortável.

– É loucura, David.

– O quê?

– Isso tudo. Não pode ser o Matthew. Nós dois estamos deixando nossa vontade turvar o juízo.

– Rachel.

Ela me encara.

– Por que você não mostrou isso para sua irmã? – insisto.

Rachel gira os anéis nos dedos. Seus olhos se afastam dos meus, voam pela sala toda como pássaros assustados e voltam a baixar.

– Você precisa entender – diz ela. – Cheryl está tentando seguir com a vida. Está tentando deixar isso tudo para trás.

Sinto meu coração fazendo *tum-tum-tum* no peito.

– Se eu falar, vou virar a vida dela do avesso de novo. Uma falsa esperança assim… acabaria com ela.

– Mas está contando para mim.

– Porque você não tem nada, David. E daí se eu virar sua vida do avesso? Você não tem vida. Você desistiu de viver há muito tempo.

As palavras dela podem parecer duras, mas seu tom não tem nenhuma raiva ou ameaça. Ela tem razão, claro. É uma observação justa. Não tenho nada a perder aqui. Se estivermos enganados sobre essa fotografia (e, quando tento ser objetivo, percebo que é bem provável que estejamos enganados), não vai mudar nada para mim. Vou continuar neste lugar, sem a menor vontade de desacelerar meu processo de erosão e decomposição.

– Ela se casou de novo – diz Rachel.

– Você já disse.

– E está grávida.

Um direto de esquerda no queixo seguido por um forte gancho de direita. Eu cambaleio para trás e respiro.

– Eu não ia contar – diz Rachel.

– Tudo bem…

– ... e se a gente tentar fazer alguma coisa com isto...

– Eu entendo – digo.

– Que bom, porque eu não sei o que fazer. Nem é o tipo de prova que convenceria uma pessoa razoável. A menos que você queira que eu tente. Quer dizer, posso levar isso a um advogado ou à polícia.

– Eles iam rir da sua cara.

– Sim. Talvez a gente possa falar com a imprensa.

– Não.

– Ou... ou com Cheryl. Se você achar que é a coisa certa a fazer. Talvez a gente consiga permissão para exumar o corpo. Uma nova autópsia ou um teste de DNA poderiam provar alguma coisa. Você talvez conseguisse um novo julgamento...

– Não.

– Por quê?

– Ainda não – digo. – Não podemos falar para ninguém.

Rachel hesita antes de dizer:

– Não entendi.

– Você é jornalista.

– E daí?

– Daí que você sabe – digo. Inclino o corpo um pouco para a frente. – Se isso se espalhar, vai ser uma notícia importante. A imprensa vai vir para cima da gente de novo.

– Da gente? Ou de você?

Pela primeira vez noto uma hostilidade na voz dela. Espero. Ela está enganada. Vai perceber daqui a pouco. No começo, quando Matthew foi encontrado, a cobertura da mídia foi generosa e compassiva. Exploraram o lado da tragédia humana, temperando com o medo de que o assassino ainda estava à solta, então, caros espectadores, tomem cuidado. As redes sociais não ficaram tão comovidas. *"Foi alguém da família"*, declarou algum tuiteiro no início. *"Pode apostar, foi o trouxa do pai dono de casa"*, disse outro, que recebeu muitas curtidas. *"Provavelmente por inveja do sucesso da mulher."* E por aí foi.

Como não prenderam ninguém – quando a história começou a perder embalo –, a mídia ficou frustrada e impaciente. Comentaristas começaram a se perguntar como foi que eu consegui dormir durante a carnificina. Aí os pequenos vazamentos começaram a se transformar em uma torrente: a arma do crime, um taco de beisebol que eu tinha comprado quatro anos antes, tinha sido descoberta perto da nossa casa. Uma testemunha, a Sra.

Winslow, vizinha nossa, alegou ter me visto enterrá-lo na noite do assassinato. A perícia confirmou que minhas impressões digitais eram as únicas no taco.

A mídia adorou esse novo viés, principalmente porque deu vida nova a uma história moribunda e, portanto, atraiu atenção. Eles vieram com tudo. Um ex-psiquiatra meu deixou vazar meu histórico de terror noturno e sonambulismo. Cheryl e eu vínhamos tendo problemas sérios no casamento. Talvez ela estivesse tendo um caso. Já deu para entender. Os editoriais exigiam que eu fosse preso e julgado. Eu estava sendo favorecido, disseram, porque meu pai era da polícia. O que mais tinha sido acobertado? Se eu não fosse um homem branco, já estaria atrás das grades. Era privilégio, claramente havia um tratamento diferenciado ali.

Muito disso devia ser verdade.

– Você acha que eu ligo para ataques da imprensa? – pergunto.

– Não – murmura Rachel. – Mas eu não entendo. Como a imprensa poderia nos prejudicar agora?

– Eles vão noticiar.

– Eu sei. E daí?

Os olhos dela se fixam nos meus.

– Todo mundo vai ficar sabendo – digo. – Incluindo – aponto para a mão de adulto que segura a de Matthew na fotografia – esse cara.

Silêncio.

Espero que ela diga algo. Como isso não acontece, eu continuo:

– Não entendeu? Se ele descobrir, se ele souber que a gente sacou ou sei lá o quê, quem sabe como ele vai reagir? Talvez ele fuja. Vá para um esconderijo que a gente nunca consiga encontrar. Ou talvez conclua que não dá para arriscar. Ele achou que estava seguro e agora não está mais, então talvez se livre da prova de uma vez por todas.

– Mas a polícia... Eles podem investigar secretamente.

– De jeito nenhum. Vai vazar. Além do mais, não vão levar a sério. Pelo menos se só tivermos essa foto. Você sabe disso.

– E o que você quer fazer?

– Você é uma jornalista investigativa respeitada – digo.

– Não mais.

– Por quê? O que aconteceu?

Ela suspira.

– É uma longa história.

– A gente precisa descobrir mais – digo.

– A gente?

Faço que sim.

– Preciso sair daqui.

– Que papo é esse?

Ela me olha preocupada. Eu entendo. Também percebo meu tom. Recuperei um pouco do timbre antigo. Quando Matthew foi assassinado, eu me encolhi em posição fetal e esperei a morte. Meu filho tinha morrido. Nada mais importava.

Mas agora…

A campainha toca. Guardas entram na sala. Curly põe a mão no meu ombro.

– Acabou o tempo.

Rachel guarda a foto às pressas no envelope pardo. Sinto um anseio quando ela faz isso, uma vontade de continuar olhando a fotografia, um medo de que tenha sido só uma aparição, e agora que eu não tenho como ver, nem por poucos segundos, parece tudo difuso, como se eu tentasse segurar fumaça. Tento gravar a imagem do meu menino na memória, mas o rosto dele já está começando a se dissipar, como se fosse a última visão de um sonho.

Rachel se levanta.

– Estou hospedada num hotelzinho na beira da estrada.

Faço que sim.

– Amanhã eu volto.

Faço que sim de novo.

– E, se vale de alguma coisa, eu também acho que é ele.

Abro a boca para agradecer, mas as palavras não saem. Não importa. Ela se vira e vai embora. Curly aperta o meu ombro.

– Qual era o assunto? – pergunta ele.

– Avise ao diretor que eu quero falar com ele – digo.

Curly sorri com dentes que parecem balinhas.

– O diretor não fala com prisioneiros.

Eu me levanto. Olho nos olhos dele. E, pela primeira vez em anos, eu sorrio. Sorrio de verdade. A visão faz Curly recuar.

– Mas vai falar comigo – digo. – Avise a ele.

capítulo três

– O QUE VOCÊ QUER, DAVID?

O diretor Philip Mackenzie não parece muito feliz com a minha visita. A sala dele é institucionalmente sóbria. Tem uma bandeira dos Estados Unidos em um mastro no canto, junto com uma foto da governadora atual. A mesa é cinza, de metal, funcional, e me lembra as que meus professores tinham na época da escola. Um porta-canetas de latão com relógio, do tipo que se veria na seção de presentes de uma loja de departamentos, repousa à direita. Atrás dele, dois arquivos de metal cinza idênticos parecem torres de vigia.

– Hein? – insiste ele.

Treinei o que eu ia falar, mas não me atenho ao roteiro. Tento manter a voz firme, neutra, até profissional. Sei que minhas palavras pareceriam loucura, então preciso que meu tom diga o contrário. Há de se reconhecer que o diretor fica quieto na cadeira e escuta, e por um tempo ele não parece chocado. Quando termino de falar, ele se recosta e olha para o nada. Respira fundo algumas vezes. Philip Mackenzie tem mais de 70 anos, mas ainda parece capaz de derrubar um dos muros de concreto reforçado com aço que cercam este lugar. O peito dele é robusto, a cabeça calva é cravada entre dois ombros do tamanho de bolas de boliche e aparentemente dispensa a necessidade de pescoço. As mãos são enormes e calejadas. Agora estão apoiadas na mesa, que nem dois aríetes.

Ele finalmente se vira para mim com olhos azuis cansados encobertos por sobrancelhas brancas volumosas.

– Você não pode estar falando sério.

Eu endireito as costas.

– É o Matthew.

Ele desconsidera minhas palavras com um gesto da mão imensa.

– Ah, corta essa, David. O que você está armando?

Me limito a olhar para ele.

– Você está querendo um jeito de sair. Todo preso quer.

– Você acha que isso é um plano para ser solto? – Tento manter a voz sob controle. – Você acha que eu ligo se algum dia vou sair deste inferno?

Philip Mackenzie suspira e balança a cabeça.

– Philip, meu filho está em algum lugar lá fora.

– Seu filho morreu.

– Não.

– Você o matou.

– Não. Posso mostrar a fotografia.

– A que sua cunhada trouxe?

– É.

– Certo, beleza. E eu vou saber que um menino no fundo da foto é seu filho Matthew, que morreu quando tinha, sei lá, 3 anos?

Não falo nada.

– E digamos que eu saiba. Não dá. É impossível, até você sabe disso. Mas digamos que, de alguma forma, ele seja a cara do Matthew. Você disse que Rachel conferiu com um programa de progressão de idade, não foi?

– É.

– E como você sabe que ela simplesmente não colocou o rosto envelhecido dele na imagem com Photoshop?

– Quê?

– Você sabe como é fácil adulterar fotografias?

– Você está brincando, né? Por que ela faria isso?

Philip Mackenzie para de repente.

– Espere aí. Mas é claro – diz ele.

– O quê?

– Você não sabe o que aconteceu com Rachel.

– Do que você está falando?

– A carreira dela. Acabou.

Não falo nada.

– Você não sabia, né?

– Não importa – digo. Mas claro que importa. Eu me inclino para a frente e cravo os olhos no homem que a vida inteira conheci como tio Philip. – Faz cinco anos que estou aqui – digo com meu tom mais comedido. – Quantas vezes eu pedi sua ajuda?

– Nenhuma. Mas isso não significa que eu não tenha ajudado. Acha que é coincidência você ter vindo para a *minha* prisão? Ou ter tido tanto tempo extra no Seguro? Queriam que você fosse para o pavilhão comum, mesmo depois daquela surra.

Foi três semanas depois do começo do meu cárcere. Eu estava no pavilhão comum, não aqui no Seguro. Quatro homens cujo tamanho só não era maior que a depravação deles me encurralaram no chuveiro. No chuveiro.

Truque mais velho que andar para a frente. Não houve estupro. Nada de cunho sexual. Eles só queriam espancar alguém para sentir uma espécie de euforia primitiva – e quem melhor que a nova celebridade assassina de bebês da prisão? Quebraram meu nariz. Fraturaram meu osso da face. Meu maxilar rachado ficou pendurado que nem uma porta sem dobradiça. Quatro costelas fraturadas. Concussão. Hemorragia interna. Hoje em dia enxergo tudo turvo com o olho direito.

Passei dois meses na enfermaria.

Tiro o ás da manga:

– Você está em dívida comigo, Philip.

– Estou em dívida com *seu pai*.

– É a mesma coisa.

– Você acha que a dívida passa para o filho?

– O que meu pai diria?

Philip Mackenzie está com uma expressão sofrida e de repente parece cansado.

– Eu não matei o Matthew – digo.

– Um detento que se diz inocente – responde ele, balançando a cabeça quase como se achasse engraçado. – Deve ser inédito.

Philip Mackenzie se levanta da cadeira e se vira para a janela. Ele olha para o bosque do outro lado da cerca.

– Quando seu pai ficou sabendo do Matthew… e, pior ainda, quando descobriu que você tinha sido preso… Me diga, David. Por que você não alegou insanidade mental temporária?

– Você acha que eu tinha interesse em achar alguma brecha jurídica?

– Não era brecha – retruca Philip, e agora percebo a compaixão em sua voz. Ele se vira de novo para mim. – Você apagou. Alguma coisa dentro de você se rompeu. Tinha que ter alguma explicação. Todos nós ficaríamos do seu lado.

Minha cabeça começa a latejar – outro resultado daquela surra, ou talvez seja por causa das palavras dele. Fecho os olhos e respiro fundo.

– Por favor, me escuta. Não era o Matthew. E, o que quer que tenha acontecido, não fui eu.

– Armaram para você, é?

– Não sei.

– Então de quem era o corpo que você achou?

– Não sei.

– Como você explica suas impressões digitais na arma?

– O taco era meu. Ficava guardado na garagem.

– E quanto à senhora que viu você enterrá-lo?

– Não sei. Só sei o que vi na fotografia.

Ele suspira de novo.

– Você percebe que está parecendo delirante?

Agora eu também me levanto. Para minha surpresa, Philip dá um passo para trás, como se tivesse medo de mim.

– Você precisa me tirar daqui – sussurro. – Pelo menos por alguns dias.

– Ficou maluco?

– Uma licença de luto ou coisa do tipo.

– Não oferecemos isso para sua categoria de criminoso. Você sabe disso.

– Então dá um jeito de me ajudar a escapar.

Ele ri.

– Ah, claro, com certeza. E digamos, hipoteticamente, que eu pudesse fazer isso. Vão partir com tudo atrás de você. Brutalmente. Você é um assassino de bebês, David. Vão te metralhar sem pensar duas vezes.

– Não é problema seu.

– Rá!

– Imagine se tivesse acontecido com você – digo.

– O quê?

– Imagine se você estivesse no meu lugar. Imagine se o menino assassinado fosse Adam. O que você faria para achá-lo?

Philip Mackenzie balança a cabeça e se deixa cair de novo na cadeira. Ele põe as mãos no rosto e esfrega vigorosamente. Depois, ele aperta o botão do interfone e chama um guarda.

– Tchau, David.

– Por favor, Philip.

– Sinto muito. De verdade.

Philip Mackenzie virou os olhos para não ver o agente penitenciário entrar e levar David embora. Ele não se despediu do afilhado. Depois que ele saiu, Philip ficou sentado sozinho na sala. O ar parecia pesado à sua volta. Ele havia esperado que o pedido de David para vê-lo – o primeiro que David fazia em seus quase cinco anos de cárcere – fosse uma espécie de sinal positivo. Talvez David finalmente quisesse ajuda de um profissional de saúde mental. Talvez quisesse investigar mais a fundo o que ele havia feito naquela noite terrível ou, pelo menos, tentar levar uma vida produtiva, até mesmo ali, até mesmo depois do que ele havia feito.

Philip abriu a gaveta da mesa e tirou uma fotografia de 1973 com dois homens – correção: garotos idiotas – fardados em Khe San, Vietnã. Philip Mackenzie e Lenny Burroughs, o pai de David. Os dois tinham sido colegas na Revere High School antes do alistamento obrigatório. Philip cresceu no andar mais alto de uma casa compartilhada por três famílias na Centennial Avenue. Lenny morava a uma quadra de distância, na Dehon Street. Melhores amigos. Companheiros de guerra. Policiais de patrulha em Revere Beach. Philip era padrinho de David. Lenny era padrinho de Adam, filho de Philip. Adam e David tinham estudado juntos. Os dois foram melhores amigos na Revere High School. O ciclo tinha recomeçado.

Philip olhou para a imagem de seu velho amigo. Lenny agora estava no leito de morte. Não havia mais nada que pudesse ser feito por ele. Era só questão de tempo. O Lenny da foto antiga estava com aquele sorriso de Lenny Burroughs, capaz de derreter corações, mas seus olhos pareciam atravessar os de Philip.

– Não tem nada que eu possa fazer, Lenny – disse ele em voz alta.

Philip respirou fundo algumas vezes. Estava ficando tarde. Seu expediente acabaria logo. Ele estendeu a mão e apertou de novo o botão do interfone na mesa.

– Pois não, senhor diretor?

– Reserve uma passagem para mim no primeiro voo para Boston amanhã de manhã.

capítulo quatro

Nunca faz silêncio na prisão.

Minha ala "experimental" é redonda, com dezoito celas individuais ao longo do perímetro. A entrada ainda tem grades vazadas à moda antiga. Muito curiosamente, a privada com pia de aço inoxidável – isso mesmo, são dois em um – fica logo ao lado das grades. Nossas celas, ao contrário do pavilhão comum, têm um chuveiro particular pequeno no canto de trás. Os guardas podem acionar válvulas de registro para cortar a água caso a gente demore demais. Tem uma cama de concreto com um colchonete tão fino que é quase transparente. Os cantos da cama têm alças para contenção física dos quatro membros. Até o momento, isso não foi necessário para mim. Tem também uma mesa e um banco, ambos de concreto. Uma televisão e um rádio que só transmitem programação religiosa ou educativa. E uma única janela estreita virada para cima, então só dá para ver um pedaço tentador do céu.

Estou deitado na cama de concreto, olhando para o teto. Conheço intimamente esse teto. Fecho os olhos e tento organizar os fatos. Repasso o dia de novo – *aquele* dia horrível – e procuro algo que eu tenha deixado passar. Eu saí com Matthew, primeiro para o parquinho do bairro perto do laguinho de patos e depois para o supermercado na Oak Street. Eu vi alguém suspeito em algum dos lugares? Não, claro que não, mas passo um pente-fino na memória em busca de detalhes novos. Não aparece nenhum. Seria de esperar que eu fosse me lembrar melhor desse dia, que cada instante ainda estaria vívido na minha mente, mas a cada dia que passa tudo fica mais turvo.

Eu me sentei em um banco do parquinho perto de uma mãe jovem com um carrinho de bebê agressivamente moderno. A jovem mãe tinha uma filha da idade de Matthew. Ela me falou o nome da criança? Provavelmente, mas não lembro. Ela usava roupa de ginástica. A gente conversou sobre o quê? Não lembro. O que exatamente estou procurando? Também não sei. O dono daquela mão, eu acho – a mão masculina que está segurando a de Matthew na foto de Rachel. Ele observou a gente no parquinho? Ele nos seguiu?

Não faço ideia.

Relembro o resto. A volta para casa. Colocar Matthew na cama. Pegar uma bebida. Trocar de canal na televisão. Quando foi que eu peguei no sono? Também não sei. Só me lembro de acordar com o cheiro de sangue. De cruzar o corredor...

As luzes da prisão se acendem com um estalo alto. Eu me levanto de repente na cama, o rosto coberto de suor. Amanheceu. Meu coração martela no peito. Arfo algumas vezes, tentando me acalmar.

O que eu vi naquele pijama da Marvel, aquela massa ensanguentada deformada horrível... *não era* Matthew. Isso era crucial. *Não era* meu filho. Ou era?

A dúvida começa a se esgueirar para dentro do meu cérebro. Como podia não ser? Mas, por enquanto, não vou deixar a dúvida entrar. A dúvida não serve de nada. Se eu estiver enganado, com o tempo vou acabar descobrindo e voltando para onde estou. Quem não arrisca não petisca. Então, por enquanto: nada de dúvida. Só perguntas sobre como isso seria possível. Talvez, suponho, a brutalidade tenha sido para disfarçar a identidade da vítima – é, boa, pense nele como uma vítima, não como Matthew. A vítima era do sexo masculino, claro. Era do tamanho de Matthew e tinha mais ou menos a mesma cor de pele. Mas eles não fizeram teste de DNA nem nada do tipo. Por que fariam? Ninguém duvidava da identidade da vítima, certo?

Certo?

Meus companheiros de cadeia começaram seus rituais cotidianos. Não dividimos nossas celas de dois por três metros, mas podemos olhar para quase todos os outros detentos. Supostamente isso é "mais saudável" do que as celas mais antigas, em que não havia interação social e o isolamento era excessivo. Eu preferiria que não tivessem se dado ao trabalho, porque quanto menos interação, melhor. Earl Clemmons, um estuprador em série, começa o dia oferecendo aos demais uma descrição detalhada de seus exercícios matinais. Ele inclui efeitos sonoros como gritos de torcida e narração completa, imitando uma voz para as descrições diretas e outra para comentários. Ricky Krause, assassino em série que cortava os polegares das vítimas com tesouras de poda, gosta de começar o dia com uma espécie de paródia musical. Ele deturpa letras, criando uma versão perversa de velhos clássicos. Ricky está berrando sem parar "*Someone's in the kitchen, getting vagina*" e gargalhando mais e mais enquanto os outros em volta gritam para ele calar a boca.

Fazemos fila para o café da manhã. Antigamente, quem estava neste pavilhão recebia a comida na cela, era como se a gente pedisse por aplicativo ou algo do tipo. Não mais. Um dos outros detentos protestou que era inconstitucional obrigar alguém a comer sozinho na cela. Ele entrou com uma ação. Detentos adoram ações. Contudo, nesse caso, o sistema penitenciário aproveitou a brecha com muito prazer. Servir presidiários nas celas custava dinheiro e força de trabalho.

A pequena cantina tem quatro mesas com bancos de metal, tudo preso no chão. Eu gosto de perambular e esperar até todo mundo se sentar, para que eu possa achar o banco mais longe possível dos outros detentos mais animados. Não que as conversas não sejam estimulantes. Outro dia, alguns começaram uma disputa acalorada sobre quem tinha estuprado a mulher mais velha. Earl "venceu" os adversários com a alegação de que sodomizou uma mulher de 87 anos depois de invadir o apartamento dela pela saída de incêndio. Outros detentos questionaram a veracidade do relato (acharam que talvez ele estivesse exagerando só para impressioná-los), mas no dia seguinte Earl voltou com recortes de jornal que tinha guardado.

Hoje eu dei sorte. Tem uma mesa vazia. Depois de pegar um pouco de ovos ressecados, bacon e pão de forma torrado (vou me abster do comentário óbvio sobre a péssima qualidade da comida na cadeia), escolho um banco no canto mais afastado e começo a comer. Pela primeira vez em uma eternidade, estou com apetite. Percebi que minha cabeça parou de voltar àquela noite ou até àquela fotografia e que começou a se concentrar em algo ridículo e fantástico.

Como fugir da Briggs.

Já estou aqui há tempo suficiente para conhecer as rotinas, os guardas, a geografia, o calendário, os funcionários, tudo. Conclusão: não tem como fugir. Sem chance. Eu precisava ser criativo.

Uma bandeja bate com força na mesa e me dá um susto. Alguém coloca a mão na frente da minha cara para eu apertar. Olho para cima e vejo o rosto do homem. Dizem que os olhos são as janelas da alma. Se for verdade, os olhos desse homem estão piscando NÃO HÁ VAGAS.

– David Burroughs, né?

O nome dele, eu sei, é Ross Sumner. Chegou semana passada, transferido de alguma outra unidade, supostamente à espera de um recurso que jamais aconteceu, mas fiquei surpreso por ter permissão para sair da cela. O caso de Sumner virou manchete, foi assunto digno de documentários e podcasts de *true crime*. Era um mauricinho (ainda se fala isso?) super-rico que virou psicopata. Ross, que era bonitão como um garoto-propaganda da Ralph Lauren, assassinou pelo menos dezessete pessoas (homens, mulheres, crianças de todas as idades) e comeu os intestinos delas. Só isso. Os intestinos.

Encontraram partes de corpos em um freezer de última geração no porão da propriedade da família. Não se questiona nenhum desses fatos. O recurso de Sumner se baseia na conclusão do júri de que ele é mentalmente são.

Ross Sumner ainda está estendendo a mão e esperando que eu a aperte. Prefiro dar um beijo de língua num roedor vivo a apertar a mão desse sujeito, mas, na cadeia, a gente faz o que é necessário. Com relutância, aperto a mão dele o mais rápido possível. É pequena e delicada. Quando recolho a minha, não consigo evitar: me pergunto onde aquela mão encostou. Supostamente, ele cortava as vítimas ainda vivas e usava as mãos (incluindo *essa*) para alargar o corte, abrir caminho pelo abdome e pegar os intestinos.

Meu apetite já era.

Ross Sumner sorri como se estivesse lendo meus pensamentos. Ele tem cerca de 30 anos, cabelo bem preto e feições delicadas. Senta-se no banco bem à minha frente. Que sorte a minha.

– Meu nome é Ross Sumner – diz ele.

– É, eu sei.

– Tomara que você não se incomode se eu me sentar com você.

Não falo nada.

– É que os outros homens aqui... – Ross balança a cabeça. – Acho meio brutos. Pouco sofisticados, por assim dizer. Sabia que você e eu somos os únicos com ensino superior completo?

– É mesmo?

Mantenho os olhos no prato.

– Você estudou na Amherst, não foi?

Ele pronunciou Amherst do jeito certo, com H mudo.

– Uma bela faculdade – continua ele. – Eu gostava mais quando eles se chamavam de Lord Jeff. Os Lord Jeff de Amherst. Que nome majestoso. Mas, claro, a galera do politicamente correto não gostava, né? As pessoas precisam odiar um homem que morreu no século XVIII. Ridículo, não acha?

Remexo meus ovos.

– Tipo, agora eles se chamam de Mamutes de Amherst. Mamutes. Faça-me o favor. É um politicamente correto patético, não é? Mas tem um negócio que você vai gostar de saber. Eu estudei na Williams College. Ephs. Então a gente é rival. Engraçado, né?

Sumner abre um sorriso infantil para mim.

– É – digo. – Hilário.

Então ele fala:

– Ouvi dizer que você recebeu uma visita ontem.

Fico tenso. Ross Sumner percebe.

– Ah, não fique tão surpreso assim, David.

Ele ainda está com o sorriso infantil. Provavelmente foi longe com esse sorriso. Em um aspecto estritamente físico, é um belo sorriso, simpático, do tipo que abre portas e reduz inibições. Provavelmente também era a última coisa que as vítimas viam.

– A cadeia é pequena. A gente ouve coisas.

É verdade. Dizem que a família Sumner não tem medo de usar o dinheiro para garantir a ele um tratamento privilegiado. Eu acredito.

– Eu tento me esforçar para ficar informado.

– Aham – digo, sem tirar os olhos do ovo.

– E como foi? – pergunta ele.

– Como foi o quê?

– A visita. Da sua… cunhada, né?

Não falo nada.

– Deve ter sido interessante, né? A primeira visita depois de tanto tempo. Você parecia distraído antes de eu chegar.

Levanto o rosto.

– Olha, Ross, estou tentando comer.

Ross ergue as mãos como se estivesse se rendendo.

– Ah, desculpa, David, eu não quis me intrometer. Só queria fazer amizade. Sinto muita falta de algum estímulo intelectual. Imagino que você sinta o mesmo. Como nós dois nos formamos em faculdades com algum prestígio, achei que teríamos algo em comum. Intimidade, por assim dizer. Mas estou vendo que agora não é um momento legal para você. Me desculpe.

– Não tem problema – resmungo.

Como mais um pouco. Estou sentindo os olhos de Sumner em mim. Então ele murmura:

– Está pensando no seu filho?

O calafrio começa na base do crânio e se alastra pela coluna.

– Quê?

– Qual foi a sensação, David? – Os olhos dele estão brilhando. – Quer dizer, em termos estritamente intelectuais. Uma conversa entre homens cultos. Eu me considero um estudioso da condição humana. Então quero saber. Seja analítico ou emotivo, você que sabe. Mas, quando você levantou aquele taco de beisebol e o desceu no crânio do seu próprio filho, o que estava passando pela sua cabeça? Foi alívio? Você achou que precisava fazer isso? Ou estava tentando calar as vozes na sua cabeça? Ou foi mais uma sensação de euforia que…

– Vai se foder, Ross.

Sumner franze o cenho.

– Me foder? Sério? Isso é o melhor que você consegue falar? Francamente, David, que decepção. Vim aqui para ter um debate filosófico sério. Nós sabemos coisas que outras pessoas não sabem. Quero entender o que levaria um homem a fazer algo tão selvagem. Matar o próprio filho. Seu próprio sangue. Eu sei que pode parecer hipocrisia minha…

– Psicopatia – corrijo.

– … mas a questão é que eu mato desconhecidos. Os desconhecidos são os objetos cênicos da vida, você não acha? Adereço de palco. Objetos de fundo para o nosso mundo… o mundo interno que nós criamos. No fim das contas, a única coisa que importa somos nós, não acha? Pensa. Choramos mais quando um bichinho de estimação querido morre do que quando um tsunami mata centenas de milhares de seres humanos. Está me entendendo?

Não vejo motivo para abrir a boca. Seria só um incentivo para ele.

Ross Sumner se inclina na minha direção.

– Eu matava desconhecidos. Objetos cênicos. Paisagem. Decorações. Mas matar o próprio filho, o próprio sangue…

Ele balança a cabeça como se estivesse espantado. Estou fervendo de raiva, mas fico quieto. De que adianta? Não preciso cair nas graças desse psicopata. Procuro outro lugar para me sentar, mas não dá para dizer que outro companheiro de mesa seria menos perturbador.

Ross Sumner desdobra meticulosamente o guardanapo de papel e o estende no colo. Ele come um pouquinho dos ovos e faz uma careta.

– Essa comida é um horror – diz ele. – Completamente sem gosto.

Não consigo me conter.

– Ao contrário de, digamos, intestinos humanos?

Sumner me encara por um instante. Eu retribuo o olhar. Nunca se deve exibir medo aqui. Jamais. Nem por um segundo. Esse é um dos motivos que me levaram a fazer o comentário. Por mais que se queira lamentar em silêncio, não se pode aceitar desaforo aqui, porque o desaforo só vai crescer num ritmo exponencial.

Ross Sumner mantém contato visual por mais um ou dois segundos, então levanta a cabeça e dá uma gargalhada. Todo mundo se vira para nós.

– *Essa* – exclama ele, ao recuperar o fôlego – foi engraçada! Não, sério, David, era disso que eu estava falando. Foi por isso que sentei aqui. Por esse tipo de troca, de estímulo mental. Obrigado. Obrigado, David.

Não respondo.

Ele ainda está rindo quando se levanta e diz:

– Vou pegar uma torrada. Quer que pegue algo para você?

– Estou bem.

Fecho os olhos por um instante e massageio as têmporas. Uma dor de cabeça está me atropelando feito um trem de carga. Comecei a sentir isso depois daquela primeira surra, resquício de uma concussão e um traumatismo craniano. A médica da cadeia chamou de "cefaleia em salvas". Ainda estou massageando as têmporas, de guarda estupidamente baixa, quando um braço envolve meu pescoço. Antes que eu consiga reagir, o braço se contrai com força, apertando minha traqueia. Parece que minha garganta está prestes a sair pela nuca. Meus olhos saltam, minha mão tenta inutilmente segurar o antebraço dele.

Ross Sumner aperta mais. Ele puxa com mais força. Minhas pernas se levantam, as canelas batem na mesa. Os utensílios pulam. Começo a cair para trás. Sumner relaxa o braço quando a parte de trás da minha cabeça bate no chão.

Vejo estrelas.

Pisco. Quando olho para cima, Ross Sumner está pulando alto no ar. Aquele sorriso infantil está muito mais que maníaco. Tento rolar para o lado. Tento levantar as mãos para afastá-lo. Mas é tarde demais. Ross cai com o peso inteiro em cima de mim, pulverizando minha caixa torácica com os joelhos.

Vejo mais estrelas.

Tento gritar, tento me afastar, mas Sumner está montado em cima de mim. Espero até ele começar a dar socos e tento pensar no que fazer para impedi-lo. Mas não é isso que ele faz. Em vez disso, ele abre bem a boca e abaixa a cabeça na direção do meu peito.

Mesmo por cima do macacão da cadeia, a mordida corta minha pele.

Dou um berro. Ross afunda os dentes na parte carnuda logo abaixo do mamilo. A dor é insuportável. Os outros detentos logo nos cercam e fazem uma roda de braços dados, uma técnica bem comum em cadeias para manter os guardas afastados. Mas, em algum lugar nos recônditos do cérebro, eu sei que nenhum guarda vai interferir. Pelo menos ainda não. Só quando um de nós estiver inconsciente. É mais seguro para eles. Guardas não gostam de correr o risco de se ferir.

Eu que me vire.

Ainda de costas, sangrando, recorro às parcas energias que me restam no meu tanque vazio. Levanto as mãos e, com o máximo da minha força limitada, bato nos ouvidos de Ross Sumner. Os golpes não acertam em cheio, mas bastam para fazê-lo abrir a boca. Era tudo que eu queria. Rolo com força para o lado, tentando tirá-lo de cima de mim. Ele acompanha meu movimento. Quando seus pés tocam o chão, ele pula nas minhas costas e passa o braço no meu pescoço.

Aperta forte.

Não consigo respirar.

Eu me contorço. Ross continua me segurando. Tento me debater. O braço de Ross não relaxa. A pressão na minha cabeça está aumentando. Meus pulmões estão implorando por ar. As estrelas voltaram, rodopiando, mas agora eu praticamente só enxergo noite. Tento respirar uma vez, só uma, mas não adianta.

Não consigo respirar.

Meus olhos começam a se fechar. Os gritos de torcida dos outros detentos parecem uma massa indistinta. Sumner chega a cabeça mais perto de mim.

– Essa orelha parece saborosa.

Ele está prestes a morder minha orelha. Eu quase nem me importo. Tento me debater de novo, mas não me resta mais energia. Só penso em conseguir respirar. Só uma vez. Só isso. A boca dele agora está colada na minha orelha. Eu me contorço feito um peixe morrendo no anzol.

Cadê a porra dos guardas?

A essa altura, eles já deveriam ter interferido. Não é bom ter um detento morto. Isso não ajuda ninguém. Mas aí eu me lembro da riqueza de Ross Sumner, do pendor da família dele por subornos, e de novo me dou conta de que ninguém vai me salvar.

Se eu perder a consciência – e estou prestes a perder –, eu morro.

E, se eu morrer, o que vai acontecer com Matthew?

Faltando segundos para eu apagar, com veias capilares estourando nos olhos fechados, abaixo o queixo e fico de corpo mole. Não é fácil. Contraria todos os instintos. Mas eu consigo. Só me resta uma opção: dar o troco na mesma moeda.

Abro a boca e mordo o braço de Ross Sumner.

Com força.

O grito de dor dele é o som mais delicioso que eu ouço em muito tempo.

A pressão na minha traqueia diminui imediatamente quando ele tenta tirar o braço. Sorvo bocados de ar com vontade pelos lábios dilatados. Mas meus dentes não soltam. Ele grita de novo. Minha mandíbula aperta com mais força ainda. Ele sacode o braço. Eu me aferro que nem um pit bull. Sinto os pelos do braço dele no meu rosto. Mordo com mais força ainda.

O sangue dele começa a escorrer para dentro da minha boca. Não quero nem saber.

Ross conseguiu se levantar. Eu fico ajoelhado. Ele me dá um soco. Acho que me acerta no alto da cabeça, mas não sinto. Ele tenta se firmar para soltar o braço, mas estou pronto. A torcida agora está do meu lado. Dou uma cotovelada na virilha dele. Ross Sumner cai feito uma cadeira dobrável. O peso dele arranca o braço dos meus dentes, mas um pouco de carne fica para trás.

Eu cuspo no chão.

Avanço, me sento no peito dele e começo a socá-lo.

Esmago o nariz dele. Sinto a cartilagem se espalhar sob meu punho. Seguro-o pela gola e o puxo para cima. Em seguida, fecho o punho de novo, sem pressa, e dou um soco forte no rosto dele. Outro soco. E mais outro. A cabeça de Sumner agora está balançando como se o pescoço fosse uma mola frouxa. Estou quase eufórico. Meus olhos estão arregalados. Eu me preparo para bater de novo, mas desta vez alguém segura meu braço. E depois alguém me derruba por trás.

Os guardas estão em cima de mim, me segurando no chão. Não ofereço resistência. Mantenho os olhos no desastre ensanguentado que é o homem caído diante de mim.

E, por um breve instante, chego a sorrir.

capítulo cinco

O AVIÃO DO DIRETOR PHILIP Mackenzie pousou sem incidentes no Logan Airport, em Boston. Ele tinha crescido ali perto, na cidade vizinha de Revere. Naquela época, a principal rota de pouso do Logan fazia com que os aviões mais barulhentos sobrevoassem a casa dele. Para o menino, era um som ensurdecedor, devastador. De alguma forma, os dois irmãos mais velhos, com quem ele dividia o quarto, conseguiam dormir apesar disso, mas o pequeno Philip se segurava no cercado da cama de cima do beliche quando os aviões passavam e a cama tremia tanto que ele tinha medo de cair. Em algumas noites parecia que as aeronaves voavam tão baixo que arrancariam o telhado frágil da casa deles.

Na época, Revere Beach era uma comunidade de baixa renda na periferia de Boston. Em muitos sentidos, ainda era. O pai de Philip era pintor de paredes e a mãe era dona de casa (naqueles tempos, nenhuma mulher casada trabalhava fora; as solteiras podiam ser professoras, enfermeiras ou secretárias) e cuidava dos seis filhos Mackenzies: três meninos em um quarto, três meninas em outro, um banheiro para todo mundo.

O táxi deixou Philip em frente a uma casa conhecida, ocupada por quatro famílias na Dehon Street. Era feita de tijolos decadentes. O térreo estava com a pintura verde desbotada e descascando. O alpendre grande, onde Philip passara tanto tempo da infância com os amigos, especialmente Lenny Burroughs, era de concreto lascado. Durante trinta anos os Burroughs tinham ocupado todos os quatro apartamentos. A família de Lenny ficava no térreo, à direita. A prima dele, Selma, que enviuvara ainda jovem, morava no de cima com a filha, Deborah. Tia Sadie e tio Hymie ficavam no térreo à esquerda. Outros parentes (uma salada de tias, tios, primos, sabe-se lá o que mais) se revezavam no quarto apartamento, acima de Hymie e Sadie. O bairro era assim naqueles tempos. Famílias de imigrantes – a de Philip era da Irlanda, a de Lenny era judia – tinham vindo pelo Atlântico ao longo de três décadas. Os que já estavam ali acolhiam quem chegava. Sempre. Ajudavam os recém-chegados a acharem emprego. Alguns parentes dormiam num sofá ou no chão durante semanas, meses, que fosse. Não havia privacidade e isso não era um problema. Essas casas eram entidades vivas, em movimento constante. Amigos e familiares circulavam o tempo todo pelos corredores e pelas escadas como sangue nas veias. Ninguém trancava a porta, não porque fosse muito seguro (não era), mas porque parentes nunca pediam permissão para abri-las nem eram proibidos de entrar. Privacidade era um conceito desconhecido. Todo mundo cuidava da vida de todo mundo. Comemoravam as vitórias e lamentavam as derrotas uns dos outros. Eram todos um só.

Era tudo família.

Esse mundo desapareceu com o suposto progresso. A maioria dos Burroughs e dos Mackenzies tinha se mudado. Eles agora moravam em pequenas mansões em bairros mais abastados como Brookline ou Newton, com arbustos e cercas e banheiros chiques de mármore e piscinas, e onde a mera noção de morar com a família não nuclear era um pesadelo incompreensível. Outros parentes se mudaram para condomínios fechados em estados mais quentes como Flórida ou Arizona e ostentavam bronzeados fortes e correntes de ouro. Famílias imigrantes mais recentes (do Camboja, do Vietnã, de onde quer que fosse) tinham ocupado várias das residências antigas. Elas também trabalhavam muito e acolhiam tudo que era parente, recomeçando o ciclo.

Philip pagou ao taxista e saiu para a calçada toda irregular. Ainda sentia o cheiro sutil do oceano Atlântico a duas quadras de distância. Revere Beach nunca tinha sido um lugar glamouroso. Até quando ele era jovem, o minigolfe mirrado, a montanha-russa enferrujada e o conjunto desgastado de fliperamas e outros jogos de feira já estavam nas últimas. Mas ele, Lenny e seus amigos não se importavam. Ficavam atrás da Sal's Pizzeria fumando e bebendo cerveja barata. Todos os garotos com quem eles andavam – Carl, Ricky, Heshy, Mitch – viraram médicos e advogados e se mudaram. Lenny e Philip continuaram na cidade como policiais. Philip pensou em dar uma passada rápida na Shirley Avenue para ver a casa onde ele e Ruth tinham criado os cinco filhos, mas decidiu não ir. As lembranças eram agradáveis, mas ele não estava com ânimo para distrações.

As lembranças sempre doem, não é? As boas, principalmente.

Os degraus de concreto eram altos demais. Quando era criança, adolescente, rapaz, Philip subia dois de cada vez, saltitante. Agora ele sofria com a dor nos joelhos. Só um dos quatro apartamentos ainda abrigava um braço da família Burroughs. Lenny, seu amigo mais antigo, seu ex-parceiro na polícia de Revere, estava morando de novo no mesmo apartamento térreo, à direita, que tinha sido o lar de sua família setenta anos antes. Ele agora morava ali com a irmã Sophie. Por algum motivo, Sophie nunca tinha seguido a vida, quase como se alguém tivesse que ficar para trás para cuidar da velha residência.

Ele pensou no filho de Lenny, cumprindo prisão perpétua na Briggs. O incidente todo era para lá de trágico. David não estava bem. Era óbvio. Philip era padrinho de David, mas eles conseguiram manter isso em segredo para dar um jeito de deixar David na Briggs. David não tinha irmãos (Maddy, esposa de Lenny, tinha algum "problema"; naquela época não se falava dessas coisas), mas Adam, o filho mais velho de Philip, era o melhor amigo de David, quase um irmão, uma relação não muito diferente da de Philip com Lenny. Adam também tinha passado horas ali, naquela residência para quatro famílias, que nem Philip. A casa dos Burroughs era um lugar estranho e maravilhoso naquela época. Quando Philip era pequeno – e até quando seu filho era pequeno –, era uma casa cheia de afeto, cor e textura. Os Burroughs levavam uma vida ruidosa, como um rádio sempre no volume máximo. Toda emoção era intensa. Quando alguém discutia (e se discutia muito ali dentro), era com vigor.

Mas então Maddy morreu, e tudo mudou.

Agora a casa era silenciosa, sem alegria, uma aparição decrépita. Por um instante Philip não conseguiu se mexer. Ficou parado ali na varanda, olhando para a porta. Estava prestes a bater quando aquela porta verde desbotada se abriu. Ele ficou imóvel. Se antes já estava desorientado, agora se sentia completamente aturdido. A chegada ao bairro antigo tinha despertado uma onda de nostalgia, mas, ao rever o rosto bonito de Sophie, sentiu um baque. Ela também estava se aproximando dos 70, mas Philip só enxergou a adolescente arfante que tinha atendido a porta para ele naquele mesmo lugar na noite do baile de formatura. Uma vida inteira antes, Philip e Sophie tinham namorado. Ele achava que os dois estavam apaixonados. Mas eles eram jovens. Aconteceu alguma coisa – ninguém mais lembrava. As Forças Armadas, a academia de polícia. Alguma coisa. Cinquenta anos antes. Sophie tinha se casado com um militar chamado Frank, de Lowell. Ele morreu em um exercício de treinamento qualquer em Ramstein, de modo que Sophie ficou viúva antes dos 25 anos. Ela foi morar com Lenny depois da morte de Maddy para ajudar a criar David e nunca se casou de novo. Philip tinha passado mais de quarenta anos comprometido com Ruth, mas em algumas noites ainda pensava em Sophie mais do que gostava de admitir. O acaso. A estrada não percorrida. O grande "e se". A boa que ele havia perdido.

Era proibido?

Ele ficou olhando para Sophie, sua mente ainda passeando por um universo alternativo em que não abrira mão dela.

Sophie pôs as mãos na cintura.

– Estou com alguma coisa nos dentes, Philip?

Ele balançou a cabeça.

– Então por que está me encarando?

– Por nada – respondeu ele. E acrescentou: – Você está bonita, Sophie.

Ela revirou os olhos.

– Entra, linguarudo. Seu charme está me enfeitiçando.

Philip entrou. Pouca coisa havia mudado, ou nada. Ele sentia os fantasmas à sua volta.

– Ele está descansando – disse Sophie, andando pelo corredor. Philip a seguiu. – Deve acordar daqui a pouco. Quer um café?

– Pode ser.

Eles chegaram à cozinha. Tinha sido modernizada. Sophie usava uma daquelas novas cafeteiras de cápsula que parece que todo mundo tem. Ela lhe deu uma caneca grossa, sem perguntar como ele queria. Ela sabia.

– Então, o que veio fazer aqui, Philip?

Ele forçou um sorriso por cima da caneca.

– Um homem não pode visitar um velho amigo e a bela irmã dele?

– Lembra o que eu falei sobre seu charme?

– Lembro.

– Era brincadeira.

– É, imaginei. – Ele baixou a caneca. – Preciso conversar com ele, Sophie.

– Sobre David?

– É.

– Ele está doente. Lenny.

– Eu sei.

– Quase completamente paralisado. Não consegue mais falar. Não sei nem se me reconhece.

– Sinto muito, Sophie.

– Ele vai ficar agitado?

Philip ponderou.

– Não sei.

– Não sei se vejo necessidade.

– Provavelmente não tem.

– Mas é isso o que vocês fazem – disse Sophie.

– É.

Sophie virou a cabeça para a janela.

– Lenny não gostaria de ser poupado. Então pode ir. Você sabe o caminho.

Ele baixou a caneca e se levantou. Philip queria dizer algo, mas não lhe ocorreu nenhuma palavra. Ela não olhou para Philip quando ele saiu da cozinha. Ele virou à direita e seguiu até o quarto nos fundos. O relógio de pêndulo continuava no corredor. Maddy tinha comprado em um leilão em Everett um século atrás. Lenny e Philip tinham ido buscar com a picape antiga de Philip. O negócio pesava mais de cem quilos. Eles levaram uma eternidade para desmontá-lo e transportá-lo. Tiveram que embalar o pêndulo, a mola principal, o cabo, as correntes, os pesos, os badalos e sabe Deus o que mais com cobertores grossos e plástico-bolha. Usaram fita-crepe para colar papelão na porta de vidro sextavado, e ainda assim um pedaço da base ficou lascado. Mas Maddy o adorava, e Lenny teria feito qualquer coisa por ela, e, bom, juntando os prós e os contras, não havia a menor dúvida de que foi Philip quem mais ganhou com aquela amizade. Não que um dos dois tivesse feito as contas.

Philip parou ao chegar ao quarto. Ele respirou fundo e estampou um sorriso no rosto. Ao entrar, se esforçou muito para manter o sorriso e torceu para seus olhos não entregarem a tristeza e o choque. Por um instante, ele ficou perto da porta e se limitou a olhar para o que havia sido seu melhor amigo. Ele se lembrava de sua força. Lenny tinha sido puro músculo, com porte de boxeador peso galo. Ele já era fitness antes de virar moda, cuidava da alimentação antes de isso virar um hábito difundido. Fazia cem flexões todo dia de manhã. Invariavelmente. Sem pausa. Seus antebraços pareciam cabos de aço, as veias eram grossas e salientes. Agora esses braços estavam parecendo fibras flácidas. Os olhos leitosos de Lenny estavam com aquela expressão perdida dos caras que tinham visto ação demais no Vietnã. Seus lábios estavam pálidos. A pele parecia pergaminho.

– Lenny?

Nenhuma reação. Philip se obrigou a dar um passo em direção à cama.

– Lenny, que palhaçada é essa do nosso Celtics? Hein? O que aconteceu?

Nada ainda.

– E o Pats? Tipo, eles jogaram tão bem por tanto tempo que não dá para reclamar, mas poxa. – Philip sorriu e se aproximou um pouco mais. – Ei, lembra quando a gente falou com Yaz depois daquele jogo do Orioles? Foi o máximo. Muito gente boa. Mas você já tinha falado. Livre agenciamento. Isso vai matar os times, como você previu.

Nada.

Da porta, ele ouviu a voz de Sophie.

– Senta do lado dele e pega na mão. Às vezes ele aperta.

Ela os deixou a sós. Philip se sentou ao lado de Lenny. Não pegou na mão dele. Não era a praia dos dois. Essa coisa de sentimentalismo e toque. Talvez David e Adam fossem disso, mas ele e Lenny não. Philip nunca disse para Lenny que o amava. E vice-versa. Eles não precisavam. E, apesar do que David tinha falado, Lenny nunca dissera que Philip estava em dívida. Eles não eram assim.

– Preciso conversar com você, Lenny.

Philip mergulhou de cabeça. Falou para Lenny sobre a ida de David à sua sala. A história toda. Tudo que ele lembrava. Lenny, claro, não reagiu. Seus olhos continuavam fixos. Talvez a expressão dele tenha ficado mais séria, mas Philip atribuiu isso à própria imaginação. Era que nem falar com uma cabeceira de cama. Algum tempo depois – quando Philip estava quase terminando a história –, ele chegou a colocar a mão em cima da do amigo. E a mão não parecia uma mão. Parecia um objeto inanimado distante, frágil, tipo um filhote de passarinho morto ou algo do tipo.

– Não sei bem o que fazer – disse Philip, conforme ia diminuindo o ritmo. – Foi por isso que vim te ver. Nós dois já vimos bandidos tentarem de tudo para alegar inocência ou justificar suas ações. Caramba, a gente passou a carreira toda ouvindo essa baboseira. Mas não era isso. Eu acredito de verdade. Seu filho não faria isso. David acredita. Ele está enganado, claro. Quem dera fosse verdade... nossa, como eu queria que fosse... mas Matthew morreu. David teve um surto qualquer. É o que eu acho. Você e eu já conversamos sobre isso. Ele não se lembra e, cacete, não sei se ele é culpado ou responsável. A gente não era muito fã daquelas defesas por insanidade mental, mas também sabemos que David é uma pessoa boa. Sempre foi.

Ele olhou para Lenny. Nada ainda. Só o sobe e desce do peito informava a Philip que ele não estava falando com um cadáver.

– A questão é a seguinte. – Philip se inclinou um pouco mais e, por algum motivo, abaixou a voz. – David quer que eu o ajude a fugir. É loucura. Você sabe. Eu sei. Eu não tenho esse poder. E, mesmo se tivesse, para onde ele iria? Seria uma operação enorme de perseguição. Ele provavelmente acabaria metralhado. Não queremos isso para ele. Eu ainda queria que ele tentasse procurar ajuda, talvez um novo julgamento, sei lá. É a melhor chance dele, está me entendendo?

Um cano do radiador começou a estalar. Philip balançou a cabeça e sorriu. Cano desgraçado. Fazia o quê, quarenta, cinquenta anos que ele estalava? Philip se lembrava de tentar drenar os radiadores com Lenny, mas eles nunca conseguiram descobrir o motivo dos estalos. Ar preso ou algo do tipo. Eles iam lá, consertavam, e funcionava direito por algumas semanas, e aí... pá, pá... começava de novo.

– Nós somos idosos, Lenny. Velhos demais para essa palhaçada. Mais um ano e eu me aposento. Duas pensões. Posso perder tudo se fizer besteira. Está me entendendo? Não posso correr esse risco. Não seria justo com Ruth. Ela está de olho num apartamento em um condomínio fechado na Carolina do Sul. Clima bom o ano todo. Mas você sabe que sempre vou cuidar de David. Haja o que houver. Como eu prometi. Ele é seu garoto. Eu entendo. Então quero que você saiba. Eu vou cuidar dele...

Ele parou de falar. Seu peito começou a oscilar. Agora, aquele dia, aquele momento... provavelmente era a última vez que ele veria Lenny. Esse pensamento veio do nada. Como um soco. Ele sentiu as lágrimas começarem a subir para os olhos, mas as engoliu. Piscou com força, virou o rosto. Ficou de pé e pôs a mão no ombro do amigo. Não tinha carne ali, não tinha músculo. Foi que nem encostar em osso puro.

– É melhor eu ir embora, Lenny. Se cuida, tá bem? Até mais.

Ele foi até a porta. Sophie o encontrou na entrada.

– Você está bem, Philip? – perguntou ela.

Ele fez que sim, sem confiar na própria voz.

Sophie olhou nos seus olhos. Foi quase insuportável para ele. Sophie então olhou para o irmão acamado. Ela gesticulou para que Philip se virasse. Ele seguiu o olhar dela lentamente. Lenny não tinha se mexido. Seu rosto continuava aquela máscara mortuária esquelética. Seus olhos continuavam fixos, sem vida, a boca continuava ligeiramente aberta em uma espécie de grito silencioso horrível. Mas ele viu o que Sophie estava tentando mostrar.

Uma única lágrima escorria pela pele descorada de Lenny.

Philip se virou de novo para ela.

– Preciso ir embora.

Ela o acompanhou pelo corredor, passando pelo relógio de pêndulo e pelo piano. Abriu a porta. Ele saiu para o alpendre. O ar puro estava gostoso. O sol brilhava em seus olhos. Ele os cobriu por um instante e abriu um sorriso fraco para ela.

– Foi bom te ver, Sophie.

O sorriso dela foi tenso.

– O que foi? – perguntou ele.

– Lenny sempre me disse que você era o homem mais forte que ele conhecia.

– *Era* – repetiu ele. – Pretérito.

– E agora?

– Agora sou só velho.

Sophie balançou a cabeça.

– Você não é velho, Philip – disse ela. – Só está com medo.

– Não sei se tem diferença.

Ele se virou. Desceu os degraus de concreto sem olhar para trás, mas sentia os olhos dela, pesados e talvez, depois de tantos anos, impiedosos.

capítulo seis

Estou agitado demais para dormir.

Fico andando de um lado para outro na minha cela minúscula. Dois passos, vira, dois passos, vira. A adrenalina do confronto com Ross Sumner corre pelas minhas veias. O sono não veio ontem à noite. Não sei quando vai vir de novo.

– Visita.

É Curly de novo. Fico surpreso.

– Ainda posso receber visita?

– Até alguém me disser que não.

Cada parte do meu corpo dói, mas é uma dor boa. Depois que os guardas interferiram, nós dois fomos levados para a enfermaria. Consegui ir andando. Ross teve que ser carregado de maca. Paciência. A enfermeira passou uma água oxigenada nas mordidas e nos arranhões e me mandou de volta para minha cela. Ross Sumner, infelizmente, não teve tanta sorte. Até onde eu sei, ele continua na enfermaria. Não era para eu estar gostando disso. Eu deveria reconhecer que minha arrogância íntima cheia de alegria é resultado de algo primitivo que esta prisão brutal incutiu em mim, mas que se dane.

Estou muito satisfeito com a dor de Ross.

Curly me conduz em silêncio completo pelo mesmo caminho até a área de visitação. Hoje estou andando quase saltitante.

– Mesma pessoa? – pergunto, só para ver o que vou receber em troca.

Não recebo nada.

Eu me sento no mesmíssimo banco. Rachel agora nem se dá ao trabalho de disfarçar o pavor.

– Meu Deus, o que foi que aconteceu com você?

Sorrio e digo algo que nunca achei que diria:

– É porque você não viu o outro cara.

Rachel examina abertamente meu rosto por um bom tempo. Ontem ela tentou ser mais discreta. Essa farsa agora acabou. Ela gesticula para mim com o queixo.

– Como foi que você arranjou essas cicatrizes todas?

– O que você acha?

– Seu olho…

– Não enxergo direito com ele. Mas tudo bem. Temos preocupações maiores.

Ela continua olhando.

– Anda logo, Rachel. Preciso que você se concentre. Esquece meu rosto, tá?

Os olhos dela passam pelas minhas cicatrizes por mais alguns segundos. Fico parado, deixo que ela continue. E aí ela faz a pergunta óbvia:

– O que a gente faz agora?

– Preciso sair daqui – respondo.

– Você tem um plano?

– Não. Para exercitar a cabeça, para preservar um pouco da sanidade, eu costumava imaginar jeitos de sair daqui. Tipo planos de fuga, sabe. Nada que eu fosse levar a cabo. Só pela graça.

– E?

– E, usando minha perícia investigativa, sem falar da minha astúcia inata, o que me ocorreu foi – dou de ombros – nada. É impossível.

Rachel assente.

– Ninguém foge da Briggs desde 1983… e o cara foi capturado em três dias.

– Você fez o dever de casa.

– É o costume. O que você vai fazer?

– Vamos deixar isso de lado. Preciso que você faça umas pesquisas para mim.

Quando Rachel puxa o bloquinho de repórter, o bom e velho modelo de 10 por 20 com espiral de arame em cima, não consigo conter um sorriso. Ela usou um desses por anos, antes mesmo de começar a trabalhar no *Globe*, e sempre parecia estar fantasiada de repórter, como se fosse botar um chapéu com um cartãozinho de IMPRENSA preso na aba.

– Pode falar – diz Rachel.

– Em primeiro lugar – respondo –, temos que descobrir a verdadeira identidade da vítima.

– Porque agora sabemos que não era Matthew.

– Talvez *saber* seja um verbo otimista, mas sim.

– Certo, vou começar pelo Centro Nacional para Crianças Desaparecidas e Exploradas.

– Mas não pare aí. Tente qualquer site em que você conseguir pensar, redes sociais, jornais antigos, o que for. Vamos começar com uma lista de meninos brancos de idade entre 2 e, digamos, 4 anos que tenham sido dados como desaparecidos em uma margem de dois meses em torno do assassinato. Tenta limitar a pesquisa a um raio de 300 quilômetros. Depois você expande. Um pouco mais novos, um pouco mais velhos, um pouco mais longe, sabe como é.

Rachel anota tudo.

– Pode ser que eu tenha algumas fontes que ainda não queimei no FBI – diz ela. – Talvez alguém possa ajudar.

– Fontes que você não queimou?

Ela faz um gesto de indiferença.

– O que mais?

– Hilde Winslow – digo.

Nós dois ficamos quietos por um instante.

Então Rachel pergunta:

– O que tem ela?

Minha garganta dá um nó. É difícil falar.

– David?

Gesticulo que estou bem. Recupero a compostura pouco a pouco. Quando consigo confiar na minha voz de novo, pergunto:

– Você se lembra do depoimento dela?

– Claro.

Hilde Winslow, uma viúva idosa com visão perfeita, disse ter me visto enterrar alguma coisa na mata entre as nossas casas. A polícia cavou naquele lugar e descobriu a arma do crime cheia de impressões digitais minhas.

Sinto os olhos de Rachel em mim, na expectativa.

– Eu nunca consegui explicar isso – digo enfim, tentando me distanciar um pouco, fingindo que estou falando de outra pessoa, não de mim. – No começo, achei que talvez ela tivesse visto alguém parecido comigo. Um caso de confusão de identidade. Estava escuro. Eram quatro da manhã. Eu estava bem longe da janela dos fundos dela.

– Foi isso que Florio falou no interrogatório.

Tom Florio foi meu advogado.

– Isso. Mas ele não teve muito sucesso.

– A Sra. Winslow era uma testemunha forte – diz Rachel.

Faço que sim, sentindo as emoções começarem a crescer e me dominar de novo.

– Ela parecia só uma senhorinha fofa com mente afiada. Não tinha nenhum motivo para mentir. O depoimento dela acabou comigo. Foi aí que as pessoas mais próximas de mim começaram a ter sérias dúvidas. – Olho para ela. – Até você, Rachel.

– E até você, David.

Ela sustenta meu olhar sem nem tremer. Sou eu que viro o rosto.

– Temos que achá-la.

– Por quê? Se ela se enganou...

– Ela não se enganou – digo.

– Não entendi.

– Hilde Winslow mentiu. É a única explicação. Ela mentiu no julgamento, e precisamos saber por quê.

Rachel não fala nada. Uma jovem, eu seria capaz de apostar que ainda é adolescente, passa atrás de Rachel e se senta no banco ao lado dela. Um preso corpulento que não reconheço, coberto de tatuagens feitas com gilete, chega e se senta na frente dela. Sem qualquer preâmbulo, ele começa a esbravejar com ela em um idioma que não entendo, gesticulando sem parar. A menina baixa a cabeça e não fala nada.

– Tudo bem – diz Rachel. – O que mais?

– Prepare-se.

– Como assim?

– Se você tiver alguma pendência para resolver, resolva agora. Junte o máximo possível em dinheiro vivo, mas saque abaixo de dez mil por dia para não chamar atenção do governo. Começa hoje. Precisamos da maior quantidade possível de dinheiro, só por via das dúvidas.

– Por via das dúvidas de quê?

– De eu conseguir sair daqui.

Eu me inclino para a frente. Sei que meus olhos estão injetados e, a julgar pela expressão dela, pareço... estranho. Assustador, até.

– Olha – murmuro –, eu sei que devia fazer aquele discurso todo agora, que, se eu conseguir escapar... eu sei, eu sei, mas escuta... se eu conseguir escapar, você vai dar auxílio a um fugitivo de presídio federal, e isso é crime. Se eu fosse uma pessoa melhor, falaria um clichê na linha de que esta luta é minha, não sua, mas a verdade é que eu não posso fazer isso. Não tenho a menor chance sem você.

– Ele é meu sobrinho – responde ela, endireitando um pouco as costas.

Ele *é*. Presente do indicativo. Não "ele era". Ela acredita. Deus nos ajude, pois nós acreditamos mesmo que Matthew está vivo.

– O que mais, David?

Não respondo. Meus olhos se desviam, o polegar e o indicador cutucam meu lábio inferior.

– David.

– Matthew está em algum lugar – digo. – Ele estava vivo esse tempo todo.
Minhas palavras ficam no ar imóvel da cadeia.

– Os últimos cinco anos foram um inferno para mim, mas eu sou o pai
dele. Eu aguento. – Meu olhar se fixa nela. – Como terão sido para meu filho?

– Não sei – responde Rachel. – Mas a gente precisa encontrá-lo.

Ted Weston gostava de usar o apelido Curly no trabalho.

Ninguém o chamava assim em casa. Só ali. Na Briggs. Isso proporcionava
alguma distância da ralé com que ele tinha que lidar todos os dias. Ele não
gostava que aqueles caras usassem ou sequer soubessem seu nome verdadeiro.
Quando o expediente acabava, Ted tomava banho no vestiário dos agentes
penitenciários. Sempre. Nunca ia para casa de uniforme. Tomava um banho
bem quente e esfregava o corpo para se limpar daquele lugar, daqueles homens horrorosos e do bafo horroroso deles que pudesse estar embrenhado
nas roupas e no cabelo, do suor e do DNA deles, da malignidade deles que
parecia um parasita vivo que cola em qualquer microcosmo decente e o
corrói. Ted lavava isso tudo, esfregava com água escaldante e sabão industrial
e uma escova de cerdas duras, e depois vestia cuidadosamente sua roupa de
civil, sua roupa de verdade, antes de voltar para Edna e as duas filhas, Jade
e Izzy. Mesmo assim, logo que chegava em casa, Ted tomava outro banho e
trocava de roupa, só para garantir, só para ter certeza de que nada daquele
lugar contaminaria sua casa e sua família.

Jade tinha 8 anos e estava no terceiro ano. Izzy tinha 6 e era autista ou
estava no espectro ou seja lá qual for o termo que os supostos especialistas
usavam para descrever a filha mais maravilhosa que Deus já criou. Ted amava
as duas do fundo do coração, amava tanto que às vezes, na mesa da cozinha,
parava e ficava olhando para elas, e o amor corria por suas veias com tanta
força, tão rápido, que ele tinha medo de que jorrasse para fora.

Mas agora, na enfermaria da cadeia, ao lado do leito de um detento par-
ticularmente maligno chamado Ross Sumner, Ted se repreendeu por pensar
nas filhas, por permitir que essa pureza entrasse em sua cabeça enquanto
estava na presença de um monstro.

– Cinquenta mil – disse Sumner.

Ross Sumner estava na enfermaria. Ótimo. David Burroughs tinha dado
uma surra no cara. Quem diria que Burroughs era capaz disso? Não que
qualquer um dos dois fosse o que Ted chamaria de "embrutecidos", ao

contrário de só horríveis. Ainda assim, o rostinho bonito de Sumner tinha sido arrebentado. O nariz estava quebrado. Os olhos estavam praticamente fechados de tão inchados. Parecia que ele estava sofrendo, e Ted gostava disso.

– Você ouviu, Theodore?

Sumner, claro, sabia seu nome. Ted não gostava disso.

– Ouvi.

– E?

– E a resposta é não.

– Cinquenta mil. Pensa bem.

– Não.

Sumner tentou se sentar um pouco.

– O homem matou o próprio filho.

Ted Weston balançou a cabeça.

– O assassino aqui é você, não eu.

– Assassino? Ah, Ted, você não entendeu. Você não seria nenhum assassino. Você seria um herói. Um anjo vingador. Com 50 mil no bolso.

– Por que você quer tanto que ele morra, afinal?

– Olha para a minha cara. Olha o que Burroughs fez com a minha cara.

Ted Weston olhou. Mas não estava convencido. Tinha algo mais naquela história.

– Cem mil – ofereceu Sumner.

Ted engoliu em seco. Cem mil. Pensou em Izzy e no preço daqueles especialistas todos.

– Não posso.

– Claro que pode. Você já deu a dica para a gente sobre a visitante de Burroughs com a fotografia.

– Isso foi... foi só um favorzinho.

Sumner sorriu.

– Então pense que é só mais um favor. Um favor maior, talvez, mas eu tenho um plano. Um plano infalível.

– Aham – debochou Ted. – Nunca ouvi essa por aqui.

– Que tal eu falar o que eu estou pensando? Teoricamente. Só escuta, pode ser? Por diversão.

Ted não disse que não nem o mandou calar a boca. Não se afastou nem balançou a cabeça. Só ficou parado ali.

– Digamos que um agente penitenciário... alguém como você, Ted... me trouxesse uma lâmina qualquer. Uma faquinha improvisada, digamos. Como você sabe, tem muito disso num lugar como este. Digamos, hipoteticamente, que eu segure a faquinha só para deixar minhas impressões digitais na arma. Depois, também hipoteticamente, digamos que o agente penitenciário coloque luvas. Como, por exemplo, as que tem aqui na enfermaria. – Ross sorriu sob a dor da surra. – Depois eu assumo a culpa. Depois eu confesso, espontaneamente, tranquilamente… afinal, o que eu tenho a perder? No mínimo isso vai ajudar a me libertar.

Ted Weston franziu o cenho.

– Ajudar como?

– Meu recurso se baseia na minha sanidade mental. Matar Burroughs vai me fazer parecer mais maluco ainda. Não entendeu? Vão ter a arma do crime com minhas impressões digitais. Vão ter minha confissão. Dezenas de testemunhas acabaram de ver nosso confronto, uma briga que quase terminou em morte, que vai servir mais ainda de motivação para mim. – Ele virou a palma das mãos para o teto. – Caso encerrado.

Ted Weston não teve como não se sentir balançado. Cem mil. Era mais do que um ano de salário. E em dinheiro vivo, sem desconto de imposto, então estava mais para dois anos de salário. Ted pensou no que ele e Edna poderiam fazer com aquela grana toda. Eles estavam soterrados de boletos. Não seria só uma boia salva-vidas. Seria um baita de um iate. E ele sabia que Sumner tinha como bancar. Todo mundo sabia. Sumner já havia transferido dois mil para a conta dele e de Bob para que fizessem vista grossa na cantina, e eles fizeram, até o bicho pegar.

Fazer vista grossa por dois mil era uma coisa. Ganhar quinhentos por vez para informar sobre as atividades de Burroughs, como Ted vinha fazendo havia anos, também era bom. Mas 100 mil… caramba, Ted ficou até tonto. E ele só precisava esfaquear um assassino de bebês imprestável que teria sido executado de qualquer jeito, um homem que, se Sumner queria que morresse, acabaria morto de um jeito ou de outro. Então, que mal fazia? Qual era o problema?

Sumner tinha razão. Ninguém acusaria Ted. Mesmo se desse errado, Ted era respeitado ali. Seus colegas o apoiariam.

Seria fácil demais.

Ted balançou a cabeça.

– Não posso.

– Se você está tentando negociar um valor mais alto…

– Não. Eu não faço essas coisas.

Sumner riu.

– Ah, você é superior, é isso?

– Preciso ser correto em nome da minha família – disse Ted. – Do meu Deus.

– Seu Deus? – Sumner riu de novo. – Essa baboseira supersticiosa? Seu Deus deixa milhares de crianças passarem fome todo dia, mas me deixa vivo para matar e estuprar? Já pensou nisso, Theodore? Seu Deus me viu torturar gente. Seu Deus era fraco demais para me deter… ou ele quis ver minhas vítimas sofrerem uma morte horrível?

Ted não se deu ao trabalho de responder. Ficou olhando para o chão, e seu rosto ficou vermelho.

– Você não tem escolha, Theodore.

Ted olhou para ele.

– Como assim?

– Eu preciso que você faça isso. Você já aceitou dinheiro nosso. Posso contar para os seus chefes… sem falar na polícia, na imprensa, na sua família. Não quero ter que fazer isso. Eu gosto de você. Você é um cara bom. Mas a gente está desesperado. Parece que você não entende isso. A gente quer que Burroughs morra.

– "A gente", "a gente"… Quem é "a gente"?

Sumner olhou nos olhos dele.

– Você não quer saber. A gente precisa que ele morra. E a gente precisa que ele morra hoje.

– Hoje? – Ted não acreditava no que estava ouvindo. – Mesmo que eu…

– Posso fazer mais ameaças, se você quiser. Posso te lembrar da nossa fortuna. Posso lembrar que ainda temos recursos lá fora. Posso lembrar que sabemos tudo sobre você, que sabemos onde sua família…

A mão de Ted voou para o pescoço de Ross Sumner. Sumner nem piscou quando os dedos de Ted se fecharam em torno de sua garganta. Não demorou, claro. Ted soltou quase imediatamente.

– Podemos complicar a sua situação, Theodore. Você nem imagina.

Ted se sentia perdido, à deriva.

– Mas vamos deixar o desconforto de lado, que tal? Somos amigos. Amigos não fazem ameaças vazias. Estamos do mesmo lado. Nos melhores relacionamentos ninguém sai com as mãos abanando, Theodore. Os melhores relacionamentos são os que beneficiam os dois lados. E acho que eu me comportei mal, agora. Por favor, aceite meu pedido de desculpas. E um bônus de 10 mil. – Sumner passou a língua nos lábios. – Cento e dez mil. Pensa nesse dinheiro todo.

Ted estava se sentindo mal. Ameaças vazias. Gente como Ross Sumner não fazia ameaças vazias.

Como o homem falou, Ted não tinha escolha. Ele estava prestes a ser obrigado a ultrapassar um limite do qual ele sabia que não tinha volta.

– Me conta seu plano de novo.

capítulo sete

DE VOLTA AO QUARTO, Rachel olhou para a foto do (talvez) Matthew, pegou o celular e pensou se ligava para a irmã Cheryl e fazia o mundo dela desmoronar.

Foi estranho David não ter pedido a ela que mostrasse a foto de novo. Ela havia se preparado para isso. A incerteza se entranha quando a fotografia não está no centro das atenções. Ao olhar direto para a imagem, de algum jeito dá para saber que aquele só pode ser Matthew. Ao guardá-la, ao depender da imaginação em vez de algo concreto como a foto física, bate a ideia de como é ridícula a suposição, do absurdo sem medida que é a crença de que um vislumbre distante de uma criança pequena poderia ser prova de que um bebê que tinha sido assassinado cinco anos antes, na verdade, está vivo.

Ela não deveria ligar para Cheryl. Não deveria contar isso para ela.

Mas Rachel tinha o direito de tomar essa decisão?

Rachel estava hospedada no Briggs Motor Lodge do Maine, que ela imaginava que fosse famoso pelas paredes feitas de gaze ou malha de algodão. No momento, ela estava ouvindo os vizinhos desfrutarem ardorosa e avidamente a estadia como se estivesse junto com eles na cama. A mulher não parava de gritar "Ai, Kevin" e "Vai, Kevin" e "Isso, Kevin" e até (nossa, como Rachel torcia para que isso fosse algo que a mulher gritasse no calor da paixão, não para tentar ser charmosa nem nada) "Me leva pro paraíso, Kevin".

Uma relaxadinha vespertina, ponderou Rachel, com alguma amargura. *Deve ser legal.*

Quando tinha sido a última vez que ela passara uma tarde assim?

Não valia a pena pensar nisso. Rachel ainda estava se recuperando de um forte ataque de pânico, provocado, imaginava ela, por uma combinação da conversa com David com a interrupção de seu ansiolítico. O remédio não servira. Não muito. Tinha tomado o alprazolam ou o que quer que fosse na esperança de embotar a dor de ter sido responsável pela morte de um ser humano, mas, embora ele tivesse afastado um pouco da culpa (feito parecer um pouco mais vaga), o sentimento persistiu.

Ela tentou se concentrar em tomar a atitude certa.

Deveria ligar para a irmã e contar. Era o que Rachel ia querer se os papéis fossem invertidos e Cheryl estivesse com a foto. Rachel pegou o celular.

O sinal era fraco no interior do Maine. Era uma cidade que girava em torno da cadeia. Todos os hóspedes do hotel tinham alguma relação com a Briggs Penitentiary – visitantes, vendedores, fornecedores, entregadores, esse tipo de coisa.

O sinal estava com força suficiente para fazer a chamada. Seus dedos clicaram no ícone de Contatos e rolaram até o nome de Cheryl. O dedo pairou acima do botão de chamada.

Não faça isso.

Ela havia prometido a si mesma não contar nada a Cheryl – proteger a irmã – enquanto não tivesse certeza. No momento, desconsiderando as emoções, ainda não sabia nada. Estava com a foto de um menino que parecia seu sobrinho morto. Ponto. Mais nada. Fora o entusiasmo de David, eles não tinham coisa alguma.

Ligou a televisão. No letreiro da rua, o Briggs Motor Lodge do Maine ostentava que todos os quartos tinham TV A CORES, cada letra de uma cor – o T era laranja, o V era verde, o A era azul – para destacar o fato, mas Rachel achava que atrativo mesmo seria se o hotel ainda tivesse televisão em preto e branco. Ela zapeou pelos canais. A maioria eram programas de entrevista e noticiários ruins. Os comerciais (compre ouro, faça uma segunda hipoteca, acabe com as suas dívidas, invista em criptomoedas) pareciam todos versões lícitas de esquemas de pirâmide.

A economia americana depende mais da vigarice do que gostamos de pensar.

As festividades no quarto ao lado atingiram um crescendo quando Kevin anunciou repetidamente e com muito vigor que estava se aproximando da linha de chegada. Alguns segundos depois, os fogos metafóricos estouraram e tudo ficou em silêncio. Rachel se sentiu tentada a aplaudir. David tinha perguntado sobre sua carreira de jornalista e ela havia se recusado a responder. Não havia motivo para explicar que ela tinha feito besteira e destruído sua vida, que tinha sido demitida e humilhada e que, para falar a verdade, uma história dessas talvez fosse a única chance de ressuscitar sua carreira. Não valia a pena falar disso. Era uma distração. Ela estaria ali de qualquer jeito. Era o que dizia para si mesma, e provavelmente era verdade.

O celular estava na cama.

Que se dane.

Rachel pegou o telefone e, antes que pudesse evitar, clicou no número da irmã, o primeiro na lista de favoritos. Pôs o telefone na orelha. Ainda não tinha começado a tocar. Ainda dava tempo de desligar. Ela fechou os olhos quando soou o primeiro toque. Ainda dava tempo. No segundo toque, ouviu uma voz entrecortada, que não era da irmã dela.

– Alô?

Era Ronald, o novo marido de Cheryl.

– Oi, Ronald. – E, embora o telefone certamente tivesse identificador de chamada, ela acrescentou: – É a Rachel.

– Boa tarde, Rachel. Como vai?

– Tudo bem – disse ela. E: – Esse não é o celular da Cheryl?

– É.

Ele era sempre Ronald, nunca Ron, nem Ronny, nem Ronster, o que explicava tudo sobre a dicção e postura dele.

– Sua irmã está saindo do banho, então tomei a liberdade de atender por ela.

Silêncio.

– Se quiser esperar um instante – continuou Ronald –, ela já vem.

– Eu espero.

Ela o escutou baixar o celular. A cabeça de Rachel estava girando um pouco por causa do álcool, mas ela se sentia bem no controle. Vozes abafadas soaram antes de Cheryl atender com um tom um pouco esbaforido.

– Oi, Rach.

Rachel sabia que, para algumas pessoas, podia parecer que seu ranço por Ronald Dreason era exagerado ou injusto. Provavelmente era mesmo, claro. Culpa de Cheryl. Ela não tinha escolhido um bom momento para introduzir esse novo homem em sua vida.

– Oi – disse Rachel, enfim.

Quase deu para ouvir a irmã franzir o cenho.

– Está tudo bem?

– Está.

– Você andou bebendo?

Silêncio.

– Qual é o problema?

Rachel tinha ensaiado as palavras dentro da cabeça desde que voltara ao quarto, mas, agora que tinha chegado a hora, tudo sumiu.

– Só ligando para saber como você está se sentindo. Tudo bem?

– Tranquilo. O enjoo matinal passou. Vamos fazer um ultrassom na quinta.

– Maravilha. Vão saber o sexo?

– Vamos, mas não se preocupe… não vai ter chá-revelação.

Graças a Deus pelas pequenas bênçãos, pensou ela.

– Que ótimo – disse.

– É, Rach, incrível, ótimo. Quer parar de enrolar e me falar qual é o problema?

Rachel levantou a foto de novo. Irene e Pernalonga e aquele menino de perfil. Ela pensou no rosto cheio de cicatrizes de David atrás do acrílico, no jeito como a cabeça dele tinha se inclinado ligeiramente para o lado quando ele ergueu um dedo até a foto, a dor crua e perturbada nos olhos vazios. Ela estava certa. David não tinha nada. Cheryl tinha uma vida. Ela passou por um sofrimento incomensurável ao perder o filho e depois descobrir que a causa era o próprio marido. Não era justo virar a vida dela do avesso por algo que provavelmente não era nada.

– Alô – disse Cheryl. – Terra chamando Rachel.

Ela engoliu em seco.

– Pelo telefone não.

– Quê?

– Preciso te encontrar. Assim que possível.

– Você está me assustando, Rach.

– Não foi minha intenção.

– Tudo bem, vem aqui agora.

– Não dá.

– Por que não? – perguntou Cheryl.

– Não estou em casa.

– Onde você está?

– No Maine. Briggs County.

O silêncio foi sufocante. Rachel segurou o celular, fechou os olhos e esperou. Quando Cheryl finalmente falou, a voz era um sussurro agoniado.

– Que palhaçada é essa que você está tentando fazer comigo?

– Vou embora amanhã. Passa lá em casa. Oito da noite. E não leva o Ronald.

Há uma linha tênue que separa o dia e a noite aqui na Briggs.

Tem a hora de "apagar as luzes" às dez da noite, mas isso só significa que elas são diminuídas. Nunca fica escuro aqui. Talvez isso seja bom, sei lá. Estamos todos nas nossas celas, então nem dá para a gente ficar circulando e perturbando os outros. Tenho uma luminária na minha cela para que eu possa ficar lendo até tarde. Seria de se pensar que eu faria muito isso aqui – ler e escrever –, mas é difícil me concentrar, em parte por causa do problema do meu olho provocado pelo primeiro ataque. Sinto dor de cabeça se fizer uma dessas coisas por mais de uma hora. Ou talvez não seja só uma questão física. Talvez seja mais psicossomática ou algo do tipo. Sei lá.

Mas hoje ponho as mãos atrás da cabeça e me recosto no travesseiro fino. Abro as comportas mentais e, pela primeira vez desde que entrei aqui, deixo Matthew entrar. Não bloqueio as imagens. Não boto trava nem filtro. Deixo todas virem e me envolverem. Praticamente me lavo com elas. Penso no meu pai, que sem dúvida está morrendo no mesmo quarto que ele dividiu com minha mãe. Penso na minha mãe, que morreu quando eu tinha 8 anos e, sim, eu sei que nunca cheguei a superar isso. Não me lembro mais do rosto dela, faz muitos anos que não consigo evocar sua imagem, dependendo mais daquelas fotos que tínhamos em cima do piano do que de qualquer coisa da minha memória. Imagino a tia Sophie, minha Sophie maravilhosa, a mulher boa e generosa que me criou depois que minha mãe morreu, a criatura divina por quem sinto um amor incondicional, ainda presa naquela casa, sem dúvida cuidando do meu pai até o último suspiro dele.

Um som perto da porta da minha cela me faz inclinar a cabeça.

Barulhos noturnos não são incomuns aqui. São sons horríveis, que gelam o sangue de qualquer um, inescapáveis, constantes. Este pavilhão não tem muitos homens que dormem bem. Muitos gritam durante o sono. Outros gostam de passar a noite em claro e bater papo através das grades, invertendo o relógio biológico, ficando acordados a noite toda que nem vampiros e dormindo durante o dia. Por que não? Aqui dentro não tem dia e noite. Não exatamente.

E, claro, tem homens que se masturbam abertamente com muito mais orgulho libidinoso do que discrição.

Mas esse som, o que me faz inclinar a cabeça, é diferente. Não vem de outra cela nem da cabine dos guardas nem de nada relacionado aos pavilhões dos presos comuns. Está vindo da porta da minha cela.

– Oi?

Uma luz de lanterna me atinge na cara e me cega por um instante. Não gosto disso. Nem um pouco. Eu bloqueio a luz com a mão fechada e semicerro as pálpebras.

– Oi.

– Fica quieto, Burroughs.

– Curly?

– Mandei ficar quieto.

Não sei o que está acontecendo, então obedeço. Não temos trancas e chaves tradicionais aqui na Briggs. A porta da minha cela funciona com um sistema de trancas eletromecânicas que trava automaticamente. É controlado por alavancas na cabine dos guardas. As chaves individuais das portas são só um backup.

E são essas que Curly está usando agora.

Nunca vi essa chave ser usada.

– O que está acontecendo? – pergunto.

– Vou te levar até a enfermaria.

– Não precisa – digo. – Estou bem.

– Não é você quem decide – diz Curly, quase sussurrando.

– Quem é que decide?

– Ross Sumner fez uma queixa formal.

– E daí?

– Daí que a médica precisa catalogar seus ferimentos.

– Agora?

– Qual o problema? Tá ocupado?

As palavras dele têm o sarcasmo de sempre, mas a voz está tensa.

– Está tarde – digo.

– Seu sono de beleza pode ficar para depois. Levanta logo.

Sem saber muito bem o que fazer, obedeço.

– Será que você pode tirar essa luz da minha cara?

– Anda logo.

– Por que você está sussurrando?

– Ficou a maior algazarra aqui por causa de vocês dois. Você acha que eu quero que aconteça de novo?

Faz sentido, eu acho, mas, por outro lado, as palavras parecem vazias. Ainda assim, que escolha eu tenho? Preciso ir. Não gosto, mas, falando sério, qual é o problema? Eu vou. Falo com a médica. Talvez deboche um pouco de Sumner na maca.

Saímos do nosso pavilhão e começamos a andar pelo corredor. Gritos distantes do pavilhão comum rebatem nas paredes de concreto como bolas de borracha. As luzes estão fracas. Meu calçado é uma sandália de tecido da penitenciária, mas os sapatos de Curly são pretos e ecoam no chão. Ele diminui o passo. Eu faço o mesmo.

– Continua andando, Burroughs.

– Quê?

– Continua.

Ele se mantém meio passo atrás de mim. Estamos sozinhos no corredor. Dou uma olhada de esguelha para trás. O rosto de Curly está pálido. Seus olhos brilham. Seu lábio inferior treme. Ele parece prestes a chorar.

– Está tudo bem, Curly?

Ele não responde. Passamos por um ponto de controle, mas não tem nenhum guarda aqui. Estranho. Curly destranca o portão com um controle eletrônico. Quando chegamos à interseção em T, ele põe a mão no meu cotovelo e me leva para a direita.

– A enfermaria fica para o outro lado – digo.

– Você tem que preencher uns formulários antes.

Andamos por outro corredor. Os sons da cadeia que estavam fracos agora sumiram de vez. O silêncio é tanto que dá para ouvir a respiração pesada de Curly. Não conheço esta parte da penitenciária. Nunca estive aqui. Não tem nenhuma cela. As portas aqui são de vidro miniboreal que nem boxe de chuveiro. A sala de Philip tinha uma porta assim. Imagino que seja uma área executiva onde vamos encontrar alguém que vá me ajudar a preencher a papelada. Mas não tem nenhuma luz do outro lado dos vidros. Parece muito que estamos sozinhos.

Percebo outra coisa que eu não tinha reparado antes.

Curly está de luva.

É de látex preto. Guardas raramente usam luva. Então por que agora? Por que hoje? Não sou do tipo que acredita cegamente nos instintos. Geralmente eles conduzem na direção errada. Mas, juntando tudo – os instintos, o horário, a desculpa, as luvas, o caminho, o comportamento de Curly, a postura dele –, com certeza tem algo errado.

Alguns dias atrás, eu não teria ligado muito. Mas agora tudo mudou.

– Mais adiante – diz Curly. – É a última porta à esquerda.

Meu coração está pulando no peito. Olho à frente, para a última porta à esquerda. Ela também tem vidro miniboreal. Também não tem nenhuma luz.

Mau sinal.

Paro de andar. Curly fica atrás de mim. Ele também não está se mexendo. Escuto um ruído fraco saindo dele. Eu me viro devagar. Tem lágrimas descendo pelo rosto dele.

– Está tudo bem? – pergunto.

E aí vejo o reflexo do aço.

Uma lâmina vindo direto para minha barriga.

Não dá tempo de pensar nem fazer nada além de reagir. Inclino o corpo para o lado enquanto desço o antebraço para afastar a lâmina. Ela se desvia por muito pouco – erra o lado direito do meu abdome só por uns dois centímetros. Curly puxa a lâmina de volta, cortando a pele do meu antebraço. Sai sangue, mas não sinto dor. Pelo menos ainda não.

Dou um pulo para trás. Curly e eu agora estamos separados por pouco mais de um metro, ambos com os joelhos flexionados em posição de luta.

Curly está chorando. Ele mantém a lâmina na frente do corpo, como se fosse uma cena de uma versão tosca de *Amor, sublime amor*. O rosto dele está coberto de suor misturado com as lágrimas.

– Desculpa, Burroughs.

– O que você está fazendo?

– Desculpa mesmo.

Ele prepara a faca de novo. Estou segurando o antebraço, tentando conter o sangue que agora vaza por entre meus dedos.

– Você não precisa fazer isso – digo.

Mas Curly não está escutando. Ele avança. Dou um pulo para trás. Um ruído pulsa nos meus ouvidos. Não sei o que fazer. Não sei nada de luta com facas.

Então faço a coisa mais simples possível.

– Socorro! – grito com todas as minhas forças. – Alguém me ajuda!

Não estou contando com isso, claro. Estamos em uma prisão. Eu estou preso. As pessoas passam o dia inteiro gritando bizarrices aqui. Ainda assim, meu grito é tão súbito que Curly hesita. Eu aproveito. Dou meia-volta e saio em disparada pelo corredor, voltando pelo caminho de onde viemos. Ele me persegue.

– Socorro! Ele quer me matar! Socorro!

Não me viro. Não sei se ele está chegando perto. Não posso arriscar. Só continuo correndo e gritando. Mas agora estou chegando ao final do corredor, o mesmo ponto de controle por onde passamos antes. Não tem ninguém ali.

Eu me jogo contra o portão. Nada. Tento puxar para abrir.

Nada feito. Está trancado.

E agora?

– Socorro!

Dou uma olhada por cima do ombro. Curly está se aproximando. Estou encurralado. Eu me viro para ele. Continuo pedindo socorro. Ele para. Tento interpretar o rosto dele. Confusão, angústia, raiva, medo – está tudo ali. O medo, eu sei, é sempre a emoção mais forte. Ele está assustado. E a única forma de ele parar de sentir medo é me silenciar.

O que quer que o tenha levado a isso, quaisquer que tenham sido suas dúvidas, nada se compara à sua necessidade de sobrevivência, de se salvar, de se preocupar com os próprios interesses acima de tudo.

E para isso ele tem que me matar.

Estou preso contra o portão, sem escapatória. Ele está prestes a me atacar quando ecoa uma voz atrás de mim:

– Que porra é essa?

Sinto o alívio se alastrar pelas minhas veias. Estou prestes a me virar e explicar que Curly está tentando me matar quando sinto uma coisa dura bater na parte de trás da minha cabeça. Meus joelhos cedem. A escuridão me envolve.

E aí eu não vejo mais nada.

capítulo oito

CHERYL PEGOU UMA XÍCARA de café e um caderno do jornal matutino e se sentou na copa diante do marido, Ronald. Eram seis da manhã, e essa tinha se tornado sua abençoada rotina matinal. Ela e Ronald usavam roupões de spa 100% algodão iguais, com gola grossa e mangas com bainha; Ronald tinha comprado o par durante uma estadia luxuosa no Fairmont Princess Hotel em Scottsdale.

A maioria das pessoas tinha passado a ler jornal na internet, mas Ronald insistia na moda antiquada de receber diariamente o exemplar em casa. Ele começava com o primeiro caderno enquanto Cheryl preferia ler antes o caderno de negócios. Ela não sabia por quê. Não entendia muito de negócios, mas tinha algo no texto dinâmico que parecia uma grande novela. Hoje, por mais que ela tentasse se concentrar, não estava conseguindo assimilar nada. As palavras passavam voando em ondas incompreensíveis. Ronald, que normalmente fazia comentários sobre o que quer que estivesse lendo – um gesto que ela achava ao mesmo tempo fofo e irritante –, estava quieto. Ela sabia que ele estava atento a ela. Cheryl não tinha dormido bem depois da ligação da irmã. Ele queria perguntar qual era o problema, mas não ia perguntar. Um dos pontos fortes de Ronald era sua noção maravilhosa de quando podia se intrometer e quando devia deixar quieto.

– Que hora é o seu primeiro paciente? – perguntou ele.

– Nove da manhã.

O consultório de Cheryl atendia pacientes três dias por semana a partir das nove da manhã em ponto. Os outros dois dias da semana eram reservados para cirurgias. Cheryl era cirurgiã de transplantes. Esse era, sem a menor dúvida, o ramo mais interessante da medicina. Ela lidava sobretudo com transplantes de rim e fígado, que eram operações arriscadas e desafiadoras, mas seus pacientes, ao contrário dos de outros cirurgiões, sempre precisavam de muito acompanhamento, em geral durante anos, para que ela pudesse ver o resultado do seu trabalho. Para ser cirurgiã de transplantes, deve-se começar com cirurgia geral (seis anos, no caso dela, no Boston General), mais um ano de pesquisa e mais dois de pós-graduação em cirurgia de transplantes. Tinha sido espantosamente difícil, mas, depois dos desastres, depois da tragédia e das consequências, o núcleo médico – sua formação, sua profissão, sua vocação, seus pacientes – a sustentava.

Seu trabalho. E Ronald, claro.

Ela cruzou com o olhar do marido e sorriu. Ele retribuiu o sorriso. Dava para ver a marca de preocupação naquele rosto bonito. Ela balançou a cabeça bem de leve, como se quisesse dizer que estava tudo bem. Mas não estava.

Por que Rachel tinha ido à Briggs?

A resposta era óbvia. Ela fora visitar David. Por um lado, beleza, tudo bem, faz o que você quiser. David e Rachel sempre tinham sido próximos. Já fazia quase cinco anos que ele estava lá. Talvez Rachel achasse que já era tempo suficiente. Talvez achasse que devia fazer contato, que ele merecia algum grau de convívio, se não apoio. Talvez, depois de tanto sofrimento profissional e pessoal na vida de Rachel no último ano, Rachel encontrasse – o quê? – algum alento ao visitar um homem que sempre havia acreditado nela e em seus sonhos.

Não.

Tinha que ser outra coisa. Da mesma forma como Cheryl amava ser cirurgiã, Rachel tinha amado o trabalho de jornalista investigativa. Ela perdera tudo em um instante, tendo merecido ou não, e agora não era mais a mesma pessoa. Simples assim. Sua irmã tinha sido ferida. A experiência a transformara, e não para melhor. Rachel antes era digna de confiança. Agora seu discernimento era algo que Cheryl questionava o tempo todo.

Mas por que ela iria para a Briggs?

Talvez ela considerasse David uma oportunidade. David não tinha falado com a imprensa. Jamais. Ele nunca contara seu lado da história, como se tivesse algum, nem tentara elaborar sua própria teoria sobre o que aconteceu naquela noite horrível. Então talvez fosse essa a intenção de Rachel. Sua irmã ainda tinha o coração de jornalista investigativa, então talvez tenha ido visitar David sob o pretexto de gostar dele. Ela sabia oferecer um ombro amigo, sabia fazer as pessoas se abrirem. Talvez Rachel conseguisse extrair alguma história de David, algo digno de manchetes e podcasts de crimes reais, e talvez, quem sabe, Rachel pudesse usar isso para recuperar a reputação profissional e ser "descancelada".

Mas Rachel faria mesmo isso?

A própria irmã de Cheryl reviraria esse horror todo, arrebentaria os pontos de Cheryl (usando uma analogia cirúrgica) só para voltar à ativa? Rachel era capaz de tanta frieza assim?

– Como você está se sentindo? – perguntou Ronald.

– Ótima.

Ele sorriu para ela.

– É cafona ou romântico se eu disser que minha esposa fica ainda mais gata grávida?

– Nem uma coisa nem outra – respondeu ela. – Parece mais é que você está com tesão e quer tirar uma casquinha.

Ronald fez uma cara de choque e pôs a mão no peito.

– *Moi?*

Ela balançou a cabeça.

– Homens…

– A gente é previsível.

Ela estava grávida. Que maravilha. E tinha acontecido muito fácil dessa vez. Ronald estava olhando de novo, então ela forçou um sorriso. Eles haviam reformado a cozinha no ano anterior, derrubado uma parede, expandido o espaço por uns quatro metros e meio, acrescentado uma área para sapatos (para quando uns pezinhos enlameados começassem a cambalear pelo quintal), construído janelas de parede inteira e incluído um fogão de seis bocas e forno duplo e uma requintada geladeira duplex. Ronald tinha projetado a cozinha. Ele gostava de cozinhar.

Talvez fosse mais simples, pensou Cheryl. Talvez Rachel tivesse pensado que finalmente era hora de ir falar com seu ex-cunhado. Cheryl compreendia. Ela também não desejara apoiar seu então marido? Cheryl não havia ficado ao lado de David, até quando a investigação começou a virar na direção dele? A ideia de que David faria mal a Matthew era absurda. Na época, ela teria achado mais provável que a culpa do assassinato brutal fosse de alienígenas.

No entanto, conforme as provas foram se acumulando, a incerteza começou a se infiltrar sob sua pele e se inflamar. Fazia meses que eles não estavam bem, o casamento parecia um avião em queda livre – embora Cheryl dissesse a si mesma que eles recuperariam o controle a tempo e conseguiriam ganhar altitude de novo. Eles estavam juntos havia muito tempo, desde o penúltimo ano do ensino médio. Momentos bons, momentos ruins, continuavam juntos. Eles teriam conseguido.

Será que teriam mesmo?

Talvez não dessa vez. Era esse o problema da confiança. Quando David parou de confiar nela, tudo mudou. E quando ela parou de confiar nele…

Quando as suspeitas começaram a rondar, Cheryl tentou manter uma fachada de apoio, mas David não se convenceu. A reação dele foi afastá-la. A tensão daquilo tudo se tornou um peso insustentável. Quando veio o julgamento, quando as surpresas do tribunal vieram à tona, o casamento já havia acabado.

No fim das contas, David havia matado o filho deles. E Cheryl foi uma parte importante do motivo.

Ronald tomou um gole ruidoso do café, fazendo-a despertar na copa ensolarada. Ela levantou o olhar, sobressaltada. Ele baixou a xícara.

– Tive uma ideia – disse ele.

Ela estampou o sorriso falso.

– Acho que você já deixou bem clara a sua ideia.

– Que tal a gente jantar no Albert's Café hoje? Só nós dois.

– Não posso – respondeu ela.

– Hã?

– Eu não te falei? Vou encontrar a Rachel.

– Não – disse ele, devagar. – Não falou.

– Não é nada de mais.

– Ela está bem?

– Acho que sim. Só me pediu para ir lá. Faz tempo que a gente não se vê.

– Faz mesmo – concordou ele.

– Então eu pensei em dar uma passada lá depois das consultas. Tudo bem por você?

– Claro que por mim tudo bem – disse Ronald, um tanto orgulhoso demais de si mesmo. Ele pegou o jornal, abriu-o com uma sacudida e voltou a ler. – Divirta-se.

Cheryl sentiu a raiva começar a ferver. Por quê? Por que raios Rachel faria isso com ela? Se sua irmã queria perdoar David, beleza, vai fundo. Mas por que arrastar Cheryl junto? Por que agora, quando ela estava se recompondo, grávida? Rachel devia saber que uma conversa daquela seria tensa. Por que ela faria isso?

Essa era a dúvida que realmente a incomodava. Rachel era uma boa irmã. A melhor. Elas contavam uma com a outra, sempre, fizesse chuva ou sol, aquela coisa toda. E, embora Cheryl fosse dois anos mais velha, Rachel tinha sido (pelo menos até recentemente) a mais prudente e superprotetora das duas. Ela sabia a dificuldade que Cheryl tivera até para sair da cama depois do assassinato de Matthew. Quanto a David, bom, para dizer de um jeito leve, Cheryl o havia apagado da sua vida, dos seus pensamentos. Para ela, a fim de poder seguir com a vida, David nunca existira. Mas Matthew...

Ah, aí eram outros quinhentos.

Ela jamais esqueceria seu menininho lindo. Jamais. Em hipótese alguma. Nem por um segundo. Foi isso que ela descobriu. Não dá para superar algo assim – o que se faz é aprender a viver com isso. Por maior que seja a dor. Não se luta contra essa dor. Não se afasta a dor. Ela precisa ser acolhida e se transformar em uma parte da gente. É o único jeito.

A única coisa mais dolorosa do que se lembrar de Matthew era pensar que talvez ela pudesse esquecê-lo.

Um gemido lhe escapou. Ela logo o sufocou com a mão. Não era a primeira vez. O luto raramente ataca de frente. Ele prefere chegar de fininho quando a gente menos espera. Ronald se mexeu na cadeira, mas não olhou para ela nem perguntou. Ela ficou grata por isso.

Então, de novo, a pergunta saltou dentro dela: *O que Rachel quer me contar?*

A irmã não era melodramática, então, o que quer que fosse, devia ser importante. Muito importante. Talvez algo relacionado a David.

Mais provavelmente: algo relacionado a Matthew.

capítulo nove

— *Good morning, staaaaaar-shine! The Earth says hello...*

Eu devo ter morrido. Morri e vim para o inferno, onde estou sentado no escuro e passo a eternidade ouvindo Ross Sumner trucidar a trilha sonora do musical *Hair*. Minha cabeça lateja, como se alguém estivesse marretando uma estaca na minha testa. Começo a enxergar luz no meio das trevas. Pisco.

Ross Sumner.

– *You twinkle above us, we twinkle below...*

– Fica quieto – diz alguém para ele.

Subo à tona até a consciência. Meus olhos se abrem e eu encaro a lâmpada fluorescente no teto. Tento me sentar, mas não consigo. Não sou impedido pela exaustão, pela dor nem pelos ferimentos. Olho à esquerda. Meu pulso está preso à grade do leito. O direito e os dois tornozelos também. Clássica contenção.

Ross Sumner dá uma gargalhada ensandecida.

– Ah, estou adorando! Que alegria que isso me dá!

Minha visão ainda está turva. Respiro devagar e absorvo o entorno. Paredes de concreto cinza-esverdeado. Vários leitos, todos vazios, menos o meu e o de Ross. O rosto dele ainda é um monte de carne arruinada, tem uma faixa por cima do nariz quebrado. A enfermaria. Estou na enfermaria. Certo, que bom. Pelo menos sei onde estou. Eu me viro para o outro lado e vejo não um, não dois, mas *três* guardas da cadeia junto ao meu leito. Dois estão sentados ao meu lado como se fossem parentes em visita. Um está de vigia atrás deles.

Os três estão me encarando com um olhar ameaçador.

– Você já era – diz Ross Sumner. – Já era. *Acabou* pra você.

Sinto como se tivesse mastigado areia, mas ainda consigo murmurar:

– Ei, Ross?

– Diga, David.

– Belo nariz, babaca.

Sumner para de rir.

Nunca demonstre medo para um detento.

Volto meu olhar para os guardas. Com eles é igual. Nunca exiba medo – nem para os guardas. Eu olho nos olhos de cada um. A fúria que vejo nos deles não me cai bem. Eles estão justificadamente furiosos com algo, e parece que esse algo sou eu.

Onde será que está Curly?

Uma mulher que imagino que seja a médica vem até meu leito.

– Como está se sentindo? – pergunta ela com um tom de quem nem finge que se importa com a resposta.

– Grogue.

– É normal.

– O que aconteceu comigo?

Ela lança um olhar para os guardas furiosos.

– Ainda estamos tentando entender.

– Pode me soltar, pelo menos?

A médica gesticula para os guardas furiosos.

– Não sou eu que decido.

Olho para os três rostos implacáveis e não vejo nenhum carinho. A médica sai da sala. Não sei bem o que fazer ou dizer, então opto pelo silêncio. Tem um relógio antigo de face branca e ponteiros pretos na parede. Ele me lembra o modelo que eu ficava olhando, na esperança de que os ponteiros andassem um pouco mais rápido, na época do ensino fundamental na Garfield Elementary School em Revere.

Passa um pouco das oito. Desconfio que seja da manhã, não da noite, mas, na falta de janela, não tenho como saber ao certo. Minha cabeça dói. Tento reconstituir o que imagino ter sido a noite passada, até o momento em que ouvi uma voz que achei que talvez fosse me resgatar. Eu me lembro principalmente do rosto de Curly, do medo, do pânico.

Então, o que foi que aconteceu?

O guarda que anda de um lado para outro é alto e magro, com um pomo de adão muito proeminente. O nome de verdade dele é Hal, mas todo mundo o chama de Jeitão porque ele vive ajeitando a calça, porque, como disse um dos detentos, "Hal não tem bunda". Jeitão vem rápido na minha direção, ainda de cara feia, e chega o rosto tão perto que nossos narizes quase se encostam. Recuo a cabeça no travesseiro para abrir um pouco de espaço. Nada feito. O bafo dele é horroroso, como se um ratinho tivesse entrado naquela boca, morrido, e agora estivesse se decompondo.

– Você tá morto, Burroughs – chia ele na minha cara.

Quase sufoco com o fedor. Estou prestes a retrucar com um comentário sobre o hálito dele, mas uma centelha de sanidade me impede. Um dos outros guardas, um cara mais ou menos decente chamado Carlos, diz:

– Hal.

Hal Jeitão o ignora.

– Morto – repete ele.

Qualquer coisa que eu falasse agora seria supérflua ou prejudicial, então fico quieto.

Hal começa a andar de novo. Carlos e outro guarda, um homem chamado Lester, continuam sentados. Apoio a cabeça no travesseiro e fecho os olhos.

Estou claramente desarmado, mas mesmo assim estou preso pelos quatro membros e sob forte vigia de três guardas. Três guardas. Ao mesmo tempo.

A meu ver, parece exagero.

O que é que está acontecendo? E cadê Curly?

Eu o machuquei?

Acho que me lembro de tudo, mas, considerando meu histórico, será que dá para ter certeza? Talvez eu tenha apagado. Talvez aquele outro guarda, o que me ouviu gritar, não tenha destrancado o portão rápido o bastante. Talvez, em vez de Curly me pegar, eu tenha arrancado a faca dele e…

Ai, droga.

E, enquanto essas teorias todas ficam rodopiando na minha cabeça, o grande tornado continua abrindo caminho, jogando todo o resto para longe: será que meu filho ainda está vivo?

Com a parte de trás da cabeça enterrada no travesseiro, tento livrar os braços e as pernas, mas estão bem presos. Eu me sinto indefeso. O tempo passa. Não sei quanto. Estou refletindo, e não me ocorre nada.

O telefone da parede toca. Carlos se levanta para atender. Ele fica de costas para mim e fala baixo. Não consigo entender o que ele está dizendo. Alguns segundos depois, ele pendura o fone de novo. Lester e Hal se viram para Carlos, que faz que sim com a cabeça.

– Está na hora – diz Carlos.

Hal pega uma chave pequena. Ele solta primeiro meus tornozelos, depois meus pulsos. Carlos e Lester ficam junto de mim como se esperassem que eu tentasse fugir. Óbvio que não tento. Massageio os pulsos.

– Levanta – diz Hal Jeitão, com rispidez.

Eu me sinto tonto. Eu me sento devagar – devagar demais para Jeitão. Ele estende a mão, pega no meu cabelo e me puxa para cima. Meu sangue desce. A cabeça gira em protesto.

– Falei – sibila Jeitão entre dentes – para levantar.

Jeitão arranca os cobertores de cima de mim. Escuto Sumner começar a rir de novo. Aí Jeitão pega meus pés e os empurra para fora da cama. Eu giro o corpo junto, para que eles parem no chão. Consigo ficar em pé. Minhas pernas estão moles. Dou um passo e caio que nem uma marionete antes de conseguir me equilibrar.

Ross Sumner está se divertindo. Ele canta:

– *Na na na, na na na, hey hey hey...*

Meu crânio dói.

– Para onde a gente vai? – pergunto.

Carlos põe a mão nas minhas costas e me empurra de leve. Eu quase tropeço e caio.

– Vamos – diz Carlos.

Jeitão e Lester me cercam cada um de um lado. Eles seguram meus braços, fazendo questão de pegar com força no ponto de pressão abaixo dos cotovelos. Eles meio que me acompanham, meio que me arrastam para fora da enfermaria.

– Para onde vocês estão me levando?

Mas a única resposta é Ross Sumner terminando a repetição da estrofe de abertura e acenando com um "... *Goodbye!*".

Tento clarear a mente, mas as teias teimam em se agarrar aos cantos. Carlos vai na frente. Lester está segurando meu braço direito; Jeitão, o esquerdo. O olhar furioso de Jeitão é palpável, um soco de ódio. Minha pulsação acelera. E agora? Para onde é que a gente está indo? E uma lembrança:

Um guarda tentou me matar ontem.

A questão toda é essa, né? Curly me levou para um corredor abandonado do hospital e tentou me esfaquear. O ferimento do antebraço que a lâmina provocou foi enfaixado com uma gaze grossa, mas está latejando.

Nós quatro avançamos lentamente por um corredor e por um túnel cheio de lâmpadas protegidas por grades de metal. A caminhada está me fazendo algum bem. Minha mente clareia. Não completamente. Mas o bastante. No fim do túnel, subimos um lance de escada. Vejo a luz do dia por uma janela. Certo, então o relógio dizia oito horas da manhã, não da noite. Fazia sentido. Uma placa me informa que agora estamos na ALA ADMINISTRATIVA. Está calmo, mas eu sei que o expediente só começa às nove.

Então o que estamos fazendo aqui agora?

Penso se devo tomar alguma atitude, só para garantir que alguém saiba onde estou. Mas isso ia servir para quê? Como eu disse, passa um pouco das oito da manhã. Não tem ninguém aqui ainda.

Carlos para na frente de uma porta fechada. Ele bate, e uma voz abafada manda entrar. Carlos vira a maçaneta. A porta se abre. Eu olho o interior.

Curly está lá dentro.

Meu estômago dá um nó. Tento recuar, mas Hal e Lester estão segurando meus braços. Eles me jogam para a frente.

Curly faz uma careta para mim.

– Seu filho da puta.

Nossos olhares se cruzam. Mais uma vez, ele está tentando parecer forte, mas dá para ver que, de novo, Curly está com medo e à beira das lágrimas. Estou a ponto de protestar, de perguntar por que ele tentou me matar, mas, de novo, de que adianta? O que está rolando aqui?

Até que ouço uma voz conhecida:

– Tá bom, Ted, já chega.

Minhas veias se enchem de alívio.

Inclino a cabeça para dentro da sala e viro à direita. É tio Philip.

Estou a salvo. Acho.

Tento trocar um olhar com o velho, mas ele não olha nem de relance na minha direção. Ele está de terno azul e gravata vermelha. Fica perto da janela por mais um segundo, depois atravessa a sala e aperta a mão de Ted Curly.

– Obrigado pela colaboração, Ted.

– Imagina, diretor.

O olhar de Philip Mackenzie passa direto por mim e vai para os três guardas que me trouxeram aqui.

– Eu cuido do detento agora – diz ele. – Podem voltar às suas tarefas normais.

– Sim, diretor – responde Carlos.

Eu não tinha pensado muito nisso antes, mas ainda estou usando só a camisola hospitalar fina, que é aberta nas costas. Estou com meias, imagino que sejam do hospital. Não estou mais com os calçados de tecido. De repente, me sinto exposto e quase nu, mas, para eles, todos eles, também devo parecer inofensivo.

Curly vem andando para mim ou para a porta, é difícil saber. Ele diminui o passo ao se aproximar de mim e tenta de novo me encarar com sua expressão mais brava, mas não tem nada ali. É só fachada.

O homem está apavorado.

Quando Curly estende a mão para a porta, Philip Mackenzie diz:

– Ted?

Ele se vira para o diretor.

– O detento vai ficar comigo o resto do dia. Quem está encarregado do seu pavilhão?

– Eu – responde Ted. – Fico até as três.

– Você passou a noite toda acordado.

– Estou bem.

– Tem certeza? Pode tirar o turno de folga. Todo mundo vai entender.

– Prefiro trabalhar, diretor, se não for problema.

– Então está bem. Duvido que a gente acabe aqui antes do fim do seu turno. Tudo bem. Avise seu substituto.

– Sim, diretor.

Curly sai. Hal Jeitão o cumprimenta com um tapinha amigável nas costas. Philip praticamente nem olhou na minha cara. Curly e Hal começam a andar pelo corredor. Lester vai atrás. Carlos enfia a cabeça na sala e diz:

– Precisa de mim, diretor?

– Agora não, Carlos. Eu entro em contato se precisar de um relatório.

Carlos olha para mim e de novo para Philip.

– Beleza, então.

– Carlos?

– Sim?

– Feche a porta depois de sair, por favor.

– Tem certeza, diretor?

– Tenho, sim.

Carlos assente com a cabeça e fecha a porta. Philip e eu nos vemos sozinhos. Antes que eu possa dizer qualquer coisa, Philip faz sinal para que eu me sente. Obedeço. Ele continua de pé.

– Ted Weston disse que você tentou matá-lo ontem à noite.

Uau, que surpresa.

Philip cruza os braços e se debruça sobre a parte da frente da mesa.

– Ele alega que você fingiu estar passando mal para que ele te levasse à enfermaria. Por causa dos ferimentos sofridos na briga com um detento chamado Ross Sumner, ele acreditou.

Philip vira a cabeça para a direita e aponta para a faca (imagino que seja a que Curly usou ontem) em cima da mesa. A arma está dentro de uma sacola plástica de perícia forense.

– Ele também alega que, quando vocês estavam sozinhos, você empunhou isto e tentou esfaqueá-lo. Vocês lutaram. Ele tirou a arma da sua mão e nisso acabou cortando seu braço. Depois você fugiu pelo corredor. Outro agente penitenciário ouviu a confusão e te subjugou.

– É mentira, Philip.

Ele não fala nada.

– Por que eu faria isso?

– Ah, sei lá. Você não veio me procurar ontem pela primeira vez e implorar que eu te tirasse daqui?

– E daí?

– Daí que talvez você tenha ficado desesperado. Você compra briga com um detento importante…

– Aquele psicopata me atacou…

– E assim você vai para a enfermaria. Talvez faça parte do seu plano de fuga, sei lá. Ou talvez você receba a arma de Ross Sumner quando chega lá. Talvez vocês estejam trabalhando juntos.

– Philip, é mentira do Curly.

– Curly?

– É assim que a gente chama ele. Eu não fiz isso. Ele me acordou. Foi comigo até aquele corredor. Tentou me matar. Eu me feri tentando me defender.

– Sim, claro, e você deve estar esperando que eu, e o mundo em geral, acredite mais em um assassino de bebês condenado do que em um agente penitenciário com quinze anos de carreira e ficha impecável.

Não falo nada.

– Vi seu pai ontem.

– Quê?

– Sua tia Sophie também.

Ele parece estranho.

– Como eles estão?

– Seu pai não consegue falar. Está morrendo.

Balanço a cabeça.

– Por que você foi vê-lo?

Ele não responde.

– Logo ontem. Por que você foi a Revere, Philip?

Ele começa a se dirigir à porta.

– Vem comigo.

Nem me dou ao trabalho de perguntar para onde vamos. Eu me levanto e vou atrás dele. Saímos pelo corredor e descemos a escada. Andamos lado a lado. Philip mantém as costas totalmente eretas e o olhar fixo adiante. Sem se virar para mim, ele diz:

– Sorte sua que o agente penitenciário que te subjugou foi Carlos.

– Quê?

– Porque Carlos me ligou na hora. Para comunicar o incidente. Dei uma ordem imediata para que três agentes, incluindo Carlos, te vigiassem o tempo todo.

Eu paro e seguro a manga da camisa de Philip.

– Para que ninguém conseguisse terminar o serviço – digo. – Você estava com medo de alguém me matar.

Philip olha para minha mão na camisa dele. Eu largo devagar.

– Você ainda corre perigo – avisa ele. – Mesmo que eu te coloque na solitária. Mesmo que eu providencie uma transferência imediata. Um agente penitenciário determinado a se vingar quer que você morra, e ainda por cima tem Ross Sumner e a fortuna da família dele nas suas costas… Nada disso leva a um resultado saudável.

– Então o que eu faço? – pergunto.

Em resposta, Philip abre a porta da própria sala, a que eu visitei ontem mesmo. Quando vejo Adam, o filho de Philip, parado ali com o uniforme completo da polícia, meu coração se alegra pela primeira vez em sei lá quanto tempo. Por um instante fico só olhando para meu melhor amigo. Ele sorri e meneia a cabeça como se quisesse me dizer que isto é verdade, que ele está aqui, bem na minha frente. Deixo a mente me levar para outra época, para o vestiário antes do treino de basquete no Revere High ou para o encontro duplo com as irmãs Hancock no Friendly's, ou para o dia em que ficamos no último banco da arquibancada do Fenway Park sacaneando o lateral do time adversário.

Adam abre os braços e dá um passo à frente, e eu me jogo em seu abraço de urso. Aperto os olhos com força, porque tenho medo de chorar. Sinto as pernas cederem, mas Adam me segura. Quanto tempo faz desde que tive contato com algum afeto físico? Quase cinco anos. A última pessoa que me abraçou com emoção ou carinho de verdade? Meu pai, que agora estava à beira da morte, no dia em que o júri anunciou o veredito de culpado. Mas até com ele, até com o pai que eu amava como nenhum outro homem, eu senti alguma hesitação no abraço. Meu pai me amava. Mas (e talvez isto seja só projeção minha) teve alguma incerteza, como se ele não soubesse bem se estava abraçando o filho ou um monstro.

O abraço de Adam não tem incerteza nenhuma.

Adam só me larga quando eu finalmente o solto. Dou um passo para trás, sem saber se consigo falar. Philip já fechou a porta. Ele para ao lado do filho.

– Temos um plano – diz Philip.

capítulo dez

— QUE PLANO? – PERGUNTO.

Philip Mackenzie faz um sinal com a cabeça para o filho. Adam sorri e começa a desabotoar a camisa.

– Você está prestes a virar eu – diz Adam.

– Como é que é?

– Eu preferia ter tido mais tempo para planejar – conta Philip –, mas falei sério. Se você ficar aqui, por mais que eu tente te proteger, isso não vai acabar bem. Não podemos esperar.

Adam tira a camisa do uniforme e passa para mim.

– Estou usando o menor tamanho que eu tenho, mas ainda vai ficar folgada.

Eu pego a camisa. Adam abre o cinto.

– O resumo do plano é o seguinte – continua Philip. – Você armou para a gente, David.

– Armei?

– Você veio falar comigo ontem pela primeira vez, esse encontro está registrado, e disse que queria ser reabilitado pelos seus crimes. Me contou toda uma lenga-lenga de que queria fazer reparações, confessar e procurar ajuda de verdade.

Tiro a camisola hospitalar e enfio a camiseta branca de Adam. Em seguida, visto o uniforme.

– Continue.

– Você me implorou para eu trazer seu velho amigo Adam para te visitar. Era com isso que você queria começar, com alguém que fosse escutar e que ainda o aceitasse. Por causa da minha lealdade com meu velho amigo, seu pai, eu caí nessa. Achei que fazia sentido. Se tinha alguém capaz de te tirar do abismo e te convencer a confessar a verdade era Adam.

Adam me dá a calça. Ele está sorrindo.

– Então eu providenciei uma visita prolongada hoje, como falei para os agentes penitenciários lá fora. Você e Adam iam passar o dia juntos.

A calça é comprida demais. Dobro a barra das pernas.

– O que eu não sabia era que você tinha uma arma.

Eu franzo a testa.

– Uma arma?

– É. Você rendeu a gente. Fez Adam tirar a roupa e depois o amarrou e o trancou no armário.

Adam sorri.

– E eu com meu medo de escuro.

Retribuo o sorriso, mas agora eu lembro que na infância Adam tinha uma lâmpada do Snoopy perto da cama. Ela atrapalhava o meu sono quando eu ia dormir lá. Eu ficava olhando para o Snoopy e não conseguia fechar os olhos.

As lembranças que a gente guarda... É curioso.

– Aí – continua Philip –, você vestiu o uniforme de Adam, incluindo o sobretudo e o quepe dele. Você usou a arma para me obrigar a te tirar daqui.

– Como foi que eu arranjei uma arma? – pergunto.

Philip dá de ombros.

– É uma cadeia. As pessoas arranjam tudo que é contrabando.

– Não armas, Philip. E eu acabei de passar a noite na enfermaria cercado por três guardas. Ninguém vai cair nessa.

– Bem observado – diz Philip. – Só um instante, espera.

Ele abre a gaveta da escrivaninha e tira uma Glock 19.

– Você pegou a minha.

– Quê?

Philip abre o paletó do terno para mostrar o coldre vazio.

– Eu estava com a arma. A gente estava trocando histórias do passado. Você começou a chorar. Eu fiz a besteira de me aproximar para te consolar. Você me pegou desprevenido e puxou a arma.

– Está carregada?

– Não, mas... – Philip Mackenzie põe a mão na gaveta e tira uma caixa de munição. – Agora está.

O plano é uma loucura. Tem uma dezena de furos. Enormes. Mas a maré está me arrastando. Não tenho tempo para questionar. É a minha chance. Tenho que sair daqui. Se Philip e Adam acabarem sofrendo as consequências ou se sacrificando, paciência. Meu filho está vivo e em algum lugar. Egoísmo ou não, isso supera tudo.

– Certo, então agora o quê? – pergunto.

Adam está só de cueca. Eu me sento, calço as meias dele e começo a pôr os sapatos. Adam é cinco centímetros mais alto, e, embora antigamente nós dois tivéssemos mais ou menos o mesmo peso, ele agora deve pesar uns dez ou quinze quilos a mais que eu. Aperto o cinto para não deixar as calças caírem. Visto o sobretudo, o que ajuda.

– Mandei Adam entrar com o quepe na cabeça – diz Philip, jogando o chapéu para mim. – Isso vai cobrir seu cabelo. Anda rápido e fica de cabeça baixa. Só tem um ponto de controle daqui até o estacionamento. Quando chegarmos ao meu carro, você me manda, sob a mira da arma, claro, dirigir até a minha casa. O idiota aqui foi ao banco ontem e sacou 5 mil dólares em dinheiro. Eu teria sacado mais, mas teria sido muito óbvio.

Adam joga a carteira para mim.

– Tem mil dólares aí. E talvez eu me esqueça de cancelar um dos cartões de crédito. Acho que esse Mastercard. Eu nunca uso, mesmo.

Faço que sim e tento segurar a emoção. Preciso me concentrar, me ater ao presente, raciocinar durante a ação. O Mastercard, por exemplo. Posso usá-lo? Ou será que assim me encontrariam com muita facilidade?

Depois, digo a mim mesmo. *Pense nisso depois. Concentre-se.*

– Então, quando é que a gente vai para o seu carro?

Philips olha o relógio.

– Agora mesmo. Devemos chegar na minha casa antes das nove. Você vai me amarrar, e eu vou conseguir fugir, digamos, às seis da noite hoje. Isso deve te dar uma dianteira razoável. Quando eu conseguir me soltar, vou estar em pânico, ainda mais porque você amarrou meu filho e o deixou no armário. Vou voltar correndo para cá e soltá-lo antes de falar para qualquer um o que está acontecendo. Aí eu soo o alarme. Umas sete da noite. Assim você deve ter umas boas dez horas de vantagem.

Aperto o cadarço dos sapatos de Adam para eles não saírem. Estou com a aba do quepe inclinada por cima dos olhos. Adam pensa em vestir a camisola hospitalar, mas não tem por quê.

– Entre no armário – diz Philip para o filho.

Adam se vira para mim. A gente se abraça forte.

– Encontre ele – diz Adam para mim. – Encontre meu afilhado.

Philip joga uns chocolates para ele, junto com as amarras que eu teria usado para prendê-lo. Não sei se alguém vai acreditar nisso, mas, com sorte, ele só será encontrado hoje à noite, pelo próprio pai. Philip fecha a porta do armário e tranca com a própria chave. Ele pega a Glock e aperta o botão no cabo, para soltar o carregador. Eu sei que essa Glock comporta quinze balas, mas, sem um carregador automático, demora para carregar. É preciso inserir uma bala de cada vez na parte de cima do pente, sempre com a ponta redonda para a frente. Philip coloca seis ou sete balas e depois bota o carregador de novo dentro do cabo.

Ele me entrega a arma.

– Não a use – diz ele –, muito menos em mim.

Chego a dar um sorriso.

– Está pronto? – pergunta ele.

Sinto a onda de adrenalina.

– Vamos nessa.

Philip Mackenzie é um daqueles caras que emanam autoconfiança e força. Quando ele anda, é com imponência e determinação. Seus passos são largos. A cabeça vai erguida. Tento manter o ritmo, com a aba do quepe de Adam baixa o bastante para oferecer um disfarce mínimo, mas não tão baixa a ponto de chamar atenção. Paramos em um elevador.

– Aperte o botão de descer – diz Philip para mim.

Faço o que ele manda.

– Tem uma câmera no elevador. Mexe um pouco a arma lá dentro. Me ameaça com ela. Seja sutil, mas lembra de deixar a arma visível.

– Está bem.

– Quando eu voltar para cá, vão me fazer perguntas. Quanto mais eles virem que eu achava que corria perigo de morrer, mais fácil vai ser.

O elevador apita e as portas se abrem. Vazio.

– Entendi – digo quando entramos.

Estou com a arma no bolso do casaco. Parece muito fingimento, como se eu o estivesse ameaçando com o dedo. Tiro a arma e a mantenho junto ao corpo, mas na linha de visão da câmera no teto. Pigarreio e murmuro algo sobre não fazer nenhum gesto em falso. Parece que eu saí de um episódio ruim de seriado. Philip não reage. Ele não levanta as mãos nem entra em pânico, o que, concordo, contribui para o realismo da minha "ameaça".

Quando o elevador para no térreo, ponho a arma de volta no bolso. Philip sai às pressas do elevador. Eu aperto o passo para acompanhá-lo.

– Só continua andando – diz Philip para mim em voz baixa. – Não para, não faz contato visual. Fica um pouco atrás de mim e à direita. Vou bloquear a visão do segurança.

Faço que sim. Mais adiante, vejo um detector de metais. Quase fico paralisado, mas aí me dou conta de que ele só verifica as pessoas que entram, não as que saem. Ninguém está prestando muita atenção em quem sai, só muito por alto, mas, também, aqui é a parte administrativa. Os detentos nunca vêm para cá. Só tem um guarda. De longe, ele parece jovem e entediado e me lembra um monitor de escola chapado.

Estamos a menos de dez metros de distância. Philip continua andando sem hesitar. Tento diminuir ou apertar o passo, avaliando o ângulo que esconderia meu rosto atrás dos ombros largos de Philip. Quando nos aproximamos, quando o guarda jovem vê o diretor chegando rápido, ele bota os pés no chão de repente e se levanta. Ele olha antes para o diretor, depois para mim.

Alguma coisa passa pelo rosto dele.

Estamos muito perto daquela porta desgraçada.

Eu percebo, com algo próximo de pavor, que ainda estou com a arma na mão. Minha mão está no bolso. Inconscientemente, aperto a arma. Passo o dedo no gatilho.

Eu atiraria? Atiraria mesmo nesse cara para escapar?

Philip acena com a cabeça para o guarda quando passamos por ele, mantendo o rosto firme. Consigo fazer um gesto com a cabeça também, imaginando que Adam talvez fizesse isso.

– Tenha um bom dia, diretor – diz o guarda.

– Você também, meu filho.

Agora estamos na saída. Philip empurra a barra com força, abrindo as portas.

Dois segundos depois, saímos do edifício e estamos indo para o carro dele.

Ted "Curly" Weston estava sentado na sala de descanso, com a cabeça nas mãos. Ele não conseguia parar de tremer.

Meu Deus, o que ele tinha feito?

Besteira. Besteira das grandes. Ele tinha juízo, não tinha? Tinha tentado levar uma vida direita. "Dinheiro honesto por um trabalho honesto." Era isso que o pai dele sempre dizia. O pai trabalhara como açougueiro em um frigorífico imenso. Acordava às três da manhã e passava o dia dentro de um cômodo refrigerado e voltava para casa a tempo de jantar e ir deitar porque no dia seguinte tinha que acordar às três da manhã para ir trabalhar. Essa foi a vida dele, até o dia em que caiu de joelhos e morreu de ataque cardíaco, aos 59 anos.

Ainda assim, Ted quase sempre andara na linha. Tinha aceitado um pouco de suborno ali dentro? Claro. Todo mundo aceitava. Tudo na vida é suborno, pensando bem. É a vida. Todo mundo está dando golpe em alguém. Ted tinha sido melhor nisso. Não era um canalha, mas, considerando o salário de fome que pagam, é normal tirar unzinho para compensar. Para complementar a renda. É o jeito americano. Não dá para viver com o que o Walmart paga. O Walmart sabe disso. Mas também sabe que o governo vai cobrir a diferença com vale-alimentação e Medicare e sabe-se lá o que mais. Então, é, talvez seja tudo racionalização, mas, quando alguém pede para ele ficar de olho em um detento, como ele tinha feito ao longo dos anos com Burroughs, ou quando uma família quer dar uma gorjeta – era assim que Teddy encarava, como uma gratificação – para entregar a um preso um item de valor emocional, ora, por que não? Se ele se recusasse, outro cara aceitaria. Era normal. Todo mundo faz. É o que faz o mundo girar. Não se deve causar transtornos.

Mas Ted nunca tinha machucado ninguém.

Era importante destacar isso. Ele podia ter virado as costas quando aqueles animais queriam se arrebentar. Por que não? Eles dariam um jeito de se arrebentar de uma forma ou de outra. Uma vez, Ted tinha se enfiado em uma daquelas confusões e um detento que parecia uma doença venérea ambulante o arranhara fundo com a unha. A unha! A ferida desgraçada infeccionou. Ted teve que tomar antibiótico por uns dois meses.

Ele deveria ter ficado longe de Ross Sumner.

Tudo bem, era muito dinheiro. Tudo bem, ele não precisava tanto assim de uma "vida melhor" – a dele era bem boa, até –, mas só de ter uma folga daquela montanha de contas que o estava sufocando, afogando, só de poder flutuar acima dessas contas, só de poder passar alguns dias sem se preocupar com dinheiro, quem sabe ter o bastante para levar Edna para jantar em um lugar legal – era pedir muito? Sério?

Ted procurou um donut na mesa, mas não tinha nenhum. Droga. Algum babaca tinha comprado só croissants. Croissants. Já tentou comer um croissant sem se encher de migalhas? Impossível. Mas agora era moda. Alguém disse que era francês. Coisa fina.

Só podiam estar de sacanagem.

Outros dois agentes penitenciários, Moronski e O'Reilly, enfiaram um croissant na boca, espalhando farelos como um triturador de madeira, enquanto discutiam qual era o melhor tipo de foto de peitos no Instagram. Moronski preferia "decote profundo", enquanto O'Reilly cantava as glórias do ângulo de "lateral do peito".

Ah, é, pensou Ted. *Os croissants acrescentam um toque de classe.*

– Ei, Ted, qual sua opinião sobre esse assunto?

Ted os ignorou. Ele ficou olhando para o pão e pensando se dava uma mordida. Começou a estender a mão para um, mas suas mãos estavam tremendo.

– Tudo bem com você? – perguntou O'Reilly.

– Aham.

– A gente ficou sabendo o que aconteceu – disse Moronski. – Não acredito que o Burroughs tentou um negócio desses. Você fez alguma coisa para ele ficar puto?

– Acho que não.

– Não sei por que você levou o cara para a enfermaria sem avisar o Kelsey.

– Dei um toque – mentiu Ted –, mas ele não respondeu.

– Mesmo assim. Por que não esperar?

– Achei que o Burroughs estava muito mal – disse Ted. – Não queria que ele morresse na mão da gente.

– Deixa ele em paz, O'Reilly – disse Moronski.

– Que foi? Eu só estava perguntando.

Chega, pensou Ted. A grande pergunta: o que Burroughs estava falando para o diretor agora? Talvez estivesse dando sua versão da verdade – que era Ted que estava com a faca, não ele. Mas e daí? Quem acreditaria mais em um assassino de bebês do que em Ted Weston? E, apesar das perguntas de O'Reilly, os outros guardas o apoiariam. Até Carlos, que parecia bem abalado quando aparecera na noite anterior, ficaria do lado dele. Ninguém ali era de criar confusão. Ninguém ali ia virar o sistema de cabeça para baixo nem tomar partido de um detento.

Então por que Ted não se sentia seguro?

Ele precisava pensar no que faria em seguida. O mais importante era deixar a história para trás. Trabalhar. Agir como se não fosse nada de mais.

Mas, meu Deus, o que é que Ted *quase* tinha feito?

De fato, Sumner o encurralara, o chantageara, mas, se tudo tivesse "dado certo", ele teria matado um homem. Assassinado um ser humano. Essa era a parte que ele ainda não conseguia superar. Ele, Ted Weston, tentara matar um homem. Uma parte dele se perguntava se ele tinha se sabotado de forma inconsciente, que não tinha sido tanto por Burroughs ter sido rápido ou bom em autodefesa, mas que Ted, não importava a verdade, sabia que não seria capaz de fazer aquilo. Ele estava pensando nisso naquele momento. E se a faca tivesse acertado? E se ele tivesse furado o coração de Burroughs e visto a vida do homem sair do corpo?

Ted estava em pânico. Mas se tivesse ido até o fim, se tivesse conseguido, ele estaria melhor?

Ele pegou um copo de café e engoliu que nem um tamanduá em um formigueiro. Olhou o relógio. Hora de começar o turno. Saiu da sala de descanso.

Ted Weston estava começando a subir a escada, ainda sentindo o medo correr por todas as veias do corpo, quando alguma coisa fora da janela gradeada chamou sua atenção. Ele parou de repente, como se uma mão gigantesca o tivesse segurado pelo ombro e puxado para trás.

Que p...?

A janela dava para o estacionamento executivo. Os figurões estacionavam ali. Os agentes penitenciários, como Ted, tinham que estacionar nos fundos e pegar um transporte para seus respectivos pavilhões. Mas não foi isso que o incomodou agora. Ted forçou a vista e olhou de novo. O diretor tinha sido bem claro: ele ia passar horas, se não o dia todo, com Burroughs.

É, beleza, que seja.

Então por que o diretor estava entrando no carro?

E quem era aquele cara com ele?

Ted sentiu um frio descer pela espinha. Não sabia dizer por quê. Em muitos sentidos, aquilo não tinha nada de mais. Ted viu o diretor entrar no lado do motorista. O cara com ele – um cara de chapéu e sobretudo – entrou no lado do carona.

Se o diretor estava saindo, onde é que estava David Burroughs? Ted estava com o rádio. Não tinha chegado nenhum comunicado sobre retirada de detentos. Então talvez o diretor o tivesse colocado na solitária. Não, nesse caso, eles teriam sido informados. Então talvez o diretor tivesse deixado Burroughs com outra pessoa, um subordinado, para continuar o interrogatório.

Mas Ted sabia que não era nada disso. Ele sentia no âmago do próprio ser. Tinha alguma coisa errada. Alguma coisa das grandes.

Ele correu para o interfone na parede e o tirou do gancho.

– Aqui é Weston, setor 4. Acho que temos um problema.

capítulo onze

NÃO ACREDITO QUE ESTOU no carro de Philip.

Eu olho pelo para-brisa. É uma manhã cinza. Vai começar a chover em breve – dá para sentir no rosto. Já ouvi falar de pessoas com artrite que conseguem prever tempestades pela dor nas juntas. Eu sinto, por mais estranho que pareça, no rosto e no maxilar. Os dois foram fraturados naquela primeira surra na cadeia. Agora, sempre que uma tempestade se aproxima, os ossos doem que nem um siso inflamado.

Philip dá partida no carro, engata a ré e sai. Olho pela janela para o edifício que parece uma fortaleza e estremeço. Não vou voltar, digo a mim mesmo. Haja o que houver. Nunca mais vou me permitir voltar para cá.

Eu me viro para Philip. As sobrancelhas grossas estão baixas, ele está concentrado. Suas mãos grandes seguram o volante com tanta força que parece que ele está se preparando para arrancá-lo.

– As pessoas vão perguntar como eu peguei sua arma – digo.

Ele dá de ombros.

– Você está correndo um risco enorme.

– Não se preocupe.

– Você está fazendo isso por causa do que aconteceu ontem à noite – pergunto – ou porque acredita sobre Matthew estar vivo?

Ele reflete por um instante.

– Faz diferença?

– Acho que não.

Ficamos em silêncio quando Philip faz a curva para a rotatória. Mais adiante, dá para ver a torre de guarda e o portão da saída por onde estamos prestes a sair. Menos de cem metros. Eu me recosto no assento e tento ficar calmo.

Não falta muito.

Sentado no chão do armário escuro, Adam Mackenzie tentou ficar minimamente confortável. Se tudo corresse bem, ele ia passar umas dez ou onze horas preso no armário escuro. Ele se recostou no fundo do armário. Tinha deixado o celular no carro do pai porque era óbvio que o "David Burroughs Maluco" não o deixaria ficar com ele. Ainda assim... Dez ou onze horas sentado no escuro neste armário? Adam balançou a cabeça. Deveria ter levado uma lanterna e algo para ler.

Adam fechou os olhos. Estava exausto. Seu pai havia ligado depois de meia-noite para falar do incidente de David com os guardas e daquela história bizarra de que Matthew estaria vivo. Era absurdo, claro. Só podia ser. Ele lembrava quando David o convidara para ser o padrinho de Matthew, assim como o pai de David tinha convidado o pai de Adam para fazer o mesmo no passado. Tinha sido um dos momentos de maior orgulho da vida de Adam. Ele sempre sentira isso a respeito de sua relação com David. Quer dizer, orgulho. David era especial. Ele era *aquele* cara. Os homens queriam ser como ele, as mulheres se apaixonavam por ele, mas havia demônios ali. Por isso é que, quando Adam ouvira pela primeira vez especularem que David seria o assassino, claro que, por fora, Adam se recusou a acreditar, mas havia uma pequena parte dele, uma ligeira comichão lá no fundo, que não conseguia evitar a incerteza. David era genioso. Teve aquela briga no último ano do ensino médio. Adam era o maior pontuador e aproveitador de rebotes do time, mas ainda assim foi David, o malandro, o cara dos esquemas, o defensor bruto que os colegas elegeram para ser o capitão. Sempre foi assim. Adam era o sutil, e David, o brutamontes mais popular. Enfim, no último ano deles, o Revere High tinha perdido por 78 a 77 para os rivais do Brookside quando Adam, que havia marcado 24 pontos, errou um arremesso fácil a quatro segundos do fim do jogo. Esse arremesso perdido o atormentava. Ainda. Até hoje. Mas foi depois, naquela noite, quando alguns atletas do Brookside debocharam de Adam pelo erro grave, que David foi fazer justiça com as próprias mãos. Ele arrebentou a cara de dois deles em um ataque tão furioso que Adam teve que puxar David e enfiá-lo num carro.

Mais que isso, tinha o pai de David, Lenny. Lenny e o próprio pai de Adam – como era mesmo o ditado?

Os pecados do pai recaem sobre seus filhos.

Ele deveria ter visitado o velho amigo desde o início. Então por que não tinha feito isso? No início, David se recusou a receber qualquer visita. É, tudo bem, mas Adam podia ter se esforçado mais. Ele simplesmente desistiu. Não teve força. Foi isso que ele disse a si mesmo. O homem encarcerado naquele inferno não era seu melhor amigo. Seu melhor amigo se fora. Tinha sido golpeado até a morte e abandonado junto com o filho.

Adam estava prestes a mexer as pernas quando ouviu a porta da sala do pai se abrir.

Uma voz grosseira disse:

– O que é que está acontecendo?

Merda.

Adam pegou as cordas e começou a enrolá-las nas pernas. Pôs o lenço por cima da boca para parecer uma mordaça. O plano era simples. Se alguém o achasse antes que seu pai voltasse, era para Adam aparentar que estava tentando fugir.

Outra voz disse:

– Eu falei. Ele saiu.

Voz Grosseira:

– Como é que ele pode ter saído?

– Como assim?

– Cadê o detento?

– Você está me dizendo que ele não levou o detento de volta antes de sair?

– Não.

– Tem certeza?

– Eu trabalho naquele pavilhão. Acho que eu saberia se o detento que tentou me matar estivesse de volta na cela.

Adam ficou muito quieto.

– Talvez outro cara tenha levado Burroughs de volta.

– Não, essa função seria minha.

– Mas você acabou de falar que estava no intervalo, né? Vai ver o diretor estava com pressa, sabe? Vai ver ele mandou um dos outros caras levar.

– Talvez – disse Voz Grosseira, parecendo desconfiado.

– Vou ligar e conferir. Não sei por que você está tão preocupado.

– Eu o vi agora há pouco com alguém. O diretor. No estacionamento.

– Provavelmente era o filho dele.

– O filho dele?

– É, ele é policial.

– Ele trouxe o filho aqui hoje?

– Trouxe.

– Por quê?

– Como é que eu vou saber?

– Não estou entendendo. O diretor recebe um aviso de que um agente penitenciário dele quase foi assassinado por um preso e resolve que é um bom dia para levar o filho ao trabalho?

– Sei lá. Talvez.

Voz Grosseira diz:

– Você acha que a gente devia disparar o alarme?

– Por quê? A gente nem sabe ainda se o Burroughs está desaparecido. Vamos ligar para o seu pavilhão e para a solitária. Vamos ver se ele está lá antes.

– E se não estiver?

– Aí a gente dispara o alarme.

Uma pausa breve. Em seguida, Voz Grosseira diz:

– É, beleza. Vamos ligar.

– A gente pode usar meu telefone. É aqui na sala ao lado.

Adam ouviu os dois saírem. Ele se levantou. De repente, o armário parecia abafado. Adam se sentia preso, claustrofóbico. Tentou o puxador. Trancado. Claro. Seu pai o trancara para dar a impressão certa.

Meu Deus, e agora?

As coisas estavam degringolando rápido. Não ia demorar muito. Eles iam ligar. Iam descobrir que não tinha David nenhum lá. O alarme seria disparado. Droga. Ele tentou o puxador de novo, virou com mais força. Não deu.

Ele não tinha mais escolha.

Precisava arrebentar a porta. O ombro não ia adiantar muito. Tentar arrombar uma porta com o ombro só resulta em deslocamento. Com as costas apoiadas no fundo do armário, Adam levantou o pé. Ele conferiu para que lado as dobradiças viravam. Se a porta se abrir para dentro, a chance de sucesso é pequena. Mas não era o caso ali. Poucos armários abrem para dentro. Não tem muito espaço para isso. Em segundo lugar, sempre se deve chutar no lado da fechadura. É a parte mais fraca. Com o corpo apoiado no fundo do armário, Adam bateu o calcanhar com força na parte logo abaixo do puxador. Ele teve que tentar três vezes, mas a porta acabou cedendo. Adam piscou com a luz e saiu cambaleando na direção da mesa do pai.

Ele pegou o telefone fixo. Demorou alguns segundos para lembrar o número do pai – assim como a maioria das pessoas, Adam não via necessidade de decorá-lo –, mas conseguiu.

Adam discou e ouviu o telefone tocar.

Quando o carro de Philip desacelera e para atrás de um caminhão branco grande, um guarda vem na nossa direção com um aparelho portátil.

– Fica com a aba abaixada – orienta Philip.

O guarda contorna o carro, olhando para o aparelho na própria mão. Ele para perto do porta-malas antes de continuar a inspeção.

– O que é isso? – pergunto.

– Um monitor de batimentos cardíacos – responde Philip. – Ele consegue sentir batimentos através de parede.

– Então, se tiver alguém escondido na traseira ou no porta-malas...

Philip faz que sim.

– A gente encontra.

– Que engenhoso – digo.

– Ninguém conseguiu escapar da Briggs desde que virei diretor.

Fico de rosto virado até o guarda voltar para a cabine. Ele acena com a cabeça para Philip. Philip faz um gesto amistoso com a mão para ele. Espero o portão eletrônico deslizante se abrir. Parece que está demorando mais do que o normal, mas imagino que seja mais coisa da minha cabeça do que realidade. Fico olhando para a cerca de arame de três metros e meio de altura, coroada por círculos enrolados de arame farpado. A grama ao longo do perímetro é surpreendentemente viva e verde, como se fosse de um campo de golfe. Do outro lado da grama, não muito além da cerca, a paisagem se enche de árvores.

Começo a respirar mais rápido. Não sei por quê. A sensação é de que estou hiperventilando, e talvez esteja mesmo.

Tenho que sair daqui.

– Calma – diz Philip.

E, nessa hora, o celular toca.

Está conectado ao carro, então o som é tão alto que assusta. Olho para a tela, e diz NÚMERO NÃO IDENTIFICADO. Eu me viro para Philip. O rosto dele está confuso. Ele tira o celular da base e leva até a orelha.

– Alô?

Parece Adam. Não consigo distinguir as palavras, mas escuto o pânico na voz. Fecho os olhos e me obrigo a ficar calmo. O portão começa a deslizar e se abrir com um gemido, como se não quisesse se mexer. O caminhão branco ainda está na nossa frente.

– Droga – diz Philip para a pessoa no celular.

– O que foi? – pergunto.

Philip me ignora.

– Quanto tempo a gente tem até...?

A sirene de fuga da prisão estraçalha o ar.

* * *

A sirene é ensurdecedora. Olho para Philip. A expressão dele é grave, o que é compreensível. O portão, que estava quase todo aberto, para e começa a fechar. Estou vendo o guarda da torre no telefone. Ele larga o fone e pega um fuzil.

– Philip?

– Aponta a arma para mim, David.

Não peço explicação. Faço o que ele manda. Philip pisa no acelerador. Ele vira para a direita e acelera na frente do caminhão branco. Está indo para o portão que está fechando. Tenta passar pela abertura. Não adianta. O portão não está mais aberto o suficiente para passarmos. Philip pisa fundo no acelerador. Os pneus cantam. Ele não solta o pedal. O portão cede só um pouco. Não é o bastante.

O guarda com o fuzil sai correndo da torre.

– Mantém a arma em mim! – grita Philip.

Obedeço.

O cara do fuzil para de repente e aponta a arma para o carro.

Philip engrena a ré. Ele recua, e o portão arranha as laterais do carro. Ele engrena de novo para a frente e acerta outra vez o portão, que balança, mas não muito. Outros dois guardas agora estão correndo na nossa direção, ambos armados com pistola. Eu os vejo se aproximando. A arma parece pesada na minha mão.

Os guardas já estão quase em cima da gente. A sirene continua berrando.

Olho para a arma na minha mão.

– Philip?

– Espera.

O carro dá um tranco para a frente. Ouço um som metálico. O portão se abre um pouco mais, com a frente do carro enfiada na abertura. Philip pisa no acelerador, para, pisa de novo. O motor ronca e geme.

Os guardas estão gritando com a gente, mas não consigo ouvir nada no meio da sirene.

O carro agora começa a avançar pela abertura. Estamos quase do lado de fora, quase livres, mas o portão ainda está fechando, espremendo o carro. A cena me lembra o compactador de lixo de *Star Wars* e aqueles seriados antigos em que os heróis ficam presos dentro de uma sala em que as paredes estão se fechando para esmagá-los.

O primeiro guarda chega na janela do meu lado. Ele está gritando – não sei nem quero saber o que é. Nossos olhares chegam a se cruzar. Ele começa a levantar a arma. Não sei que escolha me resta. Não posso voltar. Não posso desistir. Minha arma está apontada para Philip, mas agora eu me viro para o guarda.

Mira nas pernas, penso.

Philip grita.

– Não!

O guarda está com a arma na mão, apontando para mim. Ele ou eu. É isso. Hesito, mas realmente não tenho escolha. Estou prestes a atirar quando o carro dá um solavanco para a frente, e minha cabeça é jogada para trás. O portão segura o carro por mais um segundo, no máximo, e depois, com uma última raspada, a gente se solta.

Os guardas correm atrás da gente, mas Philip mantém o pé no acelerador. O carro vai até a velocidade máxima, disparando pela estrada. Eu me viro. Os guardas estão lá. Eles, e a Briggs Correctional Facility, vão ficando cada vez menores e mais obscuros, até que não consigo mais ver nem sinal de nada.

Mas ainda dá para ouvir a sirene.

capítulo doze

Rachel também ouviu a sirene.

Ela estava tomando café no Nesbitt Station Diner, um restaurante dentro de dois vagões de trem adaptados com um cardápio só um pouco menor em quantidade de palavras do que um livro médio. A opção preferida dela no cardápio, listada embaixo de quarenta formas diferentes de hambúrguer (carne de boi, de bisão, frango, peru, veado, cogumelo Portobello, salmão selvagem, bacalhau, feijão preto, vegetariano, carne vegetal, cordeiro, porco, azeitona, etc.), era o "Minha Esposa Não Quer Nada", que era o jeito deles de aumentar o tamanho da porção de batata frita. O restaurante tinha um letreiro na porta que dizia aberto 24 horas, mas não consecutivas antes de indicar o horário de funcionamento, que ia das cinco da manhã às duas da madrugada, de segunda a sábado. Outra placa dizia: traga sua bebida, mas recomendamos dividir com seu garçom.

O cheesebúrguer de air fryer da noite anterior tinha sido bem bom, mas o atrativo do lugar, na opinião de Rachel, era o wi-fi excelente. O do Briggs Motor Lodge era tão ruim que ela tinha a impressão de ouvir um modem telefônico gritar sempre que ela tentava entrar na internet. A pousada, uma palavra com significados demais, também não tinha bar nem restaurante, só um saguão junto à recepção que oferecia de graça um café da manhã "continental", um termo realmente gourmetizado para descrever um pãozinho dormido e um pacote de margarina parcialmente derretida.

O relógio do restaurante só tinha o número 5 em todas as posições, com as palavras bebida só após as cinco estampadas no mostrador. Ainda faltava uma hora para a visitação – tempo suficiente para continuar a pesquisa. Era por isso que ela tinha acampado ali na noite anterior e hoje de manhã também, bebericando café e fazendo alguns pedidos só para não atrair olhares feios por estar ocupando uma mesa.

O laptop dela tinha passado a noite inteira zumbindo, extraindo uma profusão de informações. A parte negativa era que ela não tinha conseguido encontrar nenhum menino branco desaparecido de idade entre 2 e 3 anos no país – e *ainda* desaparecido cerca de cinco anos depois – que batesse com a época do assassinato de Matthew. Ninguém. Alguns meninos dessa idade tinham morrido. Alguns até tinham sido sequestrados, geralmente em disputas de guarda, e acabaram sendo encontrados. Três de fato haviam desaparecido por até oito meses, mas os corpos foram descobertos.

Mas até o momento não havia nenhuma criança que atendesse aos critérios e continuasse desaparecida, o que levava à questão mais problemática: se o corpo não era de Matthew, de quem era?

Claro que ainda era cedo para descobrir. Ela ia ampliar a busca, tentar mais meses, mais longe da região, consultar outros bancos de dados. Talvez o menino morto na cama de Matthew – nossa, isso era doideira – fosse mais novo ou mais velho ou negro de pele clara ou da Eurásia ou algo completamente distinto. Rachel seria meticulosa. Antes do escândalo, a reputação dela era de ser uma pesquisadora implacável. Ainda assim, não havia outra forma de analisar: essa história de "nenhum corpo" era um golpe contra qualquer teoria de que Matthew ainda estaria vivo.

Matthew vivo. Sério, qual o nível de maluquice dessa teoria?

A notícia mais positiva, se é que dava para chamar qualquer parte dessa história de positiva, tinha a ver com a principal testemunha contra David, Hilde Winslow, a "senhorinha gentil" (como obviamente a mídia passou a chamá-la). Em tese, não seria nenhum problema encontrar a viúva idosa. Diante da dificuldade inicial, Rachel se perguntou se a mulher tinha falecido nos últimos cinco anos. Mas não havia nenhum registro da morte dela. Na verdade, Rachel só tinha conseguido achar duas pessoas com esse nome. Uma das Hildes tinha 30 anos e morava em Portland, Oregon. A outra era uma criança do quarto ano em Crystal River, Flórida.

Não e nem pensar.

O nome Hilde era uma variação de Hilda, mais comum. Nenhuma surpresa nisso. A papelada do julgamento de David e todos os documentos correspondentes a chamavam de Hilde, mas, só para garantir, Rachel tentou Hilda Winslow. Também só havia duas, e nenhuma se encaixava no perfil. Ela então tentou o nome de solteira de Hilde Winslow – era comum as mulheres voltarem a usá-lo –, mas também não deu em nada.

Um beco sem saída.

A sirene – Rachel achou que fosse um alarme de incêndio – continuava soando.

Seu celular vibrou. Ela olhou o número e viu que era Tim Doherty, seu velho amigo dos tempos do *Globe*, retornando a ligação. Tim foi um dos poucos que ficaram do lado dela quando a merda bateu no ventilador. Não publicamente, claro. Teria sido suicídio profissional. Ela não queria isso para ele nem para ninguém.

– Consegui – disse Tim.

– O arquivo todo do homicídio?

– Os documentos judiciais e as transcrições. De jeito nenhum a polícia ia me deixar olhar o dossiê deles.

– Você conseguiu o número da Seguridade Social de Hilde Winslow?

– Consegui. Posso perguntar por que você queria isso?

– Preciso encontrá-la.

– É, imaginei. Por que não tentar os caminhos tradicionais?

– Já tentei.

– E não deu em nada – comentou ele.

Ela percebeu a entonação da voz de Tim.

– Pois é. E você? O que achou?

– Tomei a liberdade de consultar o número da Seguridade Social.

– E?

– Dois meses depois do julgamento do seu cunhado, Hilde Winslow trocou de nome para Harriet Winchester.

Opa, pensou Rachel.

– Uau.

– É – disse ele. – Ela também vendeu a casa e se mudou para um apartamento na Twelfth Street, em Nova York. – Ele falou às pressas o endereço. – A propósito, esta semana ela faz 81 anos.

– Por que uma mulher da idade dela trocaria de nome e se mudaria? – perguntou Rachel.

– Imprensa pós-julgamento?

– Como é que é?

– O assassinato foi uma história importante – disse Tim.

– É, mas poxa… Quando a parte dela acabou, ela não teve mais que ficar sujeita ao escrutínio da mídia.

A imprensa era como o pior mulherengo. Depois de levar alguém metaforicamente para a cama, ela logo se entediava e ia atrás de novidade. Uma troca de nome, ainda que talvez fosse justificável, era algo extremo e curioso.

– Justo – concordou ele. – Você acha que ela mentiu sobre o seu cunhado?

– Não sei.

– Rachel?

– Hã?

– Você está com alguma coisa grande, né?

– Acho que sim.

– Normalmente eu pediria um gostinho – disse ele. – Mas você precisa mais disso do que eu. Você merece outra chance, e este mundo não gosta mais de dar isso para as pessoas, então, se precisar que eu faça alguma outra coisa, me avisa, está bem?

Ela sentiu as lágrimas brotarem nos olhos.

– Você é incrível, Tim.

– Não sou? A gente se fala.

Tim desligou. Rachel enxugou os olhos. Ela olhou pela janela do restaurante para o estacionamento lotado, ainda ouvindo a sirene berrar ao longe. Talvez o mundo acabasse dando mais uma chance a Rachel, mas ela não sabia se merecia. Fazia dois anos desde a morte de Catherine Tullo pelas suas mãos.

Catherine não teria mais uma chance. Por que Rachel deveria ter?

Tinha sido a história mais importante da sua carreira. Depois de uma investigação exaustiva durante oito meses, a revista dominical do *Globe* ia publicar a reportagem-denúncia dela sobre o querido reitor Spencer Shane, da Lemhall University, que não apenas passara duas décadas fazendo vista grossa para casos de agressão sexual, assédio e desvio de conduta de certos professores homens como também participara de uma política de assédio e acobertamentos em uma das instituições de elite do país. Era um caso tão revoltante, mas também tão frustrante e escorregadio, que Rachel ficou obcecada de um jeito que nenhum jornalista deveria ficar. Ela perdeu a noção, não em relação ao absurdo do crime e da cultura (seria impossível alguém não se revoltar com isso), mas quanto à fragilidade e à decência das vítimas.

A Lemhall University, sua *alma mater*, conseguira garantir a assinatura de vários termos de confidencialidade, para que ninguém pudesse ou quisesse se pronunciar oficialmente. Embora Rachel não tivesse contado para seus editores, ela também havia sido pressionada a assinar um no primeiro ano do curso, após um incidente perturbador em uma festa de Halloween. Ela se recusou. A instituição lidou mal com o caso.

Talvez tivesse sido aí que começara. Ela perdeu naquela época. Não queria perder de novo.

Por isso ela foi longe demais.

No fim das contas, as acusações eram problemáticas demais para o *Globe* publicar, porque ninguém podia passar por cima dos termos de confidencialidade. Rachel não conseguia acreditar. Ela foi à promotoria da cidade, mas não encontrou ninguém com disposição para enfrentar uma figura e uma instituição tão populares. Então ela voltou à ex-colega Catherine Tullo e implorou a ela que rompesse o termo de confidencialidade. Catherine queria, foi o que ela disse a Rachel, mas estava com medo. Não cedeu de jeito nenhum. Então foi o fim. Era isso que ia enterrar a história toda e permitir que uma instituição – uma instituição que havia deixado o agressor de Rachel sossegado – permanecesse ilibada.

Rachel não podia permitir isso.

Sem mais nenhuma opção disponível, Rachel pegou mais pesado com Catherine Tullo. Fazer a coisa certa ou ser exposta de qualquer jeito. Se Catherine não queria priorizar outras vítimas, Rachel não via motivo para protegê-la. Ela publicaria a história pessoalmente na internet e revelaria as fontes. Catherine começou a chorar. Rachel não cedeu. Meia hora depois, Catherine enxergou a luz. Ela não precisava do dinheiro do acordo. Não ligava para o termo de confidencialidade. Ia fazer a coisa certa. Catherine Tullo abraçou a amiga e irmã de fraternidade e disse que no dia seguinte daria a Rachel uma entrevista oficial mais longa, mas na mesma noite, depois que Rachel saiu do apartamento, Catherine Tullo encheu uma banheira de água e cortou os pulsos.

Agora Catherine a assombrava. Ela estava bem ali, sentada do outro lado da mesa, sorrindo daquele jeito hesitante de sempre, piscando como se esperasse levar um golpe, até que Rachel ouviu a garçonete, uma clássica senhorinha de cabelo roxo, dizer para o freguês na mesa ao lado:

– Quanto tempo faz que eu não escuto isso tocar, Cal?

O homem que ela imaginou que fosse Cal respondeu:

– Ah, já tem anos.

– Será…?

– Não – disse Cal. – A Briggs deve estar só fazendo uma simulação. Não deve ser nada.

Rachel gelou.

– Se você está dizendo – respondeu a garçonete, mas, a julgar pela expressão no rosto, ela não estava muito convencida.

Rachel se aproximou e falou:

– Com licença, eu não quero me intrometer, mas essa sirene está vindo da Briggs Penitentiary?

Cal e a garçonete se entreolharam. Cal fez que sim com a cabeça e lhe deu seu sorriso mais condescendente.

– Não precisa esquentar essa cabecinha bonita. Deve ser só uma simulação.

– Simulação de quê? – perguntou Rachel.

– De fuga – respondeu a garçonete. – Eles só tocam esse apito quando um preso foge.

O celular dela vibrou. Rachel se afastou e levou o telefone à orelha.

– Alô?

– Preciso da sua ajuda – disse David.

capítulo treze

TRÊS VIATURAS POLICIAIS, TODAS com a sirene piscando, estão atrás da gente.

Eu me sinto entorpecido. Estou fora da Briggs pela primeira vez em cinco anos. Se me pegarem, não vou sair nunca mais. Nunca. Eu sei. Não vai haver segunda chance. Meus dedos se fecham em volta da arma. O metal parece estranhamente cálido e reconfortante.

As viaturas se abrem em uma formação em V.

Eu me viro para Philip.

– Acabou, né?

– Você está disposto a arriscar a vida?

– Que vida?

Ele faz que sim com a cabeça.

– Aponta a arma para mim, David. Faz de forma que eles consigam ver.

Eu obedeço. A arma agora parece pesada. Minha mão treme. Parece que a adrenalina (da briga com Sumner, do ataque de Curly, desse plano de fuga improvisado) está se dissipando. Philip pisa no acelerador. As viaturas continuam na nossa cola.

– E agora? – pergunto.

– Espera.

– O quê?

Como se tivesse sido combinado, o telefone do carro toca de novo. O rosto de Philip é uma máscara estoica. Antes de atender, ele fala:

– Lembra que você é um homem desesperado. Aja de acordo.

Faço que sim.

Philip pega o telefone e atende com uma saudação trêmula. Uma voz fala imediatamente:

– Seu filho está em segurança, diretor. Ele conseguiu se soltar e arrombar a porta.

– Com quem estou falando? – pergunta Philip. Sua voz é ríspida e hostil.

Um momento de hesitação do outro lado da linha.

– Eu, hã… aqui é…

A voz de Philip brada de novo:

– Perguntei quem está falando.

– Sou o detetive Wayne Semsey…

– Semsey, quantos anos você tem?

– Senhor?

– Quero saber se você sempre foi um imbecil incompetente ou se isso é novidade.

– Não estou entendendo...

Philip olha para mim.

– Tem um detento desesperado apontando uma arma para a minha orelha. Você consegue entender isso, Semsey?

Apoio a arma na orelha dele.

– Hã, sim, senhor.

– Então me fala, Semsey. Você acha que a medida mais sensata é irritar o detento?

– Não...

– Então por que é que aquelas viaturas estão grudadas na minha bunda?

Philip faz um gesto ínfimo com a cabeça para mim. Aproveito a deixa.

– Me dá isso aqui! – grito, arrancando o telefone da mão dele.

Tento parecer maluco, nervoso. Não preciso me esforçar muito.

– Não estou a fim de papo – grito, cuspindo as palavras, tentando passar a imagem mais ameaçadora possível –, então escuta bem. Vou dar dez segundos. Não vou nem contar. Dez segundos. Se tiver um policial perto da gente depois disso, vou meter uma bala na cabeça do diretor e assumir o volante. Deu para entender?

Philip acrescenta:

– David, pelo amor de Deus, você não quer fazer isso.

Fico com receio de ele estar exagerando, mas não está.

No telefone, escuto Semsey falar:

– Epa, epa, David, vamos nos acalmar um pouquinho, está bem?

– Semsey?

– Quê?

– Estou cumprindo prisão perpétua. Se eu matar o diretor, vou ser o cara mais querido da Briggs. Sacou?

– Claro, David. Claro. As viaturas vão se afastar agora mesmo. Olhe.

Eu olho. É verdade.

– Não quero que elas se afastem. Quero que desapareçam.

Semsey vem com a voz tranquila para cima de mim.

– Escuta, David. Posso te chamar de David? Tudo bem, né?

Dou um tiro pelo vidro traseiro. Philip ergue as sobrancelhas de surpresa.

– O próximo vai ser entre os olhos do diretor.

Philip encarna de vez o personagem:

– Santo Deus, não. Semsey, escuta ele!

As palavras de Semsey viram um balbucio apavorado.

– Beleza, beleza, calma, David. Eles vão parar. Está vendo? Eu juro. Olha pelo vidro traseiro. Dá uma olhada. A gente ainda pode resolver essa situação, David. Ninguém se machucou ainda. Vamos conversar, está bem?

– Qual é o número do seu celular? – pergunto.

– Quê?

– Aqui diz NÚMERO NÃO IDENTIFICADO. Vou desligar agora. Ligo de novo daqui a cinco minutos com minhas exigências. Qual é o número do seu celular?

Semsey fala.

– Beleza, separa papel e caneta. Depois eu ligo.

– Já estou com papel e caneta, David. Não quer me dizer logo? Com certeza a gente consegue…

– Fica longe que ninguém se machuca – digo. – Se eu sentir a presença de um carro da polícia, isto aqui acaba com uma bala no cérebro dele.

Desligo o telefone e olho para Philip.

– Quanto tempo a gente ganha com isso? – pergunto.

– Cinco minutos, no máximo. Provavelmente estão botando um helicóptero no ar. Vão poder vigiar a gente de cima.

– Alguma ideia? – pergunto.

Philip pensa por um instante.

– Tem um outlet shopping grande alguns quilômetros mais adiante. O estacionamento é subterrâneo. Vamos sumir de vista por uns dez segundos. Aí você pode sair sem ser visto. Fica do lado de um Hyatt. Antigamente tinha um ponto de táxi lá, mas não sei se ainda existe, por causa dos Ubers e coisa e tal. A partir dali, bom, você vai estar sozinho. É o máximo que eu posso fazer. Tem uma estação de trem e uma rodoviária a um quilômetro e meio de lá, se você quiser tentar.

Não estou gostando disso.

– Quando virem a gente descer no estacionamento, não vão entender o esquema?

– Sinceramente, não sei.

Olho para trás. Não estou vendo nenhuma viatura, mas isso não significa muita coisa. Abro a janela e boto a cabeça para fora. Nenhum sinal de helicóptero. E nenhum barulho de helicóptero. Posso ligar de volta para Semsey e fazer mais ameaças para eles ficarem longe, pois assim talvez não vejam a gente entrar no shopping. Mas será que daria certo? Não sei. Policiais não são mágicos. A gente acha isso quando vê a polícia na TV, mas temos tempo. O helicóptero ainda não está no ar. Se estiverem usando recursos de observação a distância – telescópios, câmeras, o que for –, isso leva tempo para organizar. Assim como providenciar uma localização remota no celular de Adam ou de Philip.

Tenho tempo. Mas não muito.

– Quanto falta até esse estacionamento subterrâneo? – pergunto.

– Uns três ou quatro minutos.

Uma ideia me ocorre. Nem de longe é perfeita, mas meu pai, o policial que se preocupava com minha necessidade obsessiva de perfeição, gostava de citar Voltaire para mim: "Não deixe o perfeito ser inimigo do bom." Não sei nem se esta ideia poderia ser chamada de boa, mas é tudo que eu tenho.

Ainda estou com a janela do carro aberta. Agora nós dois estamos ouvindo o helicóptero.

– Merda – diz Philip.

– Me dá sua carteira, Philip.

– Você tem um plano?

– Continua indo para o estacionamento. Vou sair lá. Eu roubei sua carteira. Fala para eles que você só tinha uns vinte dólares. É bom Adam falar a mesma coisa. Eles vão monitorar o cartão de crédito de vocês, mas eu vou usar o dinheiro.

– Certo – diz ele.

– Vou ligar para Semsey pelo seu celular e começar a fazer exigências absurdas.

– E depois?

– Vamos entrar no estacionamento enquanto eu estiver falando com ele. Vou sair rápido, como se você nem tivesse parado. A única diferença vai ser que vou ficar com seu telefone, para continuar falando com ele.

Philip faz que sim, entendendo minha intenção.

– Vão achar que você ainda está no carro.

– Isso. Você continua dirigindo. O helicóptero está em cima da gente, mas eles não vão me ver sair. Se eu continuar falando, talvez achem que ainda estou com você. Dirige até onde der. Depois de exatos dez minutos, eu vou desligar. Você acha outro lugar subterrâneo… tem outro shopping assim? Ou um complexo empresarial?

– Por quê?

– Você passa lá. E fica parado por alguns segundos. Finge que eu te obriguei a parar e que foi ali que eu fugi.

– Enquanto isso, você vai estar aqui – diz Philip.

– Exato.

– Aí eu saio do subterrâneo e sinalizo para eles que você saiu. Não posso ligar porque você levou meu celular.

– Isso.

– Aí vão procurar você lá, não aqui.

– É.

Philip pondera.

– Caramba, talvez dê certo.

– Você acha?

– Não, não muito. – Ele lança um olhar para mim. – Essa distração não vai durar muito, David.

– Eu sei.

– Pega o primeiro trem ou ônibus ou o que for. Você tem alguma noção de sobrevivência?

– Não muita.

– A mata seria um bom lugar para se esconder. Vão mandar cachorros, mas eles não conseguem estar em todos os lugares. Não vá visitar seu pai. Eu sei que você quer, mas vão ficar de olho na casa dele. Mesma coisa com sua ex-mulher e sua cunhada. Todos os parentes. Você não pode contar com ninguém próximo. Todo mundo vai estar sendo vigiado.

Não tenho mais ninguém próximo, mas entendo.

– Vou falar com seu pai. Vou falar que acredito em você… que não foi você.

– Você acredita?

Philip solta um suspiro profundo ao virar à direita na placa de saída em direção ao Lamy Outlet Center.

– Sim, David, acredito.

– Ele está muito mal, Philip?

– Sim. Mas vai saber a verdade. Prometo.

Olho para trás. Nenhuma viatura, por enquanto. É agora ou nunca. Meus bolsos estão cheios: o celular e a carteira de Adam, a carteira de Philip, o dinheiro que eles me deram.

– Só mais uma coisa – diz Philip.

– O quê?

– Deixa a arma para trás.

– Por quê?

– Você pretende usar?

– Não, mas...

– Então deixa para trás. Se você estiver armado, é muito mais provável que não seja pego vivo.

– Eu não quero ser pego vivo – digo. – E por que eu deixaria a arma para trás? Quem vai acreditar? Vão saber que você estava envolvido.

– David...

Mas não temos mais tempo para discutir. Pego o celular e ligo para Semsey. Ele atende imediatamente.

– Que bom que você ligou, David. Está tudo bem aí?

– Estamos os dois bem – respondo. – Por enquanto. Mas preciso de um jeito de sair daqui. Um meio de transporte, para começo de conversa.

– Beleza, David, claro.

Semsey fala com aquela voz de "estamos juntos, parceiro". Ele parece mais calmo agora, mais controlado. Os cinco minutos o ajudaram.

– Podemos tentar providenciar.

– Nada de tentar – retruco.

Chegamos ao Lamy Outlet Center. Philip desvia para a esquerda. Começamos a descer para o estacionamento. Pego na maçaneta da porta e me preparo.

– Quero pra já. Sem desculpa.

Philip complementa a experiência auditiva de Semsey:

– David, abaixa a arma. Ele vai fazer o que você quer.

– Preciso de um helicóptero – digo para Semsey. – Tanque cheio.

É um diálogo tirado de um seriado antigo. Mas parece que Semsey está achando normal. Ele age de acordo com o papel dele.

– Isso pode levar algumas horas, David.

– Mentira. Já tem um helicóptero no ar. Você acha que eu sou idiota?

– Não é nosso. Deve ser táxi aéreo. você não pode achar que vamos cortar...

– É mentira.

– Olha, vamos manter a calma.

– Quero que aquele helicóptero vá embora. Já.

– Botei um cara para ligar para os aeroportos mais próximos agora, David.

– E eu quero meu próprio helicóptero. Com combustível e piloto. E acho bom o piloto estar desarmado.

Philip gesticula com a cabeça para a frente. Estou pronto.

104

– Tudo bem, David, sem problema. Mas você precisa nos dar um tempinho.

Philip para o carro. Puxo a maçaneta, abro a porta, saio. Assim que piso no asfalto, Philip vai embora. Tudo acontece em questão de dois, três segundos, no máximo. Eu me agacho e me escondo atrás de um Hyundai cinza enquanto digo para Semsey sem hesitar:

– Quanto tempo? Não quero ter que atirar no diretor.

– Ninguém quer isso.

– Mas você está me obrigando. Isso tudo é uma palhaçada. Acho que vou dar um tiro na perna dele. Só para você entender que isso é sério.

– Não, David, olha, a gente sabe que é sério. É por isso que estamos mantendo a distância. Seja razoável, sim? A gente consegue dar um jeito.

Ando rápido por entre os carros, na direção da entrada do shopping. Nenhum carro suspeito entrou atrás da gente. Não tem ninguém suspeito por perto.

– Escuta, Semsey, vou te dizer exatamente o que eu quero.

Entro no saguão inferior do shopping e pego a escada rolante.

Estou livre. Por enquanto.

capítulo catorze

MAX (AGENTE ESPECIAL MAX BERNSTEIN, DO FBI) andava furiosamente de um lado para o outro na sala de espera do diretor.

Max vivia em movimento constante. Sua mãe dizia que ele tinha "formiga na cueca". Os professores reclamavam que ele atrapalhava a aula porque não parava de se mexer na carteira. Uma professora, a Sra. Matthis, do quarto ano, implorou ao diretor que a deixasse amarrá-lo no encosto da cadeira. Agora, como sempre que entrava em um lugar novo, Max estava andando pelo espaço que nem um cachorro se acostumando com o ambiente. Piscava muito. Seus olhos pulavam para todo canto, menos para os olhos de outro ser humano. Ele roía as unhas. Parecia mal-ajambrado com o casaco grande demais do FBI. Era de estatura baixa e tinha uma cabeleira densa e desgrenhada e que ele nunca conseguia pentear direito nas raras vezes ao ano que tentava. Sua movimentação agitada, ao mesmo tempo constante e inconsistente, tinha levado os colegas a inventarem o simpático apelido de Pisca-Pisca. Claro que, naqueles tempos, quando ele tinha saído do armário em uma época em que nenhum outro agente federal saía, os homofóbicos muito criativos trocaram Pisca-Pisca por (rá, rá, rá) Bisca-Bisca.

Agentes federais são tão engraçados.

– Ele escapou – disse o detetive Semsey, o cara da polícia local que tentara, sem sucesso, lidar com a situação.

– A gente soube – disse Max.

Eles tinham estabelecido a base de operações na sala de espera do diretor Philip Mackenzie porque a sala propriamente dita ainda era uma cena de crime. Tinha um mapa urbano de Briggs County pendurado na parede para marcar a trajetória do carro do diretor com um marca-texto amarelo. Ideia das antigas, pensou Max. Ele gostava disso. Um laptop exibia a transmissão da câmera do helicóptero. Semsey e seus cupinchas tinham visto todo o desenrolar da coisa. Quando Max chegou com sua parceira, a agente especial Sarah Jablonski, a história já tinha acabado.

Havia mais sete pessoas na sala de espera junto com Max, mas a única que ele conhecia havia mais de cinco minutos era Sarah. Sarah Jablonski tinha sido sua parceira, assistente, braço direito, companheira inseparável, qualquer que seja o termo necessário para passar a ideia de que Max a adorava e precisava dela. Por dezesseis anos. Sarah era uma ruiva grande, um metro e oitenta, ombros largos, e, perto dela, Max, quinze centímetros mais baixo, parecia nanico. A diferença de altura resultava em uma aparência relativamente cômica, algo do qual eles costumavam tirar proveito.

Dois dos outros homens na sala eram oficiais federais subordinados a ele. Os outros quatro trabalhavam no sistema penitenciário ou na polícia local. Max se sentou na frente da tela. Sua perna direita se sacudia com o que provavelmente seria diagnosticado como síndrome das pernas inquietas se Max resolvesse investigar. Todo mundo na sala ficou olhando Max repetir incessantemente o final do vídeo.

– Achou alguma coisa, Max? – perguntou Sarah.

Ele não respondeu. Sarah não insistiu. Os dois entendiam o que isso significava.

Ainda olhando para a tela, Max perguntou:

– Quem aqui da penitenciária tem o cargo mais alto?

– Eu – disse um homem corpulento que tinha encharcado de suor a camisa de manga curta. – Meu nome é...

Max não queria saber o nome nem o cargo dele.

– Vamos precisar de algumas coisas pra já.

– Como o quê?

– Como uma lista de visitantes que Burroughs recebeu nos últimos dias.

– Certo.

– Todos os parentes próximos ou amigos. Companheiros de cela com quem ele possa ter conversado ou que tenham sido soltos. Ele vai precisar pedir ajuda para alguém. Vamos ficar de olho nessas pessoas.

– Pode deixar.

Max se levantou da cadeira e começou a andar de novo. Ele roía a unha do dedo indicador, não com cuidado nem distraído, mas como um rottweiler experimentando um brinquedo novo. Os outros se entreolharam. Sarah estava acostumada com isso.

– O diretor já voltou, Sarah?

– Acabou de chegar, Max.

– Tudo pronto?

– Tudo pronto – respondeu ela.

Ainda andando, Max fez um gesto com a cabeça. Ele parou na frente do laptop e apertou o play de novo. Na gravação, o diretor Philip Mackenzie estava saindo do carro e balançando as mãos no ar para o helicóptero que o filmava. Max olhou. E olhou de novo. Sarah estava por cima do ombro dele.

– Quer que eu o traga agora, Max?

– Mais uma vez, Sarah.

Max começou o vídeo do início. De tempos em tempos ele pulava da tela do computador para o mapa com a graça de uma gazela ferida, acompanhava a trajetória com o dedo indicador roído e voltava para a tela. Isso tudo enquanto mexia com uma dúzia de elásticos (uma dúzia exata, nunca onze, nunca treze) que ele usava no pulso.

– Semsey! – bradou Max.

– Bem aqui.

– Me dá o passo a passo desse final.

– Senhor?

– Quando foi que Burroughs saiu do carro?

– No Wilmington Tunnel. Está vendo aqui? – Semsey apontou para o mapa. – Foi aqui que o carro do diretor entrou no túnel.

– Você estava falando com Burroughs?

– Estava.

– Enquanto eles entravam no túnel?

– Ele desligou logo antes.

– Quanto tempo antes?

– Ah, não sei bem. Um minuto, talvez. Posso conferir o horário exato.

– Confere depois – disse Max, ainda olhando para a tela do computador. – Como foi que a ligação terminou?

– Era para eu ter ligado de volta quando o helicóptero estivesse pronto.

– Foi isso que ele falou para você?

– Foi.

Max franziu o cenho para Sarah, que deu de ombros.

– Continua.

– O resto, bom, está todo no vídeo – disse Semsey. – Quando o carro do diretor entra no túnel, a gente perde os dois de vista.

Eles tocam nessa parte na tela.

– Burroughs sabia disso, né? – disse Max.

– Isso o quê?

– Ele falou que tinha um helicóptero no ar, não foi?

– Ah, é, acho que sim. Ele percebeu o helicóptero uns quinze minutos antes. Falou para a gente tirar o helicóptero de cima dele.

– Mas vocês não obedeceram.

– Não. Só afastamos para que ele não pudesse ver nem ouvir.

– Certo, e aí eles entraram no túnel – continuou Max.

– Sim. Nosso helicóptero esperou do outro lado porque, bom, a gente não consegue ver dentro do túnel. O trajeto de uma ponta à outra não deve levar mais do que um ou dois minutos.

– Mas demorou mais – comentou Max.

– O carro do diretor levou mais de seis minutos para sair.

Max apertou o botão de acelerar. Ele apertou o play de novo quando o carro do diretor saiu do outro lado do túnel. Quase imediatamente, o carro parou no acostamento. O diretor saiu pelo lado do motorista e começou a acenar furiosamente. Fim.

– O que você acha? – perguntou Max a Semsey.

– Do quê?

– Do que aconteceu com Burroughs.

– Hum. Bom, agora a gente sabe. O diretor falou para a gente. Burroughs sabia que o helicóptero não o veria no túnel, então mandou o diretor parar no meio, onde ele não seria visto por ninguém. E aí ele roubou outro carro. Armamos barreiras na estrada.

– Tem circuito fechado de TV dentro do túnel?

– Não. Tem tipo uma guarita lá dentro, mas quase não botam mais gente lá. Cortes no orçamento.

– Aham. Sarah?

– Fala, Max.

– Cadê o filho do diretor?

– Está na enfermaria com o pai.

– Ele está bem?

– Aham, só protocolo.

– Por favor, manda o diretor e o filho virem aqui. Quero que todas as outras pessoas saiam da sala.

Os outros saíram. Cinco minutos depois, Sarah abriu a porta, e Philip e Adam Mackenzie entraram na sala. Max não olhou para eles. Seus olhos continuaram na tela.

– Dia difícil, hein, gente?

– Com certeza – respondeu Philip Mackenzie.

O diretor foi até Max e estendeu a mão. Max fingiu que não viu. Ele ricocheteava que nem uma bola de sinuca entre a tela e o mapa.

– Como foi que ele conseguiu a arma? – perguntou Max.

Philip Mackenzie pigarreou.

– Ele pegou a minha quando eu não esperava. É que eu tinha levado o detento…

– Detento?

– É.

– É assim que você o chama?

Philip Mackenzie abriu a boca, mas Max gesticulou para deixar para lá.

– Esquece. O detetive Semsey me contou tudo. Que ele pegou sua arma e obrigou seu filho aqui a tirar o uniforme, e aí ele ameaçou você com a arma para ir até o carro. Isso eu entendi.

Max parou, olhou para o mapa, franziu o cenho.

– O que eu queria perguntar é: por que você está mentindo para mim?

O silêncio preencheu a sala. Philip Mackenzie olhou para Max, mas Max ainda estava de costas. Ele dirigiu o olhar furioso para Sarah. Sarah deu de ombros.

A voz de Philip Mackenzie ressoou.

– O que foi que você disse?

Max suspirou.

– Preciso mesmo repetir? Sarah, eu não fui claro?

– Como água, Max.

– Com quem você pensa que está falando, agente Bernstein?

– Com um diretor de presídio que acabou de ajudar um infanticida condenado a fugir da cadeia.

As mãos de Philip se fecharam em punhos. O rosto dele ficou vermelho.

– Olha para mim.

– Nah.

Ele deu um passo à frente.

– Quando você chama um homem de mentiroso, é melhor estar preparado para olhar nos olhos dele.

Max balançou a cabeça.

– Eu nunca acreditei nisso.

– Acreditou no quê?

– Nessa coisa de "me olha nos olhos". O contato visual é superestimado. Os melhores mentirosos que eu conheço são capazes de olhar direto no olho da gente por horas a fio. É perda de tempo e energia isso de manter contato visual. Não é verdade, Sarah?

– Totalmente, Max.

– Diretor? – disse Max.

– Quê?

– A coisa vai ficar feia para você. Muito. Não tem nada que eu possa fazer quanto a isso. Já para seu filho caladão aqui, talvez reste um fiapo de luz. Mas se você continuar mentindo, vou afundar os dois. Já fizemos isso antes, não foi, Sarah?

– A gente gosta, Max.

– É tipo um afrodisíaco – disse Max.

– Às vezes a gente filma momentos assim – disse Sarah –, e depois eu uso para entrar no clima.

– Sente meus mamilos, Sarah – disse Max, estufando o peito na direção de Sarah. – Estão duros feito pedra.

– Não quero levar outra chamada do RH, Max.

– Ah, você já foi mais divertida, Sarah.

– Talvez mais tarde, Max. Quando a gente puser as algemas neles.

Philip Mackenzie apontou para Max e para Sarah.

– Vocês acabaram?

– Você arrombou o portão com o carro – disse Max.

– Foi.

– Você meteu o carro a toda velocidade em um portão parcialmente fechado.

Philip sorriu, tentando parecer confiante.

– Isso deveria provar alguma coisa?

– Por que você pisou no acelerador com tanto entusiasmo?

– Porque um detento desesperado estava apontando uma arma para a minha cara.

– Ouviu, Sarah?

– Estou bem aqui, Max.

– O Philzão estava com medo.

– Quem não estaria? – retrucou Mackenzie. – O detento estava armado.

– Com a sua arma.

– É.

– A que sua secretária disse que você nunca usa e nunca mantém carregada.

– Ela está enganada. Eu deixo no coldre por baixo do paletó, para que ninguém veja.

– Que discreto – disse Sarah.

– É – continuou Max –, Burroughs conseguiu não apenas ver, mas puxá-la e ameaçar vocês dois com ela.

– Ele nos pegou desprevenidos – explicou Philip.

– Você parece incompetente.

– Eu cometi um erro. Deixei o detento chegar perto demais.

Max sorriu para Sarah. Sarah deu de ombros.

– Você também insiste em chamá-lo de detento – comentou Max.

– É o que ele é.

– É, mas você o conhece, né? Para você ele é David, né? Você e o pai dele são velhos amigos. Seu filho aqui, Adam, até agora calado, cresceu com ele, não foi?

Uma onda de surpresa passou pelo rosto do diretor, mas ele se recuperou rápido.

– É verdade – disse Philip, endireitando um pouco mais as costas. – Não vou negar.

– Muito solícito – disse Sarah.

– Não é?

– E foi por isso... – começou Philip.

– Espera, não fala. Foi por isso que Burroughs conseguiu chegar perto o bastante para pegar uma arma que sua secretária jura que você nunca usa...

– Nem deixa carregada – acrescentou Sarah.

– Nem deixa carregada. Valeu, Sarah. Ainda assim, de algum jeito, Burroughs conseguiu enfiar a mão dentro do seu paletó, soltar seu coldre e tirar a arma carregada enquanto vocês ficavam parados sem fazer nada. Foi mais ou menos isso, diretor?

Adam falou pela primeira vez:

– Aconteceu exatamente isso.

– Uau, ele fala, Sarah.

– Talvez não devesse, Max.

– Concordo. Deixa eu te perguntar outra coisa, diretor, se você não se importa. Por que você visitou o pai de David Burroughs ontem?

Philip Mackenzie fez cara de espanto.

– Sarah, quer contar para o diretor?

– Pode ser, Max. – Ela se virou para Philip. – Você pegou o voo das oito e quinze da American Eagle para Boston ontem de manhã. Voo 302, caso queira saber.

Silêncio.

– Dá para ver as engrenagens rangendo dentro da cabeça dele, Sarah.

– Dá?

Max fez que sim.

– Ele está se perguntando: será que eu admito que visitei meu velho amigo Lenny Burroughs, ou será que digo que fui para Boston por outro motivo? Ele quer usar a segunda opção, claro, mas o problema, e você sabe disso, diretor, é que, se você mentir, vai ter que se perguntar se a Sarah aqui consegue descobrir qual Uber ou táxi você pegou do Logan para ir até a casa dos Burroughs em Revere.

– Ou vice-versa, Max – acrescentou Sarah.

– Isso, Sarah, ou vice-versa. O táxi que você pegou para voltar para o aeroporto. E, antes de você responder, deixa eu só te avisar: Sarah é boa à beça.

– Valeu, Max.

– Não, Sarah, é sério. Você é o máximo.

– Assim eu fico sem graça, Max.

– Você é cheia de graça, Sarah. – Max encolheu os ombros e se virou para os Mackenzies. – É uma escolha difícil, diretor. Não sei o que eu faria.

Philip pigarreou.

– Fui para Boston visitar um amigo doente. Nenhum problema nisso.

Max pegou a carteira e sorriu.

– Caramba, Sarah, você acertou.

Ela estendeu a mão aberta.

– Cinco pratas.

– Só tenho uma nota de dez.

– Depois eu te dou o troco.

Max deu a ela uma nota de dez dólares.

Philip Mackenzie seguiu em frente.

– Você tem razão, claro. Eu e David somos próximos. E ele vinha agindo de forma irracional ultimamente. Então, sim, eu quis conversar com o pai dele sobre isso. Como você disse, Lenny e eu nos conhecemos há muito…

– Espera, deixa eu adivinhar. – Max levantou a mão. – Você trouxe seu filho aqui hoje justamente por isso. Porque Adam e David eram amigos e David estava agindo de forma muito irracional.

– Para falar a verdade, foi isso mesmo.

Max sorriu e estendeu a mão. Sarah franziu a testa e devolveu a nota de dez dólares.

– Vocês se acham engraçados? – esbravejou Philip.

– Não é à toa que as pessoas chamam a gente de Desi e Lucy do FBI, né, Sarah?

– Chamam a gente assim mais porque eu sou ruiva, Max, não porque a gente é engraçado.

Max franziu o cenho.

– Sério, Sarah?

Alguém bateu na porta. O executivo corpulento da penitenciária e Semsey entraram na sala. O executivo disse:

– David Burroughs teve só uma visita durante todo o período de encarceramento. A cunhada. O nome dela é Rachel Anderson. Ela esteve aqui ontem e anteontem.

– Espera, a única visita de Burroughs veio ontem e anteontem? – Max pôs a mão no peito. – Puxa. Ó. Puxa. Outra coincidência, Sarah.

– O mundo é cheio de coincidências, Max.

– É cheio de alguma coisa, Sarah. O que você acha, diretor?

Dessa vez, Philip Mackenzie ficou quieto.

Max se virou de novo para o cara corpulento.

– Você sabe onde a cunhada está hospedada?

– Provavelmente no Briggs Motor Lodge. A maioria dos nossos visitantes fica lá.

Max olhou para Semsey, que disse:

– Pode deixar.

O Corpulento acrescentou:

– Pode ser também que ela tenha ficado no Hyatt, perto das lojas de fábrica.

– Epa.

A cabeça de Max girou como se alguém a tivesse puxado com uma corda. Ele deu uma saltitada de volta para o mapa. A sala ficou em silêncio. Max analisou a trajetória. Depois, pulou de novo para a tela.

– Bingo, Sarah.

– O que foi, Max?

– Semsey?

O detetive se aproximou.

– Estou bem aqui.

– Você falou que Burroughs estava no telefone logo antes de eles entrarem no túnel, né?

– É.

– E foi Burroughs quem ligou?

– Foi. Ele pediu cinco minutos e retornou a ligação.

– Que horas foi isso, exatamente? Olha seu celular.

– Oito e cinquenta.

– Então o carro estaria… – Max achou. – Aqui. Na Green Street. O que teria sido logo antes de eles entrarem no estacionamento subterrâneo do shopping. – Ele se virou para Philip Mackenzie. – Por que você entrou naquele estacionamento, diretor?

Philip o encarou.

– Porque o detento mandou. À mão armada.

Max pulou de novo para o mapa. Ele apontou para o Lamy Outlet Center e passou o dedo por todo o entorno.

– Sarah, você está vendo o mesmo que eu?

– A linha ferroviária, Max.

Max fez que sim.

– Semsey?

– Quê?

– Detenha os trens. E, se algum tiver saído depois de oito e cinquenta, quero que seja abordado. Vamos levar todos os policiais que tivermos para aquele shopping.

– Entendido.

capítulo quinze

No PAYNE MUSEUM OF ART DE NEWPORT, Rhode Island, Gertrude Payne, a matriarca de 82 anos do lado da fortuna da família Payne na Nova Inglaterra, observou o neto Hayden subir ao tablado. Hayden tinha 37 anos e, embora a maioria esperasse que ele tivesse um porte refinado ou sofisticado, era mais parecido com o tetravô Randall Payne, o homem rude que fundou o Payne Kentucky Bourbon em 1868 e, com isso, criou a dinastia da família Payne.

– Em nome da minha família – começou Hayden –, especialmente minha avó Pixie...

Gertrude era Pixie, uma fada. Era um apelido que ela havia ganhado do próprio pai, mas ninguém entendia bem por quê. Hayden se virou e sorriu para ela. Ela retribuiu o sorriso.

Hayden continuou:

– ... estamos emocionados de ver vocês em nosso almoço beneficente anual. Todos os valores arrecadados no evento de hoje serão destinados à instituição de caridade "Pinte com Payne" de fomento às artes, que continuará oferecendo aulas e materiais para jovens carentes na região de Providence. Muito obrigado pela generosidade.

Os aplausos educados ecoaram pelo salão de mármore da Payne House na Ochre Point Avenue. A mansão havia sido construída em 1892 e tinha vista para o oceano Atlântico. Em 1968, não muito depois de entrar na família pelo casamento, Gertrude encabeçou a ideia de criar um museu de arte e vender a residência para uma associação de preservação. A Payne House era mesmo linda e majestosa, mas também era cheia de correntes de ar e fria, tanto no sentido literal quanto no figurado. A maioria das pessoas acredita que essas mansões são doadas para que outros possam apreciá-las. Isso só acontece quando rende algum benefício financeiro para a família. A maioria das mansões turísticas famosas, como a Breakers, a Marble House ou, no caso desta, a Payne House, é comprada por associações de preservação por valores vantajosos para os donos abastados.

Como Pixie sabia, quando se é rico, sempre há interesses.

– Eu sei que este ano é *mais* emocionante – continuou Hayden –, e, conforme o prometido, depois que terminarmos este almoço delicioso proporcionado por nosso fornecedor local, o divino Hans Laaspere...

Aplausos esparsos.

– … vamos oferecer a vocês, nossos principais benfeitores, um passeio particular pelo museu e, claro, a atração especial, o motivo por que a maioria de vocês está aqui hoje, uma primeira exibição especial de um quadro infame que não se vê em público há mais de duas décadas: *Moça ao Piano*, de Johannes Vermeer.

Pausa para ohs e ahs.

Quase um quarto de século antes, o Vermeer em questão havia sido roubado dos primos de Gertrude no lado Lockwood da família e só viera a ser descoberto recentemente em uma cena de assassinato bizarra no Upper West Side de Manhattan. O quadro, que tinha só meio metro de altura, já era uma obra-prima inestimável na época, mas, quando se acrescenta notoriedade à receita – roubo de quadro, assassinato, terrorismo doméstico –, *Moça ao Piano* era considerada uma das obras de arte mais valiosas do mundo. Agora que finalmente fora recuperado, o primo de Gertrude chamado Win achava que o quadro não devia padecer em uma saleta melancólica da Mansão Lockwood, mas sim viajar pelo mundo e ser apreciado por milhares de pessoas, se não milhões. O Vermeer roubado estava prestes a começar o roteiro pelos museus do mundo com a mostra de abertura por um mês ali mesmo em Newport, Rhode Island.

Tinha sido um golpe e tanto obter o Vermeer antes. Os ingressos para o almoço tinham custado mais de 50 mil dólares por pessoa. Não que o dinheiro fizesse diferença. No fundo, não fazia. A família Payne era bilionária, mas a filantropia entre os abastados sempre teve a ver com alpinismo social, e talvez uma pitada de culpa no meio. Era uma desculpa para socializar e fazer festa, porque, para pessoas com fortunas tão obscenas assim, fazer festa só por fazer seria muita deselegância, muito mau gosto, muita ostentação – portanto, acrescenta-se uma fachada de caridade, por assim dizer. Era tudo baboseira, Gertrude sabia. Os ricos que estavam presentes podiam só ter assinado um cheque para ajudar as instituições de caridade dos Payne para jovens carentes. O dinheiro não faria falta para ninguém. Não existia isso de "doar até doer" – eles não doam sequer até começarem a sentir minimamente. Gertrude entendia que ninguém encolhe ou diminui o próprio quinhão de forma voluntária. Ah, claro, todo mundo pode dizer que quer uma vida melhor para as pessoas menos afortunadas, pode até acreditar no que diz, mas todos queremos isso sem ter que sacrificar nada. Gertrude havia concluído, anos antes, que era por isso que os ricos pareciam tão horríveis.

Hayden continuou:

– Os programas da Fundação Payne para pessoas carentes ajudaram dezenas de milhares de crianças necessitadas desde que Bennett Payne, nosso santo padroeiro, criou o primeiro orfanato da família para meninos, em 1938.

Ele gesticulou para um retrato a óleo de Bennett Payne.

Ah, o maravilhoso e adorado tio Bennett, pensou Gertrude. Poucos sabiam que tio Bennett tinha sido um pedófilo desde antes de essa palavra existir. O "generoso" Bennett tinha decidido trabalhar com crianças pobres por um simples motivo – acesso irrestrito a elas. Tio Bennett guardava segredo sobre suas preferências, claro, mas, como a maioria dos seres humanos, também justificava suas ações. Ele tinha se convencido de que, no somatório geral, estava fazendo o bem. Aquelas crianças, sobretudo as extremamente pobres, teriam morrido sem a intervenção dos Paynes. Bennett lhes dera comida, roupa, educação – e sexo não era um ato que agradava os dois participantes? Qual era o crime? Tio Bennett viajava pelo mundo, em geral com missionários de mentalidade semelhante, para poder transar (agora chamam corretamente de estupro, não é?) com uma grande variedade de crianças.

Para quem quer saber do carma, para quem quer saber se Bennett Payne, que nunca soube o que era fome, sede ou desconforto, que nunca teve um emprego de verdade nem conheceu nada além de muita riqueza, chegou a pagar por suas transgressões, a resposta, infelizmente, é não. Tio Bennett tinha morrido de causas naturais durante o sono com a idade avançada de 93 anos. Nunca descobriram nada. O retrato dele ainda decorava a parede de cada instituto de caridade da Fundação Payne.

A ironia é que a Fundação Payne agora fazia muita coisa boa. O que começara como um veículo para tio Bennett poder estuprar crianças agora realmente ajudava os menos afortunados. Então como se lida com isso? Gertrude conhecia muitas causas que começaram com as melhores intenções e acabaram degringolando para algo horrível e corrupto. Eric Hoffer disse certa vez: "Toda grande causa começa como um movimento, se torna um negócio e, com o tempo, se degenera em extorsão." Pura verdade. Mas o que acontece quando algo segue o caminho contrário?

Gertrude acreditava que todos os homens tinham a tendência a desenvolver algumas características sociopatas e uma capacidade maravilhosa de justificar qualquer comportamento. Sim, era uma generalização, e, sim, lá no fundo do salão com certeza tinha alguém gritando "Nem todo homem". Mas quase todos. O pai dela havia sido um alcoólatra que batia na esposa e exigia obediência. Ele usava versículos da Bíblia para se justificar. George, o próprio marido de Gertrude, tinha sido um mulherengo contumaz. Ele se justificava com o argumento científico de que monogamia "não era natural". E tio Bennett, bom, esse tinha sido acobertado. Ele não foi o único da família com essa predileção específica. Gertrude tinha só um filho, Wade, o pai de Hayden, que, na cabeça dela, era a exceção que confirmava a regra, mas talvez ela tivesse visto o filho pelas "lentes da mamãe", como a juventude hoje gosta de dizer. Mas, também, Wade havia morrido aos 31 anos, em um acidente de avião particular com a mãe de Hayden quando eles estavam indo esquiar em Vail, talvez antes que uma sociopatia tivesse se revelado em suas partes íntimas. A morte a deixara arrasada. Hayden, que acabara de se tornar órfão, tinha só 4 anos na época. Coubera a Gertrude criá-lo, e ela não havia feito um bom trabalho. Não tinha cuidado dele. E ele sofrera por isso.

O telefone dela vibrou. Gertrude achava fascinante a tecnologia moderna. Claro que, como tantas coisas nos dias atuais, isso levava a obsessões, mas a ideia de que era possível se comunicar com qualquer pessoa a qualquer momento ou ver páginas de todas as bibliotecas do mundo inteiro com um aparelhinho que ela guardava na bolsa… Como as pessoas não se admiram com esse tipo de coisa?

– Então, mais uma vez – concluiu Hayden –, eu gostaria de agradecer a todos vocês pelo apoio a esta causa maravilhosa. Vamos visitar o Vermeer roubado daqui a quinze minutos. Aproveitem a sobremesa.

Enquanto Hayden sorria e acenava, Gertrude deu uma olhada rápida no celular. Ao ler a mensagem, o coração dela se apertou. Hayden veio andando de volta até a mesa dela. Ao ver seu rosto, ele perguntou:

– Está tudo bem, Pixie?

Ela apoiou a mão na mesa para se equilibrar.

– Venha comigo – disse ela.

– Mas nós…

– Pegue meu braço, por favor. Agora.

– Claro, Pixie.

Os dois continuaram com um sorriso no rosto enquanto saíam do grande salão. Uma das paredes do salão era espelhada. Gertrude se viu de relance logo antes de eles saírem e se perguntou quem era aquela velha no espelho.

– O que foi, Pixie?

Ela entregou o celular para Hayden. Ele arregalou os olhos ao ler.

– Fugiu?

– É o que parece.

Gertrude olhou para a abertura da porta. Stephano, chefe de segurança da família havia muito tempo, estava sempre à vista. Ele captou o olhar dela, e ela inclinou a cabeça para indicar que eles teriam que conversar mais tarde. Stephano retribuiu o gesto e manteve distância.

– Talvez seja um sinal – opinou Hayden.

Ela voltou a atenção para o neto.

– Um sinal?

– Não digo rigorosamente no sentido religioso, embora talvez também seja. Está mais para uma oportunidade.

Ele às vezes era um tapado.

– Não é uma oportunidade, Hayden – disse ela, com os dentes trincados. – Provavelmente vão capturá-lo em um dia.

– Será que o ajudamos?

Gertrude encarou o neto até ele virar o rosto. Em seguida, ela disse:

– Acho que precisamos ir embora.

Ele gesticulou para o salão.

– Mas, Pixie, os patrocinadores…

– … só querem ver o Vermeer – interrompeu ela. – Ninguém se importa se estamos aqui. Cadê o Theo?

– Ele queria ver o quadro.

Ela passou pelos dois guardas e entrou na antiga sala de música, onde agora estava o Vermeer. Tinha um menininho na frente do quadro, de costas para ela.

– Theo – disse ela ao menino –, vamos embora?

– Sim, Pixie – disse Theo. – Vamos.

Quando o garoto de 8 anos se virou para ela, o olhar de Gertrude foi atraído imediatamente para a marca de nascença característica na bochecha do menino. Ela engoliu em seco e estendeu a mão para ele.

– Então venha.

PARTE DOIS

Doze horas depois

capítulo dezesseis

MAX E SARAH SE SENTARAM à mesa de interrogatório. Rachel Anderson estava sozinha do outro lado da mesa. Eles se apresentaram e perguntaram mais uma vez se ela queria a presença de um advogado. Rachel renunciou ao direito.

– Deixa eu começar – disse Max – agradecendo por você vir falar com a gente.

– Claro – respondeu Rachel, toda espantada e inocente. – Mas vocês podem dizer do que se trata?

Max lançou um olhar para Sarah. Ela revirou os olhos.

Eles estavam na sede do FBI em Newark, Nova Jersey, a quase um quilômetro da Briggs Penitentiary. O alerta que eles tinham divulgado finalmente recebera uma resposta da polícia da Autoridade Portuária quando a placa de Nova Jersey do carro de Rachel Anderson tinha sido avistada por uma câmera da George Washington Bridge no sentido oeste de Nova York para Nova Jersey. Depois de chamar reforços (o alerta tinha avisado que o preso fugitivo David Burroughs estava armado e era perigoso), agentes da polícia estadual fizeram Rachel Anderson parar o Toyota Camry branco na Route 4 em Teaneck, Nova Jersey.

David Burroughs não estava no veículo.

Max escolheu a via direta:

– Cadê seu ex-cunhado, Srta. Anderson?

Rachel ficou de queixo caído.

– David?

– É. David Burroughs.

– David está preso – respondeu Rachel. – Está cumprindo pena na Briggs Penitentiary, lá no Maine.

Max e Sarah se limitaram a encará-la.

Sarah deu um suspiro.

– Sério, Rachel?

– Quê?

– É por esse caminho que você quer seguir?

Max pôs a mão no braço de Sarah.

– Eu entendo que você renunciou a seu direito a um advogado – disse ele para Rachel –, mas deixa eu te oferecer algumas garantias.

– Garantias? – repetiu Rachel.

Max deu um apertão de leve para cortar o comentário seguinte de Sarah.

– Vamos te dar imunidade completa agora mesmo, desde que você nos diga a verdade.

Rachel olhou para Sarah, e depois para Max de novo.

– Não estou entendendo.

Sarah balançou a cabeça.

– Meu Deus.

– Então deixa eu esclarecer a que me refiro por "imunidade completa". Digamos, é só um chute, que você tenha ajudado David Burroughs a fugir da cadeia. Se você nos contar onde ele está ou qual foi sua participação nesse crime federal muito grave...

– ... um crime que pode fazer você passar muitos, *muitos* anos atrás das grades... – acrescentou Sarah.

– É – disse Max. – Obrigado. Você não vai ser acusada. Vai sair livre.

– Espera – disse Rachel, levando a mão ao peito. – David fugiu?

Sarah se recostou na cadeira e cutucou o lábio inferior. Ela analisou Rachel e fez um gesto na direção dela.

– O que você acha, Max?

– Muito boa atuação, Sarah. E você?

– Sei não, Max. Você não acha que o choque dela está meio exagerado?

– É, um pouco, talvez – admitiu o parceiro. – O "espera" antes do "David fugiu" foi uma forçação de barra.

– E a mãozinha no peito. Essa foi demais. Ela provavelmente teria segurado no colar de pérolas, se estivesse usando um.

– Mas... – disse Max. – Acho que essa atuação é digna de chamar atenção do Oscar.

– Seria indicada, talvez – concordou Sarah. – Mas não ganharia.

Os dois deram uma salva de palmas sarcásticas. Rachel ficou quieta.

– Quando David Burroughs fugiu – continuou Max –, mandamos um homem até seu hotel.

– Uma pessoa, Max – disse Sarah.

– Quê?

– Você falou que mandou "um homem" lá. Isso é meio machista, não acha?

– É. Desculpa. Onde é que eu estava?

– Mandando agentes da lei para o hotel dela.

– Isso. – Max se virou para Rachel. – Você não estava lá, claro. A recepção nos disse que você devia estar no Nesbitt Station Diner. Acho que você tinha reclamado do wi-fi do hotel.

– E daí? – retrucou Rachel. – É crime ir a um restaurante?

– A garçonete nos disse que, não muito tempo depois de o alarme da fuga soar, você saiu do restaurante às pressas.

– E logo antes de sair às pressas – disse Sarah – você recebeu uma ligação.

Rachel deu de ombros.

– Pode ser. E daí?

– Você lembra quem foi que ligou? – perguntou Max.

– Não lembro, não. Talvez eu não tenha atendido. Nem sempre eu atendo.

– A garçonete viu você atender.

– Provavelmente era telemarketing, então. Acontece muito.

– Não era telemarketing – corrigiu Sarah. – Era David Burroughs.

Rachel franziu o cenho.

– David está em uma prisão federal. Como é que ele ia ter um telefone?

– Uau – disse Sarah, levantando as mãos e fingindo se render.

– Ele roubou um durante a fuga – disse Max.

Claro que Max não acreditava de fato que o celular usado por Burroughs tinha sido roubado de verdade. Ele imaginava que tanto Philip quanto Adam Mackenzie deram seus aparelhos para David como parte do plano de fuga, mas não havia motivo para revelar isso naquele momento.

– O identificador de chamada teria exibido o nome Adam Mackenzie. Você sabe quem é?

– Sei. Adam cresceu com David.

– Você se lembra de receber essa ligação do celular de Adam?

– Não, desculpa – respondeu Rachel, com um sorriso de falso remorso. – Talvez tenha ido para a caixa postal. Quer que eu veja?

Max e Sarah trocaram outro olhar. Não seria fácil.

– Depois de sair do restaurante – disse Max –, para onde você foi?

– Eu moro aqui em Nova Jersey.

– É, a gente sabe.

– Bom, era para cá que eu estava vindo. Para casa. Eu estava quase chegando quando um monte de policiais armados me fizeram parar. Me mataram de susto. E me trouxeram para cá.

– Então você pretendia ir do restaurante direto para casa? – perguntou Max.

– Exato.

– Mas você não fez o check-out no hotel. Suas roupas ainda estão no quarto. Seus artigos pessoais.

– Eu pretendia voltar.

– Como assim?

– A diária sai mais barata se eu fechar a semana inteira – explicou Rachel –, então decidi manter a reserva. Vim para casa resolver uns assuntos, ver se está tudo certo, essas coisas. Eu pretendia voltar ao Maine na quinta. – Ela veio para a frente na cadeira. – Estou muito confusa, detetive.

– Agente especial – corrigiu Sarah. – Ele é o agente especial Max Bernstein, do FBI. Eu sou a agente especial Sarah Jablonski.

Rachel a encarou e não desviou o olhar.

– Agente especial. Você deve ter muito orgulho.

Max não queria se distrair.

– Depois de sair do restaurante, Srta. Anderson, você foi direto para casa?

Rachel se recostou.

– Talvez tenha feito uma parada no caminho.

– Oito minutos depois que David Burroughs ligou para você, seu Toyota Camry foi visto por uma câmera de segurança perto do Lamy Outlet Center.

– Foi. Pensei em fazer umas compras. – Ela se virou para Sarah. – Tem uma loja da Tory Burch lá.

– E fez? – insistiu Max.

– Fiz o quê?

– Compras.

– Não.

– Por que não?

– Mudei de ideia.

– Então você dirigiu até lá e foi embora?

– Mais ou menos isso.

– E, por uma coincidência chocante – continuou Sarah –, foi no Lamy Outlet Center que David Burroughs se escondeu depois de fugir.

– Não sei de nada disso. David fugiu mesmo?

Sarah ignorou a pergunta.

– Obtivemos um sinal de localização do seu iPhone junto à operadora. Eles tentaram rastrear seu telefone, mas adivinha só... Seu celular tinha sido desligado, então não conseguimos rastrear.

– E isso deveria me incriminar?

– Sim.

– Por quê? Eu às vezes desligo meu celular quando dirijo. Não gosto de ser incomodada.

– Não, Rachel, você não faz isso – retrucou Sarah. – Segundo sua operadora, seu telefone não é desligado há quatro meses. Também sabemos que você o desligou depois de dirigir por quinze quilômetros ao *norte* do Lamy Outlet Center, que é no sentido contrário de Nova Jersey.

Rachel fez outro gesto de indiferença com os ombros.

– Eu queria ver um pouco da paisagem antes de ir para casa.

– Ah, parece razoável – comentou Sarah, com ironia pura. – Seu ex-cunhado foge da cadeia. Pouco depois, o celular que ele roubou liga para o seu. Sua reação é ir até o shopping onde ele está escondido. Depois, por algum motivo, mesmo tendo dito que ia voltar para casa sem fazer o check-out no hotel, você começa a dirigir no sentido contrário e, de repente, desliga seu celular pela primeira vez desde a atualização do sistema, quatro meses atrás. Foi assim?

Rachel sorriu para Sarah e depois voltou a atenção para Max.

– Estou presa, agente especial Bernstein?

– Não se você colaborar – disse Max.

– E se eu decidir me levantar e ir embora?

– Se você não se incomodar, Srta. Anderson, podemos parar de falar hipoteticamente? – disse Max. – Sabemos também que você continuou dirigindo no sentido norte depois de desligar o celular. Cerca de cinquenta quilômetros depois na I-95, David Burroughs usou um cartão de crédito roubado para comprar diversos equipamentos de sobrevivência da Katahdin General Store: barraca, canivetes, saco de dormir, esse tipo de coisa. O dono da loja o identificou para nós. Algum comentário?

Rachel balançou a cabeça.

– Não sei de nada disso.

– Lá naquela região só tem parques e florestas. Quilômetros e quilômetros. Alguém poderia ser deixado lá e sumir para sempre. Poderia subir lentamente até a fronteira com o Canadá.

Rachel Anderson não falou nada.

Sarah decidiu mudar de rumo. A esperança era deixá-la balançada e surpresa com a quantidade de informações que eles haviam conseguido reunir em poucas horas.

– Por que você decidiu visitar David Burroughs agora?

– David era meu cunhado. A gente era próximo.

– Mas essa foi sua primeira ida à Briggs.

– Foi.

– Já fazia quatro ou cinco anos que ele estava lá, não?

– Por aí.

Sarah abriu as mãos.

– Então por que agora, Rachel?

– Sei lá. Só achei… achei que estava na hora.

– Você acredita que David Burroughs matou seu sobrinho?

O olhar de Rachel se desviou para o canto esquerdo.

– Acredito, sim.

– Você não parece ter muita certeza.

– Ah, tenho, sim. Mas acho que ele não quis matar. Acho que ele apagou ou teve algum surto.

– Então você não o culpa? – disse Max.

– Não muito.

– Sobre o que vocês conversaram durante a visita?

– Só perguntei a David como ele estava.

– E como ele estava?

– Ainda acabado. David não queria receber visita. Só queria ficar em paz.

– Mas você voltou no dia seguinte.

– Voltei.

– E pretendia voltar de novo.

– David e eu éramos próximos. Quer dizer, antes de tudo aqui. Eu… também me abri com ele.

– Você se incomoda de nos dizer o assunto?

– Não tem muita importância. Também enfrentei alguns contratempos.

– E você achou o quê, que ele seria um ombro amigo?

A voz de Rachel ficou terna.

– Algo assim.

– E, por contratempos – disse Sarah –, você se refere ao seu divórcio recente?

– Ou – acrescentou Max – ao escândalo que acabou com a sua carreira?

Rachel ficou imóvel.

Max se inclinou para a frente. Não tinha mais motivo para sutilezas.

– Está tudo desmoronando, Srta. Anderson. Você sabe, né?

Ela não mordeu a isca.

– Olha o tanto que Sarah descobriu em poucas horas. A gente vai pegá-lo.

Não tem a menor dúvida. Se ele tiver sorte, a gente pega vivo, mas David Burroughs é um infanticida condenado que roubou a arma de um diretor de presídio, então… – Max deu de ombros para indicar que não era algo que ele podia controlar. – Assim que o pegarmos, provavelmente nas próximas horas, Sarah e eu vamos concentrar todos os nossos esforços para denunciar você por cumplicidade e incitação ao crime.

– Sua sentença vai ser bem longa – disse Sarah.

– Isso não é uma ameaça vazia – disse Max.

– Não é ameaça – repetiu Sarah, apunhalando Rachel com os olhos de novo. – Mal posso esperar para te botar atrás das grades.

– A menos…

– O quê, Max? – disse Sarah.

– A menos que ela colabore. Aqui e agora.

Sarah franziu o cenho.

– Acho que a gente não precisa dela, Max.

– Provavelmente não mesmo, mas talvez a Srta. Anderson não soubesse no que estava se metendo. Talvez ela não compreendesse o que estava fazendo.

– Ah, ela compreendia.

– Mesmo assim… a gente combinou, Sarah. Se Rachel nos disser agora o que sabe, a gente dá imunidade completa.

– Isso foi antes, Max. Agora eu quero que ela cumpra pena por tentar enrolar a gente desse jeito.

– Faz sentido, Sarah.

Rachel continuou calada.

– É sua última chance – disse Max. – Sua carta de "saída livre da cadeia" vence daqui a três minutos.

– E aí a gente prende ela, Max?

– E aí a gente prende ela, Sarah.

Sarah cruzou as mãos e as apoiou na mesa.

– O que você acha, Rachel?

– Mudei de ideia – disse Rachel. – Quero minha advogada.

capítulo dezessete

– BELEZA, SARAH, FALA QUAL é a teoria provisória mais provável – disse Max.

Max e Sarah foram ao Newark Airport para pegar o voo de volta para a Briggs Penitentiary. Por acaso, a advogada que Rachel Anderson chamou era a famosa Hester Crimstein, que logo conseguiu a liberação dela sob fiança.

– Para de roer as unhas, Max.

– Vê se me deixa em paz, Sarah.

– É nojento.

– Me ajuda a pensar.

Sarah deu um suspiro.

– Então, qual é a nossa teoria provisória?

– Burroughs foge com a ajuda de Philip e Adam Mackenzie – começou Sarah.

– A gente tem certeza de que os Mackenzies estão envolvidos?

– Acho que sim.

– Também acho – disse Max. – Continue.

– Burroughs sai do carro do diretor no estacionamento subterrâneo do shopping. Ele liga para Rachel Anderson, que está esperando a chamada no Nesbitt Station Diner. Rachel vai até o shopping. Está acompanhando, Max?

– Aham. Continue.

– Ela encontra Burroughs. Burroughs entra no carro dela.

– E aí?

– Eles vão no sentido norte. Temos aquela última localização do celular.

– É estranho.

– Como assim?

– Por que desligar o celular nessa hora? – perguntou Max. – Por que não antes?

– Se ela desligasse no shopping, a gente saberia que ela tinha ido para lá.

Max franziu o cenho.

– É, pode ser, talvez.

– Mas…?

Max deixou pra lá.

– Continue.

– Eles vão até aquela loja…

– A Katahdin – acrescentou Max –, em Millinocket.

– Isso, onde ele compra os equipamentos de sobrevivência. De acordo com as informações de trânsito e a cronologia que eu montei, acho que ela teve tempo de continuar indo para o norte com ele por mais meia hora. Seja como for, Rachel deixa Burroughs em alguma região de mata cerrada. Temos helicópteros e unidades caninas procurando, mas a região é um vasto buraco negro.

– E depois?

Sarah deu de ombros.

– Depois mais nada.

– Então qual é o plano de Burroughs agora?

– Não sei, Max. Talvez ele pretenda se esconder nos parques nacionais. Ficar na encolha. Talvez ele planeje cruzar a fronteira com o Canadá.

Max pegou pesado na unha.

– Você não concorda – disse Sarah, demonstrando sua intuição.

– Não concordo.

– Diga por quê.

– Furos demais. Burroughs é um cara urbano. Ele tem alguma experiência de sobrevivência na mata?

– Talvez. Ou talvez ele ache que não tem opção.

– Não está batendo, Sarah.

– O que não está batendo, Max?

– Vamos começar do início: essa fuga foi planejada?

– Só pode ter sido.

– Se foi, uau, é um plano bem bizarro.

– Sei não – disse Sarah. – Acho que foi bem engenhoso.

– Em que sentido?

– É muito simples. Burroughs pega a arma e sai com Mackenzie. Sem cavar túnel. Sem roubar caminhão nem se esconder em lixeira. Nada disso. Se aquele guarda… qual era o nome dele mesmo?

– Weston. Ted Weston.

– Isso. Se Weston não olhasse pela janela no momento certo, se ele não visse o diretor e Burroughs entrando no carro, teria dado tudo certo. Levaria horas até alguém comunicar o sumiço de Burroughs.

Max refletiu por alguns instantes.

– Então que tal a gente seguir esse rastro, Sarah?

– Vamos, Max.

– Quando deu tudo errado, quando Weston soou o alarme, sua teoria é que a partir daí eles foram obrigados a improvisar.

– Exato – disse Sarah.

Max considerou a hipótese.

– Isso explicaria a ligação de Burroughs para Rachel quando ela estava no restaurante. Se Rachel estivesse envolvida desde o início, ele não teria precisado ligar. Ela já estaria pronta para buscá-lo.

– Interessante – disse Sarah. – Agora estamos considerando a hipótese de que Rachel Anderson não fizesse parte do plano de fuga original?

– Não sei.

– Mas não é coincidência. O fato de ela ter visitado Burroughs no dia da fuga.

– Não é coincidência – concordou Max. Ele começou a atacar uma cutícula nova. – Mas, Sarah...

– O que foi, Max?

– Ainda está faltando uma coisa. Uma coisa bem grande.

capítulo dezoito

ESTOU NA TWELFTH STREET de Nova York, comendo a fatia de pizza de pepperoni mais maravilhosa de todos os tempos, de um lugar chamado Zazzy's.

Estou livre.

Acho que ainda não acredito. Sabe aquela sensação que dá quando um sonho fica estranho – no *bom* sentido, neste caso – e, de repente, bem no meio daquela viagem noturna, você se dá conta de que talvez esteja mesmo dormindo, sonhando, e bate o medo de acordar, e aí você tenta desesperadamente continuar dormindo, se agarrando com força às imagens na sua cabeça, enquanto elas vão desaparecendo? É isso que eu tenho sentido nas últimas horas. Estou apavorado de meus olhos se abrirem daqui a pouco e eu voltar para a Briggs em vez de ficar aqui nesta rua com perfume de urina (um cheiro que estou adorando sentir, porque teoricamente não dá para sonhar com cheiros).

Estou na calçada do outro lado da rua onde mora Harriet Winchester, também conhecida como Hilde Winslow.

Eu fugi *hoje*. É surreal. Menos de 24 horas atrás, um agente penitenciário da Briggs tentou me matar. Depois, quando parecia que eu, a vítima, ia levar a culpa pelo ataque, Philip e Adam me ajudaram a fugir. Os acontecimentos malucos do dia (tudo neste *mesmo* dia que *ainda* está em andamento) vêm voando para cima de mim. Eu tento rebatê-los e me concentrar no objetivo atual.

Hilde Winslow mentiu no julgamento e ajudou a me condenar. O motivo para isso é o primeiro passo que vou dar para resgatar meu filho.

Resgatar meu filho.

Toda vez que penso nessa frase, preciso me conter, segurar as lágrimas e me lembrar do que está em jogo. Antes da visita de Rachel, meu filho estava morto, assassinado, talvez até pelas minhas próprias mãos. Agora eu acreditava no oposto: Matthew está vivo, e alguém armou para mim. Por quê, como... eu não fazia a menor ideia. Um passo de cada vez.

O primeiro passo é Hilde Winslow.

Depois de saltar do carro de Philip naquele shopping, liguei para Rachel me buscar. Ela estava em um restaurante. Expliquei aonde ela devia ir e quando estar lá. Enquanto isso, fui para o estacionamento dos funcionários. As lojas tinham acabado de abrir, então a maioria dos trabalhadores estava só começando o turno. Isso me deu tempo. Rachel, eu sabia, era de Nova Jersey. Quando a polícia emitisse um alerta sobre o carro dela, era nisso que iam se concentrar – uma placa de Nova Jersey no Maine. Achei um Honda Civic amassado com parafusos frouxos o bastante para tirar as duas placas. O dono ou a dona perceberia? Provavelmente não tão cedo. A maioria das pessoas não confere se as placas estão no lugar antes de começar a dirigir. Mas, mesmo assim, mesmo se o Sr. ou a Sra. Honda Amassado percebesse, isso ocorreria horas depois, no fim do expediente. A gente teria a margem de tempo necessária.

Rachel foi sensata e fez o que eu pedi: sacou todo o dinheiro que os cartões de crédito permitiam. Ela usou três cartões, dois com limite de 800 dólares e um com 600. Junto com o dinheiro que os Mackenzies me deram, eu estava financeiramente apto a durar pelo menos um tempinho. Em algum momento, a polícia acabaria descobrindo onde Philip tinha me deixado de fato. A história de Philip, qualquer que fosse, não ia durar mais do que um ou dois dias.

Quando Rachel chegou aos fundos do estacionamento do shopping onde eu estava escondido, entrei no carro e falei para ela continuar dirigindo. Três quilômetros depois, vimos um restaurante fechado. Falei para Rachel estacionar atrás dele. Quando estávamos fora de vista, troquei rapidamente as placas, para que o Toyota Camry dela, um dos carros mais comuns do mundo, agora ficasse com placas do Maine.

– E agora? – perguntou Rachel.

Eu sabia que a caçada seria abrangente e imediata, mas também sabia que a polícia não era absoluta nem onipresente. O crucial de qualquer plano era ter um objetivo. Eu só tinha um: achar meu filho. Ponto. Fim. Esse era meu único foco.

E isso significava o quê, em termos práticos?

Seguir qualquer pista. A maior que eu tinha (a única) era Hilde Winslow. Não só ela havia mentido no tribunal, como também tinha trocado de nome e se mudado para Nova York. Então meu plano passou a ser este: chegar a Hilde Winslow o mais rápido possível. Descobrir por que ela mentiu.

Tendo definido o destino, a questão passou a ser distrair, confundir e embaralhar. Não ia demorar para a polícia descobrir que Rachel tinha me visitado na cadeia e rastrear o celular dela de algum jeito. Isso também ia acontecer com o celular de Philip e Adam, ambos comigo. Eu já tinha desligado os dois.

– Seu celular está ligado? – perguntei a ela.

– Está. Ai, merda, eles conseguem rastrear, né? Será que eu desligo?

– Espera – falei.

– Por quê?

Quando o celular fosse desligado, a operadora não seria mais capaz de nos rastrear, mas poderia dizer para a polícia onde a gente estava quando o aparelho foi desligado. Falei para Rachel dirigir no sentido contrário do meu destino. Quando tivéssemos subido o bastante rumo ao norte para convencer a polícia de que provavelmente estávamos indo para a fronteira do Canadá, e não para Nova York, falei para Rachel desligar o celular. Concluí que, se deixássemos ligado por mais tempo, seria demais – seria exagero. Desse jeito, ia parecer que tínhamos começado a fuga e percebido só depois de uns dez ou quinze minutos de viagem que precisávamos desligar o celular dela.

– E agora? – perguntou Rachel.

Eu estava prestes a pedir para ela dar meia-volta e seguir em direção a Nova York, mas não sabia ao certo se o rastreamento do celular bastaria para distrair, confundir e embaralhar.

– Continue indo para o norte – falei.

Vinte minutos depois, paramos em uma loja em Katahdin que vendia equipamentos de sobrevivência. Conferi perto das bombas de gasolina se tinha alguma câmera de segurança. Nenhuma. Não que fizesse diferença. Não ia demorar para eles descobrirem que eu tinha estado ali. Rachel abasteceu o carro enquanto eu, às pressas, mas (espero) sem chamar atenção, comprava equipamentos de sobrevivência, do tipo que imagino que fosse usado por pessoas com hábito de fazer trilha e acampar por longos períodos. Paguei tudo com o Mastercard que Adam disse que ia "esquecer" de cancelar. Calculei que a polícia ia descobrir o cartão, mas talvez demorasse um pouco. Senão, quando o alerta fosse divulgado, o velho que me atendeu no caixa se lembraria do meu rosto.

Isso também não era problema.

Feito isso, Rachel e eu dirigimos mais um quilômetro para o norte (só para o caso de alguém perguntar em que direção o carro tinha ido) e depois demos a volta e viemos para o sul. Achamos uma caçamba de doações do Exército da Salvação atrás de um prédio comercial na periferia de Boston. Joguei o equipamento de sobrevivência ali dentro. Segundo uma placa na caçamba, a coleta seguinte seria dali a quatro dias. Ótimo. Se, de algum modo, o Exército da Salvação desconfiasse dos produtos ou chamasse a polícia, não faria diferença. Mesmo que nos achassem com câmeras de segurança lá, e daí? Já teríamos sumido muito antes. Eu só torcia para que as autoridades acreditassem que eu estava escondido na mata.

Aí demos meia-volta e começamos a longa viagem para o sul. Em uma farmácia perto de Milford, Connecticut, fiquei no carro enquanto Rachel comprava um celular pré-pago, tesoura, material de barbear e óculos com o menor grau possível para mim. Ela acabou escolhendo óculos de sol que clareavam em ambientes fechados. Perfeito. Na parada de caminhões seguinte, entrei no banheiro com um boné bem enfiado na cabeça. Eu raramente fazia a barba na cadeia, no máximo uma vez por semana quando pinicava, então minha barba estava quase formada. Raspei ali e deixei só o bigode. Depois, cortei o cabelo todo, raspei a cabeça e coloquei os óculos.

Até Rachel ficou impressionada com meu disfarce.

– Quase não deixei você entrar no carro.

Quando chegamos perto da George Washington Bridge, pedi para Rachel entrar na Jerome Avenue, no Bronx. Paramos em uma vaga onde eu pudesse colocar as placas de Nova Jersey de volta no lugar. Depois, joguei as do Maine em uma lixeira de calçada. Se a polícia já estivesse totalmente investida – e eu desconfiava que estava –, provavelmente ia detectar a placa de Nova Jersey quando ela atravessasse a ponte Washington. Eu a avisei disso. Nós tínhamos ensaiado o que ela faria quando a polícia a mandasse parar ou fosse à casa dela.

– Estou causando um monte de problemas para você – digo.

– Não se preocupe – respondeu Rachel. – É meu sobrinho, lembra?

– Você era uma boa tia – falei.

– A melhor – respondeu ela, com uma sombra de sorriso.

– Mas, se a situação se agravar, se você for presa...

– Vou ficar bem.

– Eu sei. Mas, se você for encurralada, diga que eu estava armado e obriguei você a fazer tudo.

– É melhor você ir.

A estação da linha 4 na Mount Eden Avenue era ali ao lado. Entrei no metrô e fiquei nele por 35 minutos no sentido sul até a estação 14th Street/ Union Square, em Manhattan. Lá, achei uma Nordstrom Rack e comprei o conjunto mais barato de blazer, camisa e gravata que deu para achar. Talvez a cabeça raspada, o bigode e os óculos fossem exagero, mas, se alguém chegasse a descobrir que eu estava em Nova York, provavelmente não iam procurar um homem de blazer e gravata.

De lá, foram dez minutos de caminhada até o endereço de Hilde Winslow na Twelfth Street. Parei no caminho para comprar uma fatia de pizza de pepperoni e uma Pepsi. Quando dei a primeira mordida, fiquei tonto. Eu sei que é irrelevante, mas acho que nunca senti nada tão maravilhosamente mundano quanto aquela primeira mordida de uma pizza de Nova York como homem livre; ela acendeu algo que tinha se apagado havia muito tempo e me preencheu com lembranças, cores e texturas. Eu estava de novo em Revere Beach, no Sal's, com Adam, Eddie e TJ, o pessoal todo, e, caramba, como foi bom.

Agora eu espero.

Penso em Rachel, claro. Ela já deve ter sido pega pela polícia. Será que conseguiu passar em casa antes? Será que a polícia a parou na rua? Será que está muito encrencada? Penso em Philip e Adam e nas consequências que eles vão ter que enfrentar. E, por fim, penso em Cheryl, minha ex-mulher e mãe de Matthew. O que ela acharia da minha fuga? O que tia Sophie acharia? Se fosse capaz de compreender, o que meu pai acharia?

Não importa. No momento, nada disso importa.

Atravesso a rua. Será que Hilde Winslow, ou Harriet Winchester, sabe que eu fugi? Não sei. O prédio não tem porteiro. É preciso tocar o interfone para um morador abrir a porta. Está escrito WINCHESTER, H. embaixo do apartamento 4B. Aperto o botão. Dá para ouvir tocar. Uma, duas, três vezes. No quarto toque, uma voz que ainda reconheço do julgamento fala em meio à estática no alto-falante.

– Sim?

Levo um instante para me situar. Finjo um sotaque ridículo do Leste Europeu para disfarçar a voz.

– Encomenda.

– Deixe na recepção, por favor.

– A senhora precisa assinar.

Eu tinha passado as últimas horas planejando, e apesar disso, tão perto da chance de chegar até ela, estou aqui fazendo besteira. Não estou vestido como um entregador. Não tenho pacote nenhum na mão.

– Na verdade – digo, improvisando na hora –, se a senhora autorizar verbalmente, posso deixar a encomenda aqui. Tenho sua permissão para deixar na recepção?

Ocorre um momento de silêncio que me faz pensar se fui desmascarado. Então Hilde Winslow diz, devagar:

– Você tem minha permissão para deixar.

– Está bem, vai ficar no canto da entrada.

Desligo. Estou a ponto de sair e pensar no que fazer quando vejo um homem descer a escada e vir na direção da porta. Por um instante eu me pergunto se Hilde pediu a um vizinho que viesse pegar a encomenda, mas não, não deu tempo. Quando ele abre a porta, coloco o fone de novo no ouvido e digo:

– Certo, vou levar aí.

O teatro não foi necessário. O homem passa pela porta e sai para a rua aparentemente com a maior tranquilidade do mundo.

Seguro a porta aberta com o pé e entro.

Depois, começo a subir a escada até o apartamento 4B.

O celular de Sarah vibrou. Ela olhou para a mensagem recebida.

– Você tinha razão, Max.

– Sobre o quê?

– As placas.

Max tinha achado bizarro que ninguém havia visto o carro de Rachel Anderson durante a longa viagem de volta do Maine até Nova Jersey. A primeira teoria provisória era que ela havia evitado as estradas principais, mas uma conferida rápida nas condições de trânsito revelou que ela não teria chegado a tempo se tivesse evitado todas as vias com pedágio.

– Um cara chamado George Belbey deu pela falta das placas do carro dele quando saiu do trabalho, na L.L.Bean.

– Imagino que George Belbey more no Maine.

– Aham.

– Então Burroughs ou Rachel trocou as placas. Tirou as de Nova Jersey do carro dela e colocou as do Maine.

– Só que, quando a Autoridade Portuária viu o carro dela atravessando a ponte...

– Ela havia trocado de volta – concluiu Max por ela. – Então a questão é: quando foi que ela fez isso? E por quê?

– A gente sabe o porquê, né, Max?

– É, acho que sim.

O celular de Sarah vibrou de novo. Ela olhou a tela e disse:

– Eita.

– O que foi?

– A gente estava conferindo as chamadas recentes de Rachel Anderson.

– E?

– E, depois de visitar Burroughs na Briggs, ela ligou para um ex-colega do *Globe* para pedir um favor.

– Que tipo de favor?

– Ela queria o dossiê da morte de Matthew Burroughs.

Max ponderou sobre isso.

– O ex-colega tem bala na agulha para isso?

– Não. Mas Rachel pediu outra coisa especificamente.

– O quê?

– Ela queria o número de Seguridade Social de uma testemunha no julgamento do homicídio. Uma mulher chamada Hilde Winslow.

– Eu me lembro desse nome...

– Winslow declarou que viu Burroughs enterrar o taco de beisebol.

– Isso. Uma senhora de idade, pelo que me lembro.

– Exato, Max, mas agora é que vem a parte estranha. Parece que Hilde Winslow trocou de nome pouco depois do julgamento para Harriet Winchester.

Os dois se entreolharam.

– Por que ela faria isso? – perguntou Max.

– Nem imagino. Mas tem um detalhe: Hilde-Harriet também se mudou para Nova York. – Ela apertou as pálpebras ao olhar o celular. – West 12th Street, 135, para ser precisa.

Max parou de mastigar. A mão desceu até o lado do corpo.

– Então Rachel Anderson visita David Burroughs na cadeia. Depois do encontro, ela pergunta sobre uma testemunha importante do caso, uma que Burroughs disse ter mentido no depoimento, e descobre que ela trocou de nome e se mudou. – Ele olhou para ela. – Então para onde você acha que Burroughs está indo?

– Confrontá-la?

– Ou pior. – Max se virou para a saída do aeroporto. – Sarah?

– Quê?

– Arranja um carro para a gente ir a Nova York. E liga para nosso escritório em Manhattan. Quero entupir a casa de Hilde Winslow de policiais agora mesmo.

capítulo dezenove

PARO NA FRENTE DA PORTA de Hilde Winslow.

E agora?

Posso bater, claro, mas, como tem um interfone lá embaixo e ela certamente já está desconfiada, não sei se é a decisão certa. Ela perguntaria quem é. Usaria o olho mágico para ver quem estava batendo. Será que ela ia me reconhecer? Provavelmente não. A menos que tenha ouvido falar da minha fuga no jornal. De qualquer jeito, ela não abriria a porta.

Então a Opção Um, simplesmente bater na porta, não adianta.

Estou com um boné do Yankees que comprei de um vendedor ambulante na Sixth Avenue, então, se ela acabar me descrevendo, não vai saber que estou de cabeça raspada. Pretendo jogá-lo fora depois de visitar Hilde.

Opção Dois: posso tentar derrubar a porta ou, sei lá, entrar atirando. Mas fala sério. Até parece que ela não ia fazer um escândalo. Até parece que nenhum dos vizinhos ia denunciar o barulho de tiro. A Opção Dois é uma burrice sem cabimento.

Opção Três... eu não tenho nenhuma. Ainda. Mas não dá para ficar só de tocaia assim no corredor. Alguém ia me ver e perguntar o que eu estava fazendo. Eu não tinha pensado direito nisso, né? Passei tantas horas hoje – *hoje!* – no carro com Rachel e não formulei um plano decente. Agora estou pagando o preço.

À minha esquerda tem uma porta que dá para a escada de incêndio. Talvez eu possa me esconder ali e tentar ficar de olho para o caso de ela abrir a porta. Mas já está ficando bem tarde. Hilde/Harriet tem 80 e poucos anos. Será que ela sairia de novo hoje à noite? Provavelmente não.

Ainda estou ponderando o próximo passo quando vejo a maçaneta do 4B começar a girar.

Alguém está abrindo a porta.

Nenhum plano, então sigo o puro instinto. Não sei por que a porta está se abrindo agora, mas desconfio que talvez Hilde Winslow esteja curiosa com a suposta encomenda que foi deixada no vestíbulo e tenha decidido se aventurar até lá para buscá-la. Não tem importância. Não hesito. Assim que a porta abre uma fresta, eu a empurro com o ombro.

A porta se escancara.

Por um instante, fico com medo de ter sido agressivo demais, de ter derrubado uma idosa no chão com a porta pesada, mas, quando entro de repente, Hilde Winslow ainda está em pé, de olhos arregalados. Ela dá um passo para trás e abre a boca para gritar. Alguma parte primitiva do meu cérebro assumiu o controle, e de novo não hesito. Corro até ela e cubro sua boca meio de qualquer jeito com a mão, mas com firmeza. Com o pé, chuto a porta para fechá-la atrás de mim. Eu a puxo para mim de modo que a parte de trás de sua cabeça se apoie no meu peito, ainda cobrindo a boca com a mão.

– Não quero te machucar – sussurro.

Eu falei isso mesmo? Se falei, acho que minhas palavras não são muito reconfortantes. Ela se contorce e pega na minha mão. Ela resiste. Seguro com força. Quero ser delicado, racional, educado, mas não vejo como essa postura vai ajudar a mim nem a Matthew.

Com a outra mão, pego a arma e mostro para ela.

– A gente só precisa conversar, está bem? Quando eu conseguir a verdade, vou dar o fora daqui. Mexe a cabeça para dizer que entendeu.

Com a parte de trás do crânio ainda apoiada no meu peito, ela consegue mexer um pouco a cabeça.

– Vou tirar a mão agora. Por favor, não me obrigue a te machucar.

Parece que eu saí de um filme antigo, mas não sei bem o que mais dizer ou como lidar com esta situação. Eu a solto e torço do fundo do coração para que ela não grite, porque não vou atirar se ela gritar. E também não vou dar uma coronhada nem nada do tipo. Ou vou?

Hilde Winslow mentiu sobre mim. Ela mentiu sob juramento e ajudou a me condenar pelo assassinato do meu próprio filho.

Até onde eu sou capaz de ir? Tomara que ela não me force a descobrir.

Hilde Winslow se vira para mim.

– O que você quer?

– Você sabe quem eu sou? – pergunto.

– David.

A voz dela está surpreendentemente firme e confiante. Ela não desvia o olhar. Não é uma expressão afrontosa, mas ela também não parece assustada nem intimidada.

– O que você está fazendo aqui? – pergunta Hilde.

– Você mentiu.

– Do que você está falando?

– No meu julgamento. Seu depoimento. Era tudo mentira.

– Não era, não.

Não me resta muita opção. Levanto a arma e apoio na testa dela.

– Preciso que você preste atenção – digo, torcendo para minha voz não falhar. – Não tenho nada a perder. Você entende, né? Se mentir de novo para mim, se não me falar a verdade, vou te matar. Não quero fazer isso. De verdade. Mas agora é meu filho ou você.

Os olhos dela começam a piscar rápido.

– Isso mesmo – continuo. – Meu filho ainda está vivo. Não, eu não acho que você vai acreditar em mim e não tenho tempo para te convencer. Para você, a única coisa que importa agora é que *eu* acredito. E, por isso, não vou ter nenhuma dificuldade de te matar para encontrá-lo. Ficou claro?

– Não sei o que dizer...

Bato na bochecha dela com o cano da arma.

Não, isso não é nada fácil para mim. E não, não bati com força. Foi um toque. Nada mais que isso. Mas é suficiente para passar o recado e para eu me sentir péssimo.

– Você trocou de nome e se mudou – digo. – Fez isso porque prestou falso testemunho e precisava escapar. Não vim aqui para me vingar. Mas você mentiu por algum motivo, e esse motivo pode me levar até meu filho. Então, ou eu descubro o motivo ou te mato.

Ela me encara. Eu sustento o olhar.

– Você está delirando – diz Hilde-Harriet.

– Pode ser.

– Não é possível que você ache que seu filho ainda está vivo.

– Ah, acho sim.

A mão de Hilde sobe devagar até os lábios. Ela balança a cabeça e fecha os olhos. Não baixo a arma. Quando ela abre os olhos, vejo uma mudança. A postura defensiva e desafiante sumiu.

– Não acredito que você está aqui, David.

Fico quieto.

– Você está gravando isto? – pergunta ela.

– Não. – Pego meu celular rapidamente e mostro para ela. Depois, eu o largo na mesa, só para reforçar. – Isso aqui é só entre nós.

– Se você contar para alguém, eu vou negar.

Sinto minha pulsação acelerar.

– Entendo.

– E, se tiver alguém gravando, só estou contando uma história para agradar um assassino maluco que está me ameaçando com uma arma.

Faço um gesto de incentivo com a cabeça.

Hilde Winslow levanta o rosto e me olha nos olhos.

– Passei muito tempo imaginando este momento – diz ela. – Você parado na minha frente, eu confessando a verdade.

Ela respira fundo. Eu prendo a respiração, com medo de que qualquer movimento ínfimo que eu faça quebre o feitiço.

– Em primeiro lugar, eu justifiquei minhas ações porque achei que meu depoimento não faria diferença. Você seria condenado de qualquer jeito... eu era a cereja do bolo. Foi isso que falei para mim mesma. E eu também acreditava de verdade que você tinha cometido o crime. Isso foi parte da proposta... eu estava ajudando a prender um assassino. E, quer saber a verdade, David?

Faço que sim.

– Ainda acho que foi você. As provas eram fortes demais. Isso me ajuda a dormir à noite. Saber, com certeza, que foi você. Mas isso não chega a me eximir de nada, né? Eu era professora de filosofia na Universidade de Boston. Você sabia?

Eu sabia. Meus advogados foram a fundo no passado dela, em busca de algo que pudéssemos usar no julgamento. Eu sabia que ela havia ficado viúva aos 60 anos, que tinha três filhos, todos casados, e quatro netos.

– Então já estudei todas as racionalizações do tipo "os fins justificam os meios", tentando defender o que eu fiz, mas não tem como negar que meu depoimento contaminou o julgamento. Pior, eu contaminei a visão que tinha de mim mesma.

O celular dela começa a vibrar. Ela olha para mim. Gesticulo com a cabeça para indicar que ela pode conferir.

– Número não identificado – diz ela.

– Não atende.

– Tudo bem.

– O que você estava dizendo?

– Foi minha nora. Ellen. Ela é profissional de saúde em Revere. Médica.

Eu me lembro disso do arquivo sobre ela.

– Ela é casada com Marty, seu filho mais velho – digo.

– Isso.

– O que tem ela?

– Ela tinha, ainda deve ter, um problema com jogo. Crônico. Eu não sabia na época. É uma obstetra e ginecologista respeitada. Fez o parto dos netos de todos os meus amigos. Marty tentou de tudo. Jogadores Anônimos. Psicólogos, terapia, controlar o acesso ao dinheiro. Mas você sabe como é um vício. Sempre se dá um jeito. Ellen deu. Ela se afundou em dívidas. Se afundou tanto que não tinha como sair. Centenas de milhares de dólares. Foi isso que me falaram pelo telefone. Ellen estava muito atrasada nos pagamentos das dívidas, mas ela poderia se livrar… se eu lhe fizesse um pequeno favor.

Ela massageia o rosto e fecha os olhos. Continuo muito quieto.

– Você quer saber por que eu fui testemunha da acusação. Foi por isso. Um homem foi me visitar. Ele foi muito educado. Bons modos. Sorriso largo. Mas os olhos dele, bem, eram escuros. Mortos. Sabe como é?

Faço que sim.

– Ele também tem poliose.

– Poliose?

Ela apontou para o meio da cabeça.

– Uma mecha branca na testa. Cabelo preto escuro com uma faixa branca bem no meio.

Eu nem me mexo.

– Enfim, esse homem chegou e me falou da situação da Ellen. Ele disse que seria um favor para o mundo se eu os ajudasse. Disse que você com certeza tinha feito aquilo, arrebentado a cabeça do próprio filho com um taco de beisebol, mas que ia se safar porque seu pai era um policial corrupto e iam acobertar.

Engulo em seco. Mecha branca na testa. Eu sei de quem ela está falando.

– Esse homem falou do meu pai?

– Falou. Pelo nome. Lenny Burroughs. Ele disse que era por isso que precisavam de mim. Para garantir que a justiça fosse feita. Se eu ajudasse, eles ajudariam a Ellen. Ele usava um mocassim caro sem meia. Ele me falou tudo isso. Quer saber o que eu respondi?

Faço que sim.

– Que não. Eu disse que não ia fazer aquilo. Ellen que desse um jeito de quitar as dívidas dela. Foi o que eu falei para ele. O homenzinho então disse que "Certo, tudo bem". Só isso. Não discutiu. Não fez nenhuma ameaça. Na manhã seguinte, o mesmo homenzinho me ligou. Com um tom educado, ele disse: "Sra. Winslow? Escuta." E aí… – Ela fecha os olhos com força. – Eu ouvi um estalo alto, e aí Marty começou a gritar. Não Ellen. Meu Marty. O homenzinho quebrou o dedo médio do meu filho como se fosse um lápis.

Ao longe, Hilde Winslow e eu ouvimos os sons da cidade: os roncos do trânsito, sirenes fracas, o apito de um caminhão dando ré, um cachorro latindo, pessoas rindo.

– Então, você aceitou ajudá-lo?

– Eu não tive escolha. Você entende.

– Entendo – digo, mas não sei se entendo mesmo. – Sra. Winslow, qual era o nome do homenzinho?

– Ué, você acha que ele deixou um cartão de visitas? Ele não me disse o nome… e eu não perguntei.

Não importa. Eu sei quem é.

– Você não perguntou dele para Marty ou Ellen?

– Não. Nunca. Fiz o que o homem pediu. Depois, vendi minha casa, troquei de nome e vim para cá. Não falo com Marty nem Ellen há cinco anos. E sabe o que mais? Eles também não me procuraram. Ninguém quer reviver aquilo.

É aí que eu escuto alguém na rua começar a gritar.

Uma mulher jovem, aparentemente. A princípio, não consigo distinguir o que ela está falando. Hilde e eu olhamos um para o outro. Vou até a janela. A mulher ainda está gritando, mas agora eu entendo suas palavras:

– Cuidado! Polícia! Repito: os porcos fascistas estão aqui!

Olho pela janela dela e vejo viaturas paradas em fila dupla na frente da entrada do prédio. Quatro policiais de uniforme estão correndo para a porta. Outras duas viaturas chegam correndo pela Twelfth Street.

Ah, merda.

Não tenho a menor sombra de dúvida. Estão aqui atrás de mim. Preciso sair – agora. Volto às pressas para a porta de Hilde Winslow, mas, quando a abro, já dá para ouvir a cacofonia de passos correndo escada acima. O som fica mais alto. Escuto vozes. Escuto o chiado de rádios.

Estão chegando perto.

Vou correndo até a saída de incêndio e a escada. Abro a porta. Mais vozes, mais chiado de rádios.

Estão vindo pelas duas direções. Estou encurralado.

Hilde continua parada na porta do apartamento.

– Entra de novo – diz ela. – Rápido.

Não sei que outra opção eu tenho. Volto correndo para o apartamento. Ela bate a porta.

– A janela no meu quarto – diz ela. – Sai pela escada de incêndio. Vou tentar segurá-los.

Não dá tempo de hesitar nem de pensar duas vezes. Vou correndo para o quarto, para a janela, e a abro rápido. A brisa é surpreendentemente refrescante. Eu me pergunto por um instante se a polícia está vigiando o quintal dos fundos. Ainda não. Pelo menos, acho que ainda não. Está bem escuro embaixo de mim. Também é estreito, uns seis metros entre os fundos do prédio de Hilde e os fundos de um prédio na Eleventh Street. Saio para a escada e fecho a janela atrás de mim.

E agora?

Começo a descer pela escada de metal quando escuto de novo o chiado de rádios de polícia e outras vozes.

Tem alguém embaixo de mim.

Está de noite. A iluminação é quase nula, o que talvez funcione a meu favor. De dentro do apartamento, escuto alguém esmurrando a porta de Hilde e, depois, gritos. Hilde grita que está indo.

Não posso descer. Não posso voltar para dentro. Só me resta um caminho. Para cima. Começo a subir para o quinto andar. Não lembro quantos andares o prédio tem. Cinco, no máximo seis. Paro no patamar da janela do quinto andar. O apartamento está escuro. Não tem ninguém em casa. Tento abrir a janela. Trancada. Penso se quebro o vidro com o cotovelo, mas não sei como fazer isso sem fazer muito barulho. E, mesmo se quebrar, a polícia não vai me achar bem rápido? Não posso ficar escondido em outro apartamento para sempre.

Segue em frente.

Subo mais um lance, torcendo para a próxima janela estar destrancada. Mas não tem sexto andar. Estou no terraço. Saio da escada para ele. Meu coração está pulando no peito. Tem um clichê sobre a cadeia que é a mais pura verdade: a gente faz muito exercício. Eu levanto peso no pátio quando dá, mas, na maior parte do tempo, sigo uma série de exercícios na cela que eu mesmo montei – agachamentos, saltos, abdominais e, principalmente, flexões. Faço pelo menos quinhentas flexões por dia em diversos estilos – tradicional, de mãos juntas, de mãos afastadas, batendo palma, de mãos desalinhadas, de cotovelos no chão, com salto, com um braço só, de bananeira, na ponta dos dedos. Não sou a primeira pessoa que percebe a ironia de se pegar pessoas condenadas, geralmente por crimes violentos, e botá-las em um ambiente onde o único aprimoramento pessoal as deixa fisicamente mais fortes, mas a verdade é que eu nunca estive em melhor forma, e até que enfim isso está vindo a calhar.

Tomara.

Como foi que a polícia me achou tão rápido? A menos que Rachel... não. Ela não faria isso. Tem outras formas. Não planejei com cuidado suficiente. Estou fazendo as coisas às pressas, esquecendo detalhes. Isso tudo é bom para me lembrar que não sou tão esperto quanto eu me acho.

Ainda assim, o destaque é: consegui interrogar Hilde Winslow – e não estou maluco. Ela mentiu no julgamento. Não enterrei o taco de beisebol em um estado de fuga.

Ela mentiu. *Mentiu.*

E eu sei quem a obrigou.

Agora tenho uma pista.

Preciso escapar. Se me pegarem, qualquer pista que houver vai desaparecer.

Então o que eu faço agora?

Penso em me esconder no terraço. Parece que Hilde está do meu lado, por enquanto. Talvez ela diga para a polícia que não me viu. Talvez ela diga que eu apareci e fui embora. Posso ficar aqui, esperar, tentar descer quando a barra estiver limpa. Mas ela mentiria para a polícia, ainda mais se a pressionassem? Ela está mesmo do meu lado – ou só me mandou para a saída de incêndio pensando na própria segurança, para me tirar do prédio? Ela está falando de mim para a polícia agora?

Será que eles vão procurar no terraço mesmo assim?

Preciso acreditar que a resposta para a última pergunta é sim.

O céu noturno de Manhattan está limpo. O Empire State Building está iluminado de vermelho, mas nem imagino por quê. Mesmo assim, é uma vista deslumbrante. Tudo é. Nós nunca damos valor ao que temos, claro. É o que as pessoas dizem. Mas não é bem isso. É só uma questão de condicionamento. Damos por certo o que ficamos acostumados a ter. É da natureza humana. Quero desfrutar isto por alguns minutos, mas, infelizmente, não é possível. Falei antes que nunca me importei de estar preso. Matthew tinha ido embora e a culpa era minha, então eu estava satisfeito – se é que essa é a palavra certa – de não ter vida. Eu não queria sentir. Mas, agora que voltei para o mundo, agora que estou saboreando esse ar urbano, essa eletricidade, essa vivacidade de sons e cores, minha cabeça está rodando.

Quando a polícia abre de repente a porta do terraço, já estou pronto. Eu estava calculando esse salto desde que subi aqui. Não sei quantos metros são. Não sei se consigo. Mas estou no canto sudeste do prédio. Corro com todas as forças, agitando os braços. O vento ruge nos meus ouvidos, mas ainda escuto os avisos:

– Parado! Polícia!

Não dou atenção. Acho que não vão atirar, mas, se atirarem, paciência. Acelero e meço meus passos para saltar com o pé esquerdo a poucos centímetros do canto noroeste do terraço.

Estou no ar.

Minhas pernas pedalam no ar, meus braços continuam girando. O terraço do prédio vizinho está escuro. Não dá para ver se vou conseguir e, por um instante, penso nos desenhos animados da minha infância, imagino se vou parar de correr no meio do ar que nem o Coiote e cair como uma pedra no chão lá embaixo. Sinto a propulsão diminuir conforme a gravidade começa a me puxar para baixo.

Começo a cair. Fecho os olhos. Quando caio com força no terraço do outro lado, eu me abaixo e rolo.

– Parado!

Eu não paro. Dou uma cambalhota e me levanto. Depois, faço a mesma coisa. Corro, pulo, caio no terraço seguinte. E no seguinte. Não estou mais com medo. Não sei por quê. Estou a mil. Corro, pulo, corro, pulo. A sensação é de que eu posso fazer isso a noite inteira, como se eu fosse o Homem-Aranha.

Quando encontro um terraço escuro de verdade, quando acho que abri uma distância suficiente entre mim e a polícia no terraço do prédio de Hilde Winslow, paro e aguço os ouvidos. Ainda dá para ouvir a polícia e a comoção, mas parece que eles estão um tanto distantes. A parte traseira do prédio está escura, e, sério, até quando dá para eu bancar o Homem-Aranha?

Encontro uma escada de incêndio e desço meio correndo, meio escorregando até chegar a uns três metros do chão. Paro de novo, dou uma olhada, escuto. Estou sozinho. Eu me penduro por um instante no último degrau da escada e me solto. Caio com força, de joelhos flexionados, sorriso no rosto.

Quando me endireito, escuto uma voz dizer:

– Parado.

Meu coração se aperta quando me viro. É um policial. Está apontando a arma para mim.

– Não se mexa.

Tenho escolha?

– Mãos para cima. Agora.

O policial é jovem e está sozinho. Ele mantém a arma apontada para mim enquanto dobra o pescoço para falar em um daqueles microfones presos com grampo. Quando ele fizer isso, vai chover polícia neste quintal.

Não tenho escolha.

Sem hesitação, sem fazer cena nem passo em falso. Eu simplesmente me jogo em cima dele.

Faz menos de um segundo que ele falou para eu não me mexer. Estou torcendo para que meu ataque súbito o pegue desprevenido. É um gesto arriscado, claro – é ele que está com a arma apontada –, mas o policial parece hesitante e um pouco assustado. Talvez isso me dê alguma vantagem, talvez não.

Mas quais são minhas opções?

Se ele atirar em mim, tudo bem, que seja. Provavelmente não vou morrer. Se morrer, bom, é um risco que estou disposto a correr. É mais provável que eu seja ferido e acabe voltando para a cadeia. Se eu me entregar sem resistir, vou acabar na mesma situação. De volta à cadeia.

Não posso permitir isso.

Então abaixo a cabeça e avanço para cima dele. Ele tem tempo de começar a gritar "Parado!" de novo, mas eu chego antes que ele consiga terminar a palavra. Acaba saindo algo mais parecido com "Pá!" e, como estou nervoso e desesperado, interpreto isso como uma sugestão. Dou um encontrão nele na altura da barriga, sacudindo seu cinto de utilidades, o colete pesado e todas as coisas que estorvam policiais modernos.

Ainda no embalo, caio que nem um bate-estacas em cima dele na calçada de concreto atrás do prédio. O impacto é forte nas costas dele, e eu escuto o barulho de *uuf* quando ele perde o ar.

Ele está tentando respirar.

Não dou trégua.

Isso não é algo que me agrada. Não quero machucar ninguém. Eu sei que ele só está fazendo o trabalho dele e que é um trabalho justo. Mas é ele ou Matthew, então, mais uma vez, não tenho escolha.

Recuo a cabeça e, em seguida, desço a testa com tudo no nariz dele. A cabeçada acerta com força no policial, como uma bala de canhão em uma jarra de cerâmica.

Alguma coisa no rosto dele racha, cede. Sinto algo pegajoso no meu rosto e percebo que é sangue.

O corpo dele fica mole.

Eu me levanto com um pulo. Ele está se mexendo, gemendo, o que tanto me assusta quanto me deixa aliviado. Fico tentado a bater de novo nele, mas não acho necessário. Não se eu for rápido.

Quando saio correndo para a Sixth Avenue, tiro o blazer e limpo o sangue do rosto. Jogo o blazer e o boné no meio de um arbusto e continuo andando. Quando chego à rua, tento respirar com mais calma.

Continue andando, digo para mim mesmo.

Formou-se uma multidão. A maioria para e olha por alguns segundos. Alguns permanecem para ver o que vai acontecer. Eu baixo a cabeça e me misturo aos curiosos. Minha pulsação já está sob controle de novo. Começo a assobiar enquanto ando no sentido leste, me esforçando tanto para parecer casual e não chamar atenção que tenho a sensação de que eu me destaco como um cigarro em uma academia.

Algumas quadras depois, arrisco uma olhada para trás. Não tem ninguém me seguindo. Não tem ninguém correndo atrás de mim. Começo a assobiar mais alto, e um sorriso, um sorriso de verdade, se abre no meu rosto.

Estou livre.

capítulo vinte

QUANDO RACHEL FINALMENTE CHEGOU à porta de casa, morta de cansaço de um jeito que ela nunca tinha sentido antes, sua irmã, Cheryl, estava andando de um lado para o outro no degrau da frente.

– Que palhaçada é essa, Rachel?

– Deixa eu entrar, pode ser?

– Você ajudou o David a fugir?

Rachel abriu a boca e voltou a fechar.

– Vamos entrar.

– Rachel…

– Entra.

Ela tirou as chaves da bolsa. Rachel morava no que, com alguma generosidade, se chamava "apartamento térreo com jardim". Ela havia se candidatado recentemente para uma vaga em um jornal gratuito local, um emprego para o qual seu currículo era imensamente superior – mas, bom, na hora da necessidade não dá para ficar de preciosismo. Kathy Corbera, a editora, uma das professoras de jornalismo preferidas dela, tinha defendido sua contratação, mas, no fim das contas, o dono do jornal soube do passado dela e quis evitar qualquer mínima sugestão de escândalo. Compreensível, no cenário atual.

Rachel abriu a porta e foi direto para a cozinha. Cheryl veio logo atrás.

– Rachel?

Ela nem se deu ao trabalho de responder. Cada centímetro do seu corpo doía e implorava para relaxar. Rachel nunca tinha precisado tanto de uma bebida. O Woodford Reserve estava no armário ao lado da geladeira. Ela pegou a garrafa.

– Quer um?

– Hã, estou grávida, lembra? – perguntou Cheryl, franzindo o cenho.

– Um só não vai fazer mal – disse Rachel, pegando um copo do armário. – Li isso em algum lugar.

– É sério isso?

– Tem certeza que não quer?

Cheryl a fuzilou com o olhar.

– Que porra é essa, Rachel?

Rachel encheu o copo de gelo e serviu.

– Não é o que você pensa.

151

– Você me liga toda cheia de mistério, ontem. Fala que foi visitar David, assim, do nada. Fala que a gente precisa conversar quando você voltar para casa, e agora...?

Rachel sorveu um gole.

– Era isso que você queria me contar? – continuou Cheryl. – Que você ia ajudar o David a fugir?

– Não, claro que não. Eu não fazia a menor ideia de que ele ia fugir.

– Então quer dizer, sua ida à Briggs foi só uma coincidência maluca?

– Não.

– Fala comigo, Rachel.

Sua irmã. Sua linda e grávida irmã. Cheryl tinha passado por um inferno. Cinco anos antes, o assassinato de Matthew a tinha derrubado, e Rachel achara que a irmã nunca mais fosse conseguir se levantar. Para o mundo exterior, Cheryl estava seguindo a vida. Marido novo, grávida, cargo novo. Mas não estava. Não de verdade. Ela estava tentando construir algo novo e forte, mas Rachel sabia que ainda estava tudo frouxo e esgarçado. Na melhor das hipóteses, a vida é frágil. Os alicerces vivem se movendo sob nossos pés.

– Por favor – disse Cheryl. – Me fala o que está acontecendo.

– Estou tentando.

A irmã de repente pareceu pequena e vulnerável. Ela estava quase se encolhendo, como se estivesse esperando o golpe que ela sabia que viria. Rachel tentou ensaiar as palavras dentro da cabeça, mas todas elas pareciam forçadas e estranhas. Daria para arrancar esse curativo devagar ou rápido, mas, de um jeito ou de outro, ia doer.

– Quero te mostrar um negócio.

– Está bem.

– Mas não quero que você surte.

– Sério?

Rachel tinha dado para David a cópia impressa, mas o arquivo da foto no parque de diversões que ela havia tirado na casa de Irene estava no celular. Ela tomou mais uma golada do bourbon, fechou os olhos e o deixou esquentá-la. Depois, pegou o celular. Clicou no ícone da galeria e começou a deslizar o dedo na tela. Cheryl tinha se acomodado ao lado dela. Estava olhando por cima do ombro de Rachel.

Rachel achou a foto e parou.

– Não entendi – disse Cheryl. – Quem são essa mulher e essas crianças?

Rachel pôs o polegar e o indicador no menino atrás deles e ampliou o rosto.

capítulo vinte e um

A VAN DE VIGILÂNCIA DO FBI em que Max e Sarah estavam chegou a toda e freou na frente do prédio de Hilde Winslow. Max viu seis viaturas da polícia e uma ambulância. Sarah estava olhando para uma tela de computador e conversava com alguém no telefone pelo fone de ouvido. Ela sinalizou que era importante e que Max deveria sair sozinho. Max fez que sim enquanto a porta lateral da van se abria.

– Agente especial Bernstein? – disse um agente que Max não conhecia. – O suspeito fugiu.

– Ouvi no rádio.

– A polícia está perseguindo. Eles acreditam que vão pegá-lo.

Max não tinha tanta certeza. Era uma cidade grande cheia de buracos e refúgios e seres humanos. Sempre era mais fácil desaparecer quando se estava à vista do mundo todo. Ele e Sarah tinham acompanhado a tentativa de captura de dentro da van de alta tecnologia do FBI, assistindo à transmissão ao vivo da câmera corporal de quatro dos policiais que subiram até o terraço durante a perseguição.

Ele estava incomodado com algo.

– Cadê Hilde Winslow?

O agente estranhou e conferiu o bloquinho.

– Ela se chama Harriet...

– Winchester, é, eu sei – interrompeu Max. – Cadê ela?

O jovem agente apontou para a ambulância. Estava com as portas traseiras abertas. Hilde Winslow estava sentada, com um cobertor enrolado no corpo como se fosse um xale. Ela bebericava um suco de caixinha com um canudo. Max foi até ela e se apresentou. Os olhos de Hilde Winslow eram brilhantes e se fixaram nos dele. Ela parecia pequena, encarquilhada e mais robusta que um tatu encouraçado.

– Está tudo bem com a senhora? – perguntou ele.

– Só estou um pouco abalada – respondeu Hilde. – Eles insistiram em cuidar de mim.

A paramédica, uma mulher asiática com rabo de cavalo comprido, disse:

– Relaxa, Harriet.

– Eu queria ir para casa – disse ela.

– Pode subir quando a polícia liberar.

Hilde Winslow deu um sorriso simpático para a paramédica e bebeu um pouco mais do suco de maçã. Max achava que ela parecia ao mesmo tempo uma mulher idosa e uma menininha.

– Você disse que era agente especial do FBI – comentou Hilde.

– É, senhora. Fui encarregado de recapturar David Burroughs.

– Entendi.

Ele esperou para ver se ela diria mais alguma coisa. Ela bebeu o suco.

– Pode me dizer o que o Sr. Burroughs falou para a senhora?

– Nada de mais.

– Nada?

– É que não deu tempo.

– Então a senhora não sabe o que ele queria?

– Nem imagino.

– Podemos voltar um pouco, Sra. Winslow?

Ele tinha usado o nome antigo dela de propósito. Ele esperou para ver se ela o corrigiria. Não corrigiu.

– O que aconteceu exatamente? – continuou Max.

– Ele bateu na minha porta. Eu abri...

– A senhora perguntou antes quem era?

Ela pensou por um instante.

– Não, acho que não.

– A senhora ouviu uma batida e abriu logo?

– É.

– A senhora sempre faz isso? Sem perguntar quem é?

– A entrada do prédio só é liberada pelo interfone.

– A senhora liberou a entrada dele?

– Não.

– E mesmo assim abriu a porta?

Ela sorriu para ele.

– É um prédio com moradores de bem. Achei que fosse um vizinho.

– Entendi – disse ele.

Ele se perguntou por que ela estava mentindo.

– Além disso, eu sou idosa. Então às vezes eu fico meio esquecida. Mas você tem razão, agente especial Bernstein. Foi um erro meu. Vou tomar mais cuidado no futuro.

Ele estava sendo enrolado. Que nem com Rachel Anderson. Ele compreendia a motivação de Rachel como cunhada atenciosa. Mas por que Hilde Winslow mentiria para ele?

– Então David Burroughs bateu na sua porta – continuou Max –, e a senhora abriu.

– Isso.

– A senhora o reconheceu?

– Ah, cruzes, não.

– Qual era a aparência dele?

– Bom, a aparência de um homem. Tentei fazer uma descrição para o detetive da polícia, mas foi tudo muito rápido.

– O que a senhora disse para ele?

– Nada.

– O que ele disse para a senhora?

– Não deu tempo de nada disso. Eu abri a porta. E aí, de repente, teve uma baita comoção nos andares inferiores. Acho que a polícia já estava no prédio e correndo até o meu andar.

– Entendi. E o que aconteceu depois?

– Acho que ele se assustou.

– David Burroughs?

– É.

– O que o Burroughs assustado fez?

– Ele pulou para dentro do meu apartamento e fechou a porta.

– Deve ter sido bem apavorante.

– Ah, é. Foi, sim. – Ela se virou para a paramédica. – Annie?

– Diga, Sra. Winchester.

– Posso tomar mais um suco?

– Claro. A senhora está se sentindo bem?

– Estou um pouco cansada – respondeu Hilde Winslow. – São muitas perguntas.

A paramédica Annie lançou um olhar torto para Max. Ele a ignorou e tentou retomar o prumo.

– Então Burroughs estava no apartamento com a senhora de porta fechada?

– Isso.

– Antes a senhora estava parada na porta, né? Ele a empurrou para entrar? A senhora recuou?

– Humm. – Pausa dramática. – Não lembro. Faz diferença?

– Acho que não. A senhora gritou?

– Não. Eu não queria irritá-lo.

– A senhora falou alguma coisa?

– Tipo o quê?

– Tipo "Quem é você?", "O que está fazendo aqui?", "Sai do meu apartamento", qualquer coisa.

Ela pensou. Quando a paramédica Annie voltou com o suco, ela sorriu e agradeceu.

– Sra. Winslow?

De novo usando o nome antigo dela.

– Pode ser. Devo ter falado. Mas foi tudo muito rápido. Ele correu para a minha janela e abriu.

– Direto para a janela – disse Max. – Sem falar nada.

– Isso.

– E a janela – continuou Max. – Era no seu quarto, certo?

– Certo.

– As janelas no cômodo principal, a sala de estar, ficam mais perto da porta, não?

– Não sei. Eu nunca medi a distância. Acho que ficam.

– Mas elas não têm saída de incêndio, né?

– Pois é.

– Só a janela do seu quarto tem – disse Max. Ele inclinou a cabeça para a direita. – Como a senhora imagina que Burroughs sabia disso?

– Não sei.

– A senhora não falou? – perguntou Max.

– Claro que não. Talvez ele tenha estudado o prédio antes.

– A senhora sabe que David Burroughs fugiu da prisão hoje cedo?

– Um dos policiais bonzinhos me contou.

– A senhora não sabia antes?

– Não, claro que não. Como eu ia saber?

– Liguei para seu celular há meia hora e deixei uma mensagem na caixa postal.

– Ah, é? Eu nunca atendo o telefone. É sempre um vigarista tentando ludibriar uma idosa. Eu deixo ir para a caixa postal, e quer saber? Eu nem sei como acessar a caixa postal.

Max a encarou. Ele não estava acreditando em nada.

– Por que a senhora acha que Burroughs veio direto para cá?

– Como assim?

– Antes de tudo. Ele sai. Vem para Nova York. Vem ver a senhora. Por que a senhora acha que ele fez isso?

– Não sei... – Ela arregala os olhos de repente. – Ai, meu Deus.

– Sra. Winslow?

– Você acha... você acha que ele veio me fazer mal? – A mão dela subiu à boca. – É isso que você acha?

– Não – disse Max.

– Mas você falou...

– Se ele quisesse machucá-la, acho que a teria empurrado quando entrou, não? Ou batido na senhora? Ou algo do tipo. – E então Max reparou em algo. – Isso na sua bochecha é uma marca?

– Não é nada – disse ela, rápido demais.

– David Burroughs também está armado. A senhora viu?

– Uma arma? Cruzes, não.

– Pense um pouco. Finja que a senhora é David Burroughs. Passa cinco anos na cadeia. Finalmente foge. Vai direto ver uma testemunha que, segundo você, mentiu...

– Agente especial Bernstein?

– Sim?

– Foi uma grande provação – disse ela, com doçura. – Eu já falei tudo que sei.

– Eu só gostaria de fazer mais algumas perguntas sobre o seu depoimento.

– Não – disse ela.

– Não?

– Não vou revirar isso tudo de novo, e... – Ela se virou. – Annie?

– Diga, Sra. Winchester.

– Não estou me sentindo muito bem.

– Já falei, Harriet. A senhora precisa descansar.

Max estava a ponto de protestar quando ouviu a voz de Sarah chamá-lo.

– Max?

Ele se virou. Ela estava parada na abertura lateral da van do FBI, acenando para ele com urgência. Ele dispensou a despedida e foi às pressas até ela. Sarah viu seu rosto quando ele se aproximou.

– O que foi? – disse Sarah.

– Ela está mentindo.

– Sobre o quê?

– Tudo. – Ele puxou a calça para cima. – Ok, o que é tão importante?

– Consegui a gravação do circuito fechado de TV de quando Rachel visitou Burroughs na cadeia. Você vai querer ver.

Cheryl ficou só olhando a foto.

– Foi tirada em um parque de diversões – disse Rachel.

– Estou vendo – retrucou a irmã. – E daí?

Rachel não se deu ao trabalho de explicar sobre Irene e o resto. Tinha dado zoom no menininho ao fundo – não muito, porque senão o rosto dele ficaria borrado. Ela entregara o celular à irmã. Cheryl continuava olhando.

– Cheryl?

Ainda com os olhos na foto, Cheryl murmurou:

– O que você está tentando fazer comigo?

Rachel não respondeu.

As lágrimas começaram a cair.

– Você mostrou isso para o David.

Rachel não sabia bem se era uma pergunta.

– Mostrei.

– Foi por isso que você foi à Briggs.

– Exato.

Cheryl continuava olhando a imagem e balançando a cabeça.

– Onde foi que você achou isso?

Rachel pegou o celular de volta com delicadeza e desfez o zoom para voltar ao normal.

– Essa é uma amiga minha. Ela foi ao Six Flags com a família. O marido dela tirou a foto. Ela estava me mostrando e…

– E o quê? – A voz de Cheryl era puro gelo. – Você viu um menino que tem uma vaga semelhança com meu filho morto e resolveu destruir a vida de todo mundo?

Não a sua, pensou Rachel, mas achou melhor não falar.

– Rachel?

– Eu não sabia o que fazer.

– Então você mostrou para David?

– Mostrei.

– Por quê?

Rachel não queria entrar na questão de que queria proteger Cheryl, então não falou nada.

Cheryl insistiu:

– O que ele disse?

– Ele ficou chocado.

– O que ele falou, Rachel?

– Ele acha que é Matthew.

O rosto de Cheryl ficou vermelho.

– Claro que ele acha. Se um homem estiver se afogando e você jogar uma bigorna, ele vai achar que é uma boia.

– Se David tivesse matado Matthew – disse Rachel –, ele saberia que era uma bigorna, certo?

Cheryl se limitou a balançar a cabeça.

– Isso nunca fez sentido, Cheryl. David ter matado Matthew. Qual é. Você sabe disso. Mesmo com estado de fuga ou sei lá o quê. E aquela história da "arma enterrada". Por que David faria isso? Ele não é burro. E aquela testemunha. Hilde Winslow. Ela trocou de nome e se mudou. Por que ela faria isso?

– Meu Deus. – Cheryl ficou encarando a irmã. – Você acredita nesse absurdo?

– Não sei. É só isso que estou dizendo.

– Como é possível que você não saiba? Ou vai ver você também está desesperada, Rachel.

– Quê?

– Por uma reportagem.

– É sério isso?

– Por redenção. Por mais uma chance. Afinal, se meu filho estiver vivo, isso seria uma baita história, né? Canais, primeiras páginas…

– Você não pode…

– E, se não for Matthew, se for só um menino com uma vaga semelhança com ele, isso tudo… a fuga de David, o fato de David finalmente falar com alguém depois de tanto tempo… bom, ainda é uma bela reportagem.

– Cheryl…

– Meu filho assassinado pode ser a sua segunda chance.

Rachel recuou como se tivesse levado um tapa.

– Eu não quis dizer isso – Cheryl se apressou em dizer, com um tom mais terno.

Rachel não respondeu.

– Escuta – continuou Cheryl. – Matthew morreu. E Catherine Tullo também.

– Isso não tem nada a ver com ela.

– A morte dela não foi culpa sua, Rachel.

– Claro que foi.

Cheryl balançou a cabeça e pôs as mãos nos ombros da irmã.

– Eu não quis dizer aquilo.

– Quis, sim – disse Rachel.

– Não é verdade. Eu juro.

– Talvez seja. Eu sinto pena de mim, de tudo que perdi. Mas eu forcei demais a barra, e Catherine Tullo morreu. Ela morreu por minha causa. Eu mereci o que aconteceu.

Cheryl balançou a cabeça.

– Não é verdade. Você só estava…

– O quê?

– Envolvida demais – disse Cheryl. – Você acha que eu esqueci?

Rachel não sabia o que dizer.

– Noite de Halloween. Seu primeiro ano.

Rachel virou o rosto. Fechou os olhos e espantou as lembranças.

– Rach?

– Talvez você tenha razão – disse Rachel para a irmã. Ela encarou a fotografia. – Talvez eu esteja vendo o que quero ver. Talvez David também esteja. É provável, na verdade. Mas tem uma chance, não tem? Ele não tem nada. David… ele está tão mal quanto você imagina. Pior. Então vamos deixar ele procurar. Mal não vai fazer. Não vai piorar a situação dele. Foi por isso que eu não te mostrei a foto. Se não for nada… e, claro, é bem capaz que não seja nada… então não dá em nada. Não prejudica ninguém. A gente acaba no mesmo lugar onde estava. Você nunca teria descoberto. Mas se *for* Matthew…

– Não é.

– Deixa eu e David confirmarmos.

– Esse é o vídeo da primeira visita de Rachel Anderson ao presídio – disse Sarah para Max. – Como eu te falei, foi a primeira visita de Burroughs desde que ele entrou na Briggs, há cinco anos.

A van de vigilância era um Ford modificado. Parecia que as janelas traseiras tinham insulfilme, mas elas eram pintadas de preto para oferecer privacidade completa. A única vista do mundo exterior (e era uma boa vista) vinha de câmeras ocultas instaladas em pontos estratégicos em torno do veículo. Max e Sarah estavam sentados lado a lado em cadeiras ergonômicas reclináveis diante de uma bancada de trabalho com três monitores. Era mais confortável do que parece, já que agentes passam horas a fio ali. Dois agentes estavam sentados na parte da frente. Um era o técnico especialista, mas Sarah sabia se virar no sistema tão bem quanto qualquer outra pessoa.

– Dá para aumentar o volume?

– Não tem volume, Max.

Ele franziu o cenho.

– Por que não?

– Teve um processo alguns anos atrás – disse Sarah. – Alguma coisa a ver com violação de privacidade.

– Mas já não tem violação de privacidade com a câmera?

– Quando a Briggs perdeu o direito de usar áudios no processo, eles alegaram que os vídeos eram uma questão de segurança e que não configuravam uma infração relacionada à privacidade.

– O juiz caiu nessa?

– Caiu.

Max deu de ombros.

– Então, o que você queria que eu visse?

– Olha aqui.

Sarah começou a rodar o vídeo. A câmera devia estar no teto em algum ponto atrás do ombro de David Burroughs. Eles tinham uma imagem frontal do rosto de Rachel, que estava sentada do outro lado do acrílico. Sarah apertou o botão para acelerar, e as duas pessoas se mexeram com movimentos bruscos. Quando a Rachel da tela pegou o que parecia um envelope pardo, Sarah parou de acelerar e apertou o play. A velocidade voltou ao normal. Max franziu o cenho e assistiu. Na tela, Rachel olhou para baixo como se estivesse tentando reunir forças. Ela então tirou algo do envelope e encostou no acrílico.

Max comprimiu as pálpebras.

– É uma foto?

– Acho que é.

– De quê?

Mesmo sem som, mesmo com a qualidade medíocre em termos da resolução e da iluminação, Max percebeu que tudo naquela sala de visitas mudou. O corpo de Burroughs ficou tenso.

– Ainda não sei – disse Sarah.

– Talvez seja um plano de fuga.

– Dei uma olhada nisso antes de você chegar.

– O que você conseguiu ver?

– Pessoas – disse Sarah. – Uma delas talvez fosse o Batman.

– Como é que é?

– Talvez, sei lá. Preciso de mais tempo, Max.

– Vamos arranjar alguém para fazer leitura labial também.

– Pode deixar. O jurídico falou que a gente precisa pedir um mandado.

– O tal processo de privacidade?

– É. Mas eu enviei mesmo assim. Acho que a qualidade dos pixels não vai bastar.

– Dá para aumentar o zoom?

– Isso foi o melhor que deu para fazer, por enquanto.

Sarah apertou uma tecla. A imagem cresceu. Ela pausou para a pixelação atualizar, mas não chegou a formar uma imagem nítida. Max semicerrou os olhos de novo.

– A gente precisa perguntar a Rachel Anderson sobre isso.

– A advogada dela a proibiu de responder a qualquer pergunta.

– A gente precisa tentar. Ainda tem alguém de olho nela, né?

– Tem. Ela está em casa. A irmã foi lá.

– A ex de Burroughs?

Sarah fez que sim.

– Ela está grávida.

– Uau – disse Max. – Os telefones estão todos grampeados?

– Estão. Nada, ainda.

– Rachel Anderson dirigiu durante horas com Burroughs. Eles planejaram tudo. Ela não vai cometer a burrice de usar o telefone.

– Concordo.

– Nós dois conhecemos o passado dela – comentou Max.

– Aquela reportagem-denúncia?

Max fez que sim.

– Alguma chance de ter algo a ver com isso?

– Não sei como teria, Max. E você?

Ele pensou. Não sabia. Pelo menos ainda não.

– Como está indo o exame dos dados financeiros?

– Em andamento – disse Sarah. Max sabia como era lento o processo de pente-fino nas finanças de alguém. Era assim que a maioria dos criminosos de colarinho-branco conseguia passar anos impune. – Mas consegui algo.

– Sobre o quê?

– Ted Weston.

– O agente carcerário que Burroughs tentou matar?

Ela fez que sim.

– O cara está endividado, totalmente enrolado, mas recebeu dois depósitos recentes, cada um no valor exato de dois mil dólares.

– De quem?

– Ainda estamos investigando.

Max se recostou.

– Suborno?

– Provavelmente.

– Nunca achei que fazia sentido – disse Max.

– O quê?

– Burroughs tentar matar Weston. – Max começou a roer a unha. – Isso está parecendo algo muito maior do que uma fuga da cadeia, Sarah.

– Pode ser, Max. Sabe como vamos descobrir com certeza?

– Como?

– Fazendo o que a gente faz. Sem se distrair. Pegando Burroughs.

– É a mais pura verdade, Sarah. Vamos dar uma prensa no Weston antes que ele tenha chance de arranjar um advogado.

capítulo vinte e dois

GERTRUDE PAYNE ESTAVA NO PENHASCO da propriedade da família. A lua se refletia nas águas turbulentas do Atlântico. Ela havia soltado o cabelo grisalho e estava de olhos fechados. O vento no rosto era agradável. O som da arrebentação a acalmava. Mesmo assim, ela ouviu a aproximação de Stephano, mas manteve os olhos fechados por mais dez segundos.

Ao abri-los, ela disse:

– Você não o pegou.

– Ross Sumner nos deixou na mão.

– E aquele guarda, o que falou para vocês da visita da cunhada?

– Também nos deixou na mão.

Ela afastou o rosto do mar. Stephano era um homem corpulento de cabelo muito preto com franja em estilo Príncipe Valente, o que passava uma imagem de roqueiro idoso que se esforçava demais para se agarrar à juventude. O terno de Stephano era feito sob medida, mas ainda parecia uma caixa de papelão naquele corpo quadrado.

– Não entendo – disse Gertrude. – Como foi que ele conseguiu escapar?

– Faz diferença?

– Acho que não.

– Ele não chega a ser uma ameaça.

Ela sorriu.

– O quê? Você acha que é?

Ela sabia que a probabilidade de David Burroughs provocar algum estrago era minúscula, mas não se chega ao que o marido dela chamara pelo nauseante nome de Pináculo Payne sem incluir o outro P:

Paranoia.

Mas ela também entendia como o mundo funcionava. Nunca se sabe. Achamos que estamos em segurança. Temos certeza de que levamos em conta todas as perspectivas, que ponderamos todas as possibilidades. Mas não. Nunca. O mundo não funciona assim.

Ninguém acerta sempre.

– Sra. Payne?

– Temos que nos preparar, Stephano.

capítulo vinte e três

ANDO APRESSADO PELAS RUAS de Manhattan.

Não quero correr para não chamar atenção, mas também quero distância do apartamento na Twelfth Street. Vou para o norte. Passo pela estação de metrô da Fourteenth Street, e depois pela da Twenty-Third Street, resistindo ao impulso de descer porque, se estiver acontecendo alguma caçada ou algum cerco, provavelmente vão conferir todas as estações de metrô próximas.

Ou não.

A verdade é que não faço a menor ideia.

Eu tenho um destino, claro.

Revere, Massachusetts. Minha cidade natal.

O homem que chantageou Hilde Winslow? O cara da mecha? É lá que ele mora.

Eu o conheço.

Imagino que o FBI vá botar alguém para vigiar a casa do meu pai, mas, por outro lado, a polícia não tem como estar em todos os lugares ao mesmo tempo. Nós nos acostumamos a achar isso de tanto ver séries e filmes, quando os bandidos sempre são levados à justiça graças à vigilância ilimitada, a uma impressão digital ou a uma amostra de DNA.

Também não sei o que Hilde Winslow pode ter falado para a polícia. Ela parecia ter se solidarizado de verdade com minha situação, e me ajudou a fugir. Mas é difícil ter certeza. Pode ter sido fingimento. Pode ter sido medo do que aconteceria se a polícia invadisse e eu estivesse perto dela. Não sei.

Mas não tenho muita opção. Preciso correr o risco de ir a Revere.

Quando chego à Times Square, meia hora depois, percebo como estou confuso. Eu tinha pensado em lugares cheios assim (as pessoas, o barulho, as luzes fortes, as telas grandes, os letreiros de neon), mas não me preparei para o que estou vivendo agora. Eu paro. Tem estímulo demais. O turbilhão e o estardalhaço de zumbidos, de cores, de cheiros, de rostos –... de vida – tudo me deixa tonto. A sensação é de que passei cinco anos dentro de um quarto escuro e agora tem alguém apontando uma lanterna nos meus olhos. Minha cabeça gira tanto que chega ao ponto de eu ter que me apoiar em uma parede para não cair.

A adrenalina que tinha me impulsionado não está só diminuindo – está virando fumaça e sumindo no ar da noite. A exaustão me domina. Está tarde. Os trens e ônibus para a região de Boston já pararam de sair. Preciso ser esperto. Eu sei o que tenho que fazer quando voltar para Revere e vou precisar do pleno domínio das minhas faculdades para conseguir. Resumindo, preciso dormir.

Tem um monte de estação de metrô aqui perto – estações demais para a polícia vigiar –, mas acabo preferindo andar. A cabeça raspada ainda deve despistá-los – Hilde Winslow só me viu com o boné que eu joguei fora –, mas também estou de máscara cirúrgica. Poucas pessoas ainda estão usando, e eu fico com receio de saltar à vista por isso. Mas também é um ótimo disfarce. Será que eu fico com ela? Decisão difícil. Assim como a decisão de onde dormir. Penso em ir para o norte até o Central Park. Tem muitos lugares onde eu poderia me esconder e me abrigar, mas será que a polícia também ficaria de olho lá? Olho meu celular pré-pago. Só Rachel, que o comprou para mim, sabe o número. Espero ela entrar em contato, mas ainda não entrou. Não sei bem o que isso significa, se é que significa alguma coisa. Ela ainda deve estar se sentindo observada.

Faço um plano. Continuo de máscara e vou para o Central Park. Pego a trilha para o Ramble verdejante, a reserva natural do parque, perto da Seventy-Ninth Street. As árvores são mais densas aqui. Acho o lugar mais profundo e isolado possível. Distribuo galhos por todo canto à minha volta e rezo para que, se alguém se aproximar de mim, eu consiga ouvir e reagir. Eu me deito e escuto os murmúrios do riacho misturados aos sons da cidade. Por fim, fecho os olhos e mergulho em um sono maravilhosamente sem sonhos.

Na hora do rush, quando sei que a Penn Station vai estar lotada, pego um trem da Amtrak para Boston. Estou de cabeça raspada. De máscara. Em algum momento durante a viagem, me dou conta de que agora faz 24 horas que estou livre. Estou tenso o tempo todo, mas, quando vou ao banheiro e me olho no espelho, percebo que é praticamente nula a chance de alguém me reconhecer. Não sei o tamanho do risco que é pegar esse trem, mas, sério, que opção eu tenho?

Quando falta uma hora para chegar a Boston, meu celular finalmente toca. Não reconheço o número que está ligando. Aperto o botão de atender, mas não falo nada. Coloco o telefone no ouvido e espero.

– Alpaca – diz Rachel.

Sinto uma onda de alívio. Nós bolamos sete senhas para iniciar todas as conversas. Se ela não começar com a senha, significa que não está em segurança e que alguém a obrigou a ligar ou está escutando a chamada. Se ela repetir uma senha – se na próxima vez ela falar "Alpaca" –, também vou saber que alguém, de alguma forma, está escutando e tentando me enganar.

– Tudo bem? – pergunto.

Não tenho senha nem código de resposta. Não vi necessidade. É fina a linha que separa a cautela do ridículo.

– Na medida do possível.

– A polícia te interrogou?

– O FBI.

– Eles descobriram para onde eu ia – digo.

– O FBI?

– É. Quase me pegaram na casa da Hilde.

– Não falei nada, eu juro.

– Eu sei.

– Então como?

– Não sei.

– Mas você escapou?

– Por enquanto.

– Conseguiu interrogá-la?

Ela está falando de Hilde Winslow, claro. Falo que sim e dou alguns detalhes do que descobri. Digo que Hilde admitiu que mentiu no julgamento, mas omito a dívida por jogo e a ligação com Revere. Se por algum motivo tiver alguém escutando – cara, essa história toda faz a paranoia chegar às alturas –, é melhor não dar a menor dica do meu destino.

– Estou juntando o máximo de dinheiro possível em espécie. Vou dar um jeito de despistar qualquer vigilância que o FBI tenha colocado em cima de mim, como a gente combinou.

– Quanto tempo vai levar?

– Uma hora, talvez duas. Manda sua localização quando você chegar ao seu destino. Eu vou até lá.

– Valeu.

– Tem mais um negócio – diz Rachel, quando termino.

Espero.

– Cheryl me visitou ontem à noite.

Sinto uma pressão no peito.

– Como é que foi?

– Mostrei a foto para ela. Ela acha que nós dois estamos delirando.

– Difícil argumentar contra isso.

– Ela também falou que minhas questões pessoais talvez estejam interferindo no meu discernimento.

– E quais são?

– Vou mandar uns links para você, David. Dá uma lida. É mais fácil do que tentar explicar.

Rachel me envia o link de três matérias diferentes sobre a proposta de reportagem-denúncia dela e o suicídio subsequente de uma jovem chamada Catherine Tullo. Eu me acomodo e leio as três. Tento analisar a situação de maneira objetiva, como se não tivesse relação com uma pessoa que adoro tanto quanto Rachel.

Mas, por muitos motivos, é difícil ter objetividade.

Tenho perguntas para Rachel, mas essas podem esperar.

Eu me recosto e fecho os olhos até ouvir o chamado da North Station, em Boston. Olho pela janela quando chegamos à plataforma, com receio de ver uma presença maciça da polícia. Tem alguns policiais espalhados, o que é normal, eu acho, mas eles não parecem especialmente alertas. Não quer dizer muita coisa, mas é melhor do que ver cem pessoas de arma na mão. Saio da estação e entro na minha cidade natal. Não consigo conter um sorriso. Desço a Causeway Street até a esquina da Lancaster Street e entro na Dunkin', figura onipresente em Boston. Pego meia dúzia de donuts – dois *french crullers*, dois com cobertura de chocolate, um de coco tostado, um clássico – e um copo grande de café puro sem flavorizante, porque odeio café com sabor artificial, especialmente o da Dunkin'.

Desço a Lancaster Avenue com a sacola de donuts na mão. Ainda estou de máscara, mas em algum momento vou ter que me arriscar e comer o *french cruller*. Estou salivando só de pensar. Quinze minutos depois, estou no metrô da Bowdoin Street e na Linha Azul em direção a Revere Beach. Tento relembrar ocasiões no passado, quando eu fazia esse trajeto na juventude. Tínhamos um grupo de amigos na época, todos na mesma turma do Revere High. Eu era mais próximo de Adam Mackenzie, mas tínhamos TJ, Billy Simpson e o cara que eu estava indo visitar: Eddie Grilton.

A família de Eddie era dona da farmácia na esquina da Centennial Avenue com a North Shore Road, a um pulo da estação de Revere Beach. O avô dele tinha fundado a loja. Todo mundo que eu conheço comprava remédio lá, e muito tempo atrás o avô de Eddie e, depois, o pai dele administravam as apostas para a família Fisher, que pertence ao mundo do crime.

O pequeno estacionamento atrás da farmácia era completamente isolado da rua. Antigamente, era o principal lugar onde a gente passava o tempo. Bebíamos cerveja e fumávamos maconha. Claro que faz muito tempo. A galera quase toda já se dispersou. TJ era médico em Newton. Billy abriu um bar em Miami. Mas Eddie, que de nós era o que mais queria sair desta cidade, que odiava a vida do avô e do pai e os anos da adolescência em que tinha sido obrigado a trabalhar na farmácia também, continuava aqui. Ele acabou fazendo faculdade de Farmácia, como o pai queria. Depois da formatura, ele trabalhou naquele balcão até o velho, como o avô, ter um treco e morrer de ataque cardíaco. Agora Eddie cuidava do lugar e esperava sua vez de ter um treco.

Quando saio da estação de Revere Beach, fico alerta de novo, não só por causa da possível presença da polícia, mas porque aqui é meu antigo bairro e, se tem algum lugar onde meus disfarces não vão funcionar, é aqui. Estou a uns trezentos metros da minha casa de infância, da residência dos Mackenzies, da Sal's Pizzeria, da Grilton Pharmacy, de tudo.

A Grilton Pharmacy parece ligeiramente caída, mas ela já vem se deteriorando pouco a pouco desde que me entendo por gente. Os tijolos desbotados quase nem são mais vermelhos. O letreiro de neon em cima da loja está com as bordas enferrujadas. Quando ele se acende, as letras brilham em espasmos. Fico de cabeça baixa e percorro o beco em direção ao nosso antigo cantinho nos fundos. Tinha uma vaga de estacionamento. Eu me lembro que o pai de Eddie sempre guardava o Cadillac ali atrás. Aquele carro tinha valor para ele, que o mantinha perfeitamente encerado o tempo todo. Agora Eddie deixava seu Cadillac ATS na mesma vaga. As coisas mudam, mas nada muda.

Fico filosófico quando estou cansado.

Eu me agacho atrás de uma caçamba de lixo. O café ainda está quente. Isso que é Dunkin'. Engulo um *french cruller* e começo a comer mais devagar a partir da metade do donut de coco. A cadeia tem seus maus-tratos, mas acho que eu não tinha percebido a crueldade inerente imposta às minhas papilas gustativas. Estou elétrico por causa do sabor ou da bomba de açúcar. Ou talvez seja por sentir a liberdade. É fácil demais se fechar na cadeia, se dessensibilizar, não se permitir sentir nem experimentar nada que seja remotamente associado ao prazer. Isso ajuda, na verdade. Preservou a minha vida. Mas, agora que fui obrigado a sair dessa carapaça protetora, agora que me permiti pensar em Matthew e na possibilidade de redenção, todas as emoções estão vindo de repente.

Olho a hora. Ninguém usa essa entrada dos fundos. Sei disso por causa das décadas que passamos aqui. Penso que não vai demorar muito, e, dito e feito, a porta dos fundos se abre e Eddie sai, com um cigarro apagado pendurado na boca. Ele está com o isqueiro na mão e, assim que a porta de vidro se fecha às suas costas, acende a chama e a aproxima da ponta do cigarro. Ele fecha os olhos enquanto dá um trago profundo.

Eddie parece mais velho. Está magro e encurvado, com a barriga saliente. Seu cabelo, antes crespo, agora está rareando, deixando-o mais ou menos a meio caminho entre a testa alta e a calvície. Ele tem um bigode fininho e olhos encovados. Não sei exatamente como agir, então dou um passo à frente para aparecer.

– Oi, Eddie.

Ele fica de queixo caído ao me ver. O cigarro pendurado cai dos lábios, mas Eddie o pega no ar. Eu sorrio por isso. Eddie era o que tinha as mãos mais rápidas. Era o melhor jogador de pingue-pongue, o tubarão do grupo na piscina, um gênio do videogame, pinball, boliche ou minigolfe – qualquer coisa que envolvesse boa coordenação motora e pouca coisa além disso.

– Puta merda – diz Eddie.

– Preciso pedir para você não gritar?

– Porra nenhuma, tá de sacanagem? – Ele vem correndo até mim. – Como é bom te ver, cara.

Ele me abraça – aquela sensação nova/antiga –, e eu fico rígido, com medo de desmoronar e nunca mais me levantar de novo se me entregar a isso. Ainda assim, o abraço cai bem. Até o fedor de cigarro cai bem.

– Bom te ver também, Eddie.

– Vi no jornal que você tinha fugido. – Ele aponta para o topo da minha cabeça. – Tá perdendo o cabelo também?

– Não, é um disfarce.

– Esperto – diz Eddie. – Podemos resolver uma questão?

– Claro.

– Você não matou Matthew, né?

– Não.

– Eu sabia. Você tem algum plano? Esquece, quanto menos eu souber, melhor. Precisa de grana?

– Preciso.

– Beleza. A farmácia tá na merda, mas tenho um dinheiro no cofre. O que tiver ali é seu.

Tento não deixar os olhos se encherem de lágrimas.

– Valeu, Eddie.

– Foi por isso que você veio aqui?

– Não.

– Então fala.

– Você ainda mexe com apostas?

– Não. É por isso que a farmácia tá indo tão mal. A gente fazia de tudo nos velhos tempos. Quer dizer, meu avô cuidava do jogo de números. Meu pai anotava as apostas de todo mundo. A polícia chamava os dois de pilantras. Sem ofensa ao seu velho.

– Não tem problema.

– Falando nisso, como ele está?

– Você provavelmente sabe mais do que eu, Eddie.

– É, acho que sim. Onde é que eu estava?

– A polícia chamava seu pai e seu avô de pilantras.

– Isso. Mas sabe quem foi que acabou quebrando a gente? O governo. Antigamente, o jogo de números era ilegal. Mas aí o governo chamou de loteria e passou a oferecer probabilidades piores que as nossas, e agora, bum, é tudo legítimo. Também era contra a lei apostar, mas aí uns babacas na internet pagaram um monte de políticos e agora, bum, é só clicar na internet e apostar. Maconha também, não que meu velho vendesse isso.

– Mas você mexia com apostas cinco anos atrás?

– Foi mais ou menos quando a coisa toda começou a melar. Por quê?

– Você se lembra de uma cliente chamada Ellen Winslow?

Ele franziu a testa.

– Não era minha. O Reggie da Shirley Avenue fazia as apostas dela.

– Mas você conhece de nome?

– Ela tinha uma dívida pesada, sim. Mas nem imagino por que isso poderia te interessar.

Eddie ainda está com o jaleco branco da farmácia. Como se ele fosse médico ou vendedor de cosméticos da Filene's.

– Então ela devia dinheiro para os irmãos Fishers?

Eddie não está gostando dos rumos da conversa.

– É, acho que sim. Davey, por que você tá me perguntando essas coisas?

– Preciso falar com Kyle.

Silêncio.

– Kyle, vulgo Gambá Kyle?

– Ele ainda é chamado assim?

– Ele prefere.

Esse era o apelido dele quando éramos crianças. Não lembro quando Kyle se mudou para a cidade. No primeiro ano da escola, talvez no segundo. A mecha branca já existia. Com aquela faixa branca no meio do cabelo preto (e como crianças são crianças), ele ganhou na mesma hora o apelido óbvio de Gambá. Algumas crianças teriam detestado. Parecia que o pequeno Kyle adorava.

– Deixa eu ver se entendi – diz Eddie. – Você quer falar com Gambá Kyle sobre uma dívida antiga?

– Isso.

Eddie assobiou.

– Você se lembra dele, né?

– Lembro.

– Lembra quando ele empurrou Lisa Millstone de cima daquele telhado quando a gente tinha 9 anos?

– Lembro.

– E dos gatos da Sra. Bailey? Os que viviam sumindo quando a gente tinha uns 12?

– Lembro.

– E da menina Pallone? Como é que ela se chamava mesmo? Mary Anne…

– Lembro – digo.

– O Gambá não melhorou, Davey.

– Eu sei. Imagino que ele ainda trabalhe para os Fishers.

Eddie esfrega a mão direita vigorosamente no rosto.

– Você vai me dizer qual é o assunto?

Não tenho motivo para não dizer.

– Acho que os Fishers sequestraram meu filho e me incriminaram por assassinato.

Conto a versão resumida para ele. Eddie não me fala que estou maluco, mas ele pensa isso. Eu mostro a foto do parque de diversões. Ele dá uma olhada rápida, mas seus olhos permanecem principalmente em mim. Ele larga a bituca do cigarro no asfalto rachado do chão e acende outro. Não me interrompe.

Quando termino, Eddie fala:

– Não vou tentar te convencer a não fazer isso. Você já é bem crescidinho.

– Agradeço. Você pode marcar?

– Posso dar um telefonema.

– Obrigado.

– Você sabe que o velho se aposentou, né?

– Nicky Fisher se aposentou? – pergunto.

– É, se aposentou, foi morar em algum lugar quente. Ouvi dizer que Nicky joga golfe todo dia, agora. Passou a vida matando, roubando, extorquindo, saqueando, mutilando, mas agora está com 80 e poucos anos e curtindo golfe, massagens no spa e jantares em restaurantes da Flórida. Carma, né?

– E quem é que manda, agora?

– O filho NJ está à frente.

– Você acha que NJ conversaria comigo?

– Não custa perguntar. Mas, se for o que você está pensando, de jeito nenhum que eles vão confessar.

– Não estou interessado em arranjar confusão para ninguém.

– É, mas não é só isso. Se eles quiseram mesmo armar para parecer que você matou seu próprio filho… e nem vou tocar nos milhões de motivos para isso não fazer nenhum sentido… por que eles não chamariam a polícia para te pegar agora?

– Os Fishers chamariam a polícia?

– Não ia pegar bem, admito. Pode ser que eles só te matem. É mais a praia deles do que esse papo de Conde de Monte Cristo que você está falando.

– Eu não tenho muita opção, Eddie. Essa é minha única pista.

Eddie faz que sim.

– Beleza. Deixa eu dar um telefonema.

capítulo vinte e quatro

RACHEL NÃO SABIA SE estava sendo seguida. Provavelmente estava.

Não fazia diferença. Ela tinha um plano.

Foi até a estação ferroviária e pegou a linha Main/Bergen. O trem não estava lotado naquele horário. Ela conferiu o entorno e mudou de vagão duas vezes. Não parecia ter ninguém a seguindo ou observando, mas podia ser que as pessoas fossem boas no trabalho.

Rachel saiu do trem na Secaucus Junction e se encaminhou para o que ia para a Penn Station de Nova York. Praticamente todo mundo ali fez a mesma baldeação. Mais uma vez, ela tentou ficar de olho, mas parecia que não tinha ninguém a vigiando.

Não fazia diferença. Ela tinha um plano.

Caminhou pelas ruas de Manhattan por 45 minutos, percorrendo diversos locais na área de Midtown até chegar a um prédio alto na Park Avenue com a Forty-Sixth Street aonde Hester Crimstein, sua advogada, tinha falado para ela ir. Um rapaz a esperava. O rapaz não perguntou o nome de Rachel. Ele apenas sorriu e disse:

– Por aqui.

A porta do elevador já estava aberta. Eles subiram até o quarto andar em silêncio. Quando as portas se abriram, o rapaz falou:

– É no final do corredor à esquerda.

Ele a esperou sair e foi na frente. Ela abriu a porta e entrou. Tinha outro homem perto de uma pia.

– Sente-se – disse o outro homem.

Ela se sentou de costas para a pia. O homem trabalhou rápido. Ele deixou o cabelo dela curto e tingiu com um tom ruivo sutil. Não houve troca de palavras durante o processo todo. Quando ele terminou, o primeiro homem, o mais jovem, voltou. Ele conduziu Rachel de volta até o elevador. Apertou o botão do G3, que ela presumiu que fosse o terceiro andar da garagem. No elevador, ele lhe entregou a chave de um carro e um envelope. O envelope tinha dinheiro, uma carteira de motorista, dois cartões de crédito e um celular. O celular era tipo um aparelho clonado. Ela podia receber ligações ou mensagens normais, mas o FBI não conseguiria rastrear sua localização. Pelo menos foi isso que o rapaz explicou.

Quando chegaram ao G3, as portas do elevador se abriram.

– Vaga 47 – disse o rapaz. – Dirija com cuidado.

O carro era um Honda Accord. Não era roubado nem alugado, e Hester garantira que seria impossível associá-lo a nenhuma das duas. Ela conferiu o celular ao se sentar diante do volante. David tinha acabado de enviar a localização.

Uau.

Ela ficou surpresa de ver que era em Revere, não muito longe da antiga casa dele. Refletiu sobre isso. Voltar para casa não fazia parte do plano. Na verdade, David tinha feito questão de ressaltar o perigo de ir para qualquer lugar familiar.

Isso queria dizer que Hilde Winslow tinha falado algo que o fizera voltar para Revere.

Rachel não entendia o motivo, mas não precisava entender, naquele momento. Ela ligou o carro e dirigiu para o norte.

Quando sai do telefone, Eddie me fala que o encontro vai ser daqui a algumas horas.

– Quer ficar no meu quartinho dos fundos até lá? – pergunta.

Balanço a cabeça e dou o número do meu celular pré-pago para ele.

– Você pode me ligar quando souber o horário?

– Claro.

Agradeço e atravesso a rua. Conheço este bairro como a palma da minha mão. Pode ser que as coisas mudem, mas, em lugares assim, não mudam muito. Perto da água, sim, claro. Tem prédios altos novos com vista para a praia. Mas aqui, onde eu cresci, as casas geminadas podem estar recém-pintadas ou ter algum novo revestimento ou um ou outro acréscimo, mas tudo continua praticamente igual. Passei uma parte considerável da infância atravessando todos os quintais para abreviar caminhadas ou não ser visto, ou talvez só pela aventura.

Agora estou perto demais do meu pai.

Eu entendo o perigo aqui. Com certeza está havendo uma caçada relativamente ampla. Talvez isso queira dizer que estão de olho na casa onde passei a infância, onde meu pai e minha tia ainda moram. Faz sentido. Mas, como eu disse, a polícia não tem como estar em todos os lugares. Eles sabem que ontem à noite eu estava em Nova York. Será que acham que eu viria de lá para Revere? Acho que depende do que Hilde Winslow falou, mas duvido muito que ela tenha confessado que prestou falso testemunho no meu julgamento.

Confiro todos os cantos ao me esgueirar para o quintal da minha juventude. Eu sei que não precisa ter uma van estacionada na rua para a casa ser vigiada, mas não vejo nada que indique perigo. Eu me pergunto se é seguro. Eu me pergunto até se isso faz sentido. Dou um passo para trás por um instante: de que adianta ver meu pai e a tia Sophie depois de tanto tempo? Será que minha visita não vai apenas deixá-los abalados?

Mas sinto o impulso de voltar à minha antiga casa. Sou um presidiário fugitivo com poucas horas livres e quero ver as pessoas que eu mais amo. É tão estranho assim? Não. Mas minha motivação e meu interesse ainda são encontrar Matthew.

Eu me sinto seguro ao passar pelos quintais entre a Thornton e a Highland. As casas, a maioria com mais de uma residência, são tão próximas uma da outra que nunca dá para saber de fato onde um terreno acaba e começa o seguinte. Isso resultou em algumas disputas interessantes ao longo do tempo. Quando eu tinha 14 anos, os Siegelmans alegaram que o jardim do Sr. Crestin ultrapassava o limite do terreno, então eles queriam alguns dos tomates premiados de Crestin. Passo agora por essa fronteira sob disputa e chego à casa da Sra. Bordio. A Sra. Bordio morava lá com o filho Pat, que tinha o que chamávamos de olho torto. Eles se mudaram dali no começo dos anos 2000, e parece que os novos proprietários estão cuidando bem da casa. O Sr. Bordio, o pai de Pat, morreu antes da minha época, no Vietnã, e o quintal vivia com a grama alta. Meu pai acabou organizando um revezamento com os homens do bairro para aparar o gramado dela. A Sra. Bordio pagava os homens com o pé de moleque caseiro que ela fazia. O Sr. Ruskin – estou cruzando o quintal dele agora – tinha passado um verão inteiro construindo um forno de pizza enorme com tijolo e concreto. Ainda existe, claro, embora os Ruskins tenham se mudado em 2007. Se um tornado destruísse este bairro, esse forno seria a única coisa ainda de pé.

Mais adiante, vejo os fundos da minha casa da infância.

O mato está mais denso aqui. Uma das minhas lembranças mais antigas – eu devia ter 3 ou 4 anos – é do meu pai e do tio Philip montando um balanço no quintal. Adam e eu ficamos olhando nossos pais, maravilhados. Fazia calor, e o que eu mais lembro é da maneira como meu pai pegou uma garrafa de Bud e levou até a boca. Ele tomou um gole demorado, baixou a garrafa, percebeu que eu estava olhando e piscou.

E, claro, eu me lembro da minha namorada do ensino médio: Cheryl.

Conforme vou me aproximando da minha casa, minha lembrança mais forte é um sacrilégio que envolve a barraca que o Sr. Diamond montava todo ano para celebrar o Sucot. Uma sucá, digamos, é uma estrutura que geralmente lembra uma cabana e é feita de gravetos e galhos, sem teto. Fica do lado de fora. Tem que ficar. Não me lembro mais de todos os detalhes religiosos. Curiosamente, os caras na cadeia são os mais religiosos que eu já vi. Não é a minha praia.

Enfim, a sucá dos Diamonds era de um nível superior ao do resto do bairro todo. Era uma barraca grande em cores vibrantes e com escritos em hebraico, e, quando Cheryl e eu tínhamos 17 anos, no fim de uma tarde fria de outubro, nós entramos escondidos na sucá dos Diamonds e perdemos a virgindade.

Pois é. Foi assim.

Não consigo deixar de sorrir e sofrer com a lembrança.

Nossa, como eu amava Cheryl.

Eu tinha uma queda por ela desde que sua família se mudou para a Shirley Avenue quando estávamos no oitavo ano, mas só pouco antes do baile do penúltimo ano do ensino médio que Cheryl correspondeu um pouco, e, mesmo assim, fomos para o baile como "amigos". Sabe como é. Fazíamos parte dos mesmos grupos e nenhum dos dois tinha companhia para a festa. Acabamos nos beijando naquela noite, no caso dela mais por tédio do que qualquer coisa.

Foi aí que viramos um casal.

Eu me apoio na árvore do antigo quintal dos Diamonds. Cheryl e eu ficamos bem por muito tempo. Terminamos por um breve período durante a faculdade. Foi mais por minha causa do que dela. Todo mundo falou que éramos jovens demais para casar e não experimentar com mais ninguém. Nós tentamos, mas, para mim, ninguém se comparava a ela. Ficamos noivos no último ano da faculdade, mas prometemos que só íamos nos casar depois que Cheryl se tornasse médica. Cumprimos esse plano. Depois, nos casamos, ela conseguiu a residência dos sonhos e, seguindo esse fluxo fluido, previsível e feliz, decidimos ter filhos.

Foi aí que as coisas deram errado.

Cheryl – ou será que eu devia dizer nós? – não conseguiu engravidar.

Se você já enfrentou problemas de fertilidade, conhece o estresse e a tensão. Cheryl e eu queríamos filhos. Muito. Era uma certeza. Queríamos quatro. Era o nosso plano. Tínhamos combinado. Mas passamos meses e meses tentando, e não aconteceu nada. Quando alguém quer engravidar, parece que o resto do mundo todo – as piores pessoas, as que menos merecem, as que nem querem filhos – engravida sem parar. Todo mundo engravida, menos nós.

Consultamos um especialista, que fez exames e mais exames e descobriu que a culpa era minha. É, todo mundo sabe que "não é culpa de ninguém", que o casal enfrenta junto, que ninguém é menos homem por causa disso e blá-blá-blá, mas a notícia de que minha contagem espermática era baixa demais para ter filhos bagunçou com a minha cabeça de um jeito horrível. Acho que agora eu tenho mais noção. Eu sei que existe masculinidade tóxica e coisa e tal, mas, para quem é criado do jeito que eu fui, em um lugar assim, o homem tem certas funções e responsabilidades e, se ele não consegue nem engravidar a própria esposa, que homem é esse?

Senti vergonha. É burrice, eu sei. Mas as emoções não sabem o que é burrice.

Cheryl e eu tentamos fertilização *in vitro* três vezes, sem sucesso. A tensão da relação aumentou. Toda conversa tinha a ver com ter filhos ou pior, e, quando tentamos não permitir que isso nos consumisse – tínhamos ouvido falar que, às vezes, se a gente relaxasse, a coisa acontecia por magia –, a questão acabou virando um verdadeiro elefante não só na sala, mas na cama. Esse elefante nunca nos deixou.

Cheryl foi muito legal em relação a isso.

Ou, pelo menos, era o que eu achava.

Ela nunca me criticou, mas, por ser um idiota com problemas de autoestima, deixei minha imaginação correr solta. Eu achava que ela estava me olhando de um jeito diferente. Estava me olhando decepcionada. Estava olhando para outros homens – viris, férteis – e se perguntando por que tinha ido parar com alguém tão inútil.

Isso quase nos destruiu.

Mas aí recebemos uma boa notícia. Um dos velhos amigos de Revere do meu pai era médico de família em New Hampshire. O Dr. Schenker me disse que tinha tido o mesmo problema e que havia se curado com uma cirurgia de varicocele. Não quero entrar em detalhes e você não vai querer saber, mas, resumindo, é a remoção de veias inchadas dentro do escroto. Em suma: funcionou. De repente, minha contagem espermática ultrapassou de longe o normal.

Quatro meses depois, Cheryl estava grávida de Matthew.

Ficou tudo bem de novo.

Só que não.

Os anos de pesadelo infértil tinham feito uma zona em nós e na nossa relação, mas, quando Matthew nasceu, achei que ficaria tudo no passado. E ficou. Até que eu descobri que, embora fosse toda boazinha comigo, Cheryl tinha ido escondida a outra clínica de fertilidade para pesquisar sobre doação de esperma. Ela não terminou o processo. Era isso que ela insistia em me lembrar. Ela explicou tudo com muita clareza: estava tão desesperada não só para ter um filho quanto para nos tirar desse purgatório que, por um instante, muito breve e imbecil, considerou arranjar uma doação de esperma, algo que ela sabia que eu jamais aceitaria, e não me contar nada.

Ela admitiu que foi algo horrível de sequer considerar. Pediu inúmeras desculpas. Mas não aceitei. Não a princípio, pelo menos. Eu estava magoado. A atitude dela acertou em cheio nas minhas inseguranças idiotas, e eu reagi mal. Ela havia traído minha confiança – e eu piorei a situação com meu comportamento.

Vejo movimento na janela dos fundos da casa da minha família. Vou para trás de um arbusto e, quando vejo minha tia Sophie aparecer e se sentar sozinha na mesa da cozinha, sinto o coração estourar. Ela está com um vestido azul simples sem corte. Suas costas estão encurvadas. O cabelo está preso com grampos, mas alguns fios escaparam e estão pendurados na frente do rosto. Uma salada de emoções corre dentro de mim. Tia Sophie. Minha tia maravilhosa, generosa, gentil e forte, que me criou desde o momento em que minha mãe morreu de câncer. Ela parece cansada, exaurida, envelhecida prematuramente. A vida tinha sugado aquela vitalidade. Ou será que foi a doença do meu pai?

Ou eu?

Tia Sophie sempre acreditou em mim. Outros sucumbiram. Mas Sophie nunca, jamais.

Não sei bem como agir, mas começo a me aproximar a passos hesitantes da janela dos fundos. Ela está com o rádio ligado. Sophie sempre gostou de ouvir música na cozinha. Rock clássico. Claro, talvez não seja mais um rádio. Talvez seja uma Alexa ou outro dispositivo com caixa de som. Dá para ouvir Pat Benatar gritar que somos jovens, de mágoa em mágoa. Sophie adorava Pat Benatar, Stevie Nicks, Chrissie Hynde e Joan Jett. Eu me esgueiro pelos degraus dos fundos e, sem pensar, bato de leve com as juntas dos dedos na janela.

Sophie ergue o rosto e me vê.

Imagino que ela vá ficar espantada ou confusa ou – no mínimo – desorientada pela minha presença súbita. Espero alguma hesitação compreensível, mesmo que seja só por um instante, mas, com a tia Sophie, não tem nada disso. Ela sempre teve um amor incondicional e feroz, e é só isso que eu vejo agora. Ela se levanta de um salto e vem direto para a porta dos fundos. Seu rosto já é um raio de sol – sorriso caloroso, lágrimas escorridas nas boche-chas. Ela abre a porta de repente, olha para a esquerda e para a direita de um jeito protetor que me toca o coração e fala:

– Entra aqui.

Eu obedeço. Claro. Vem a lembrança dos tempos em que meu pai voltava tarde para casa depois de um turno à noite e perguntava onde eu estava, e a tia Sophie inventava uma desculpa e depois abria esta porta dos fundos para eu entrar escondido sem que ele percebesse. Eu entro e fecho a porta. Ela me abraça. Parece menor agora, mais frágil. No começo, fico com medo de apertá-la demais, mas ela não quer nem saber.

Quero me conter, ficar concentrado e de queixo erguido, resistir à emoção do momento, mas não tenho a menor chance. Não com a tia Sophie. Não com o abraço da tia Sophie. Sinto os joelhos cederem e acho que solto um pequeno gemido, mas essa mulher frágil mas com uma força imponente me mantém de pé.

– Vai ficar tudo bem – diz ela.

E eu acredito.

capítulo vinte e cinco

O AGENTE PENITENCIÁRIO TED WESTON, da Briggs, contou a história para Max e Sarah uma, duas, três vezes. Max e Sarah passaram a maior parte do tempo em silêncio. Max fez gestos de incentivo com a cabeça. Sarah ficou apoiada, de braços cruzados, em um dos cantos da sala que eles estavam usando para realizar interrogatórios no presídio. Quando Ted terminou a história pela terceira vez, concluindo cheio de orgulho que viu o diretor e o detento entrando no carro do diretor, Max continuou gesticulando com a cabeça, depois se virou para Sarah e disse:

– Gostei mais dessa última parte. Não é, Sarah?

– A parte de ter visto o carro do diretor, Max?

– É.

– É, eu também.

Max começou a cutucar o lábio com o indicador e o polegar. Ele fazia isso para não roer as unhas.

– Quer saber por que Sarah e eu gostamos mais dessa parte, Ted? Posso chamar você de Ted, né?

O sorriso de Ted Weston estava desconfortável.

– Claro.

– Valeu, Ted. Então, quer saber por quê?

Weston encolheu os ombros sem muito entusiasmo.

– Pode ser.

– Porque é verdade. Falando sério. Essa parte da história, quando você olhou pela janela e viu o carro e ficou todo "epa, espera aí"… quando você conta essa história, seu rosto se ilumina de honestidade.

– É mesmo – acrescentou Sarah.

– Parece que você está usando um hidratante caro. O resto da história… como a parte em que você levou o coitado do David Burroughs doente para a enfermaria tarde da noite…

– … de um jeito que contraria todos os protocolos – acrescentou Sarah.

– … ou que ele te atacou de repente…

– … sem motivação.

– Você é destro, né, Ted?

– Quê?

– Você é. Eu estava observando. Não é nada de mais, só que, sempre que você fala de quando tirou Burroughs da cela e o levou à enfermaria, seus olhos viram para o alto e para a direita.

– Isso é sinal de que você está mentindo, Ted – comentou Sarah.

– Não é um sinal infalível, mas acerta com uma boa frequência. Quando a gente se esforça muito para acessar uma lembrança, pessoas destras...

– ... pelo menos em 85% dos casos...

– ... olham para cima e para a esquerda.

– E os olhos inquietos, Max.

– É, valeu, Sarah. Isso é um tanto fascinante, Ted. Acho que você vai gostar. Seus olhos ficam muito inquietos quando você mente. Não só você. Acontece com a maioria das pessoas. Quer saber por quê?

Ted não falou nada. Max continuou:

– É um vestígio, Ted. Um vestígio de uma época em que os seres humanos se sentiam encurralados, talvez por outro ser humano, talvez por um animal ou algo do tipo, e aí os olhos ficavam indo de um lado para o outro em busca de um jeito de fugir.

– Você acredita mesmo nessa origem, Max? – perguntou Sarah.

– Sei lá. Quer dizer, não duvido... olhos inquietos geralmente são indicativo de mentira. Mas não sei se a origem é essa, só sei que é uma história interessante.

– É mesmo – concordou Sarah.

– Olhos inquietos – repetiu Ted Weston, tentando aparentar confiança. – Eu não preciso tolerar isso.

Max olhou para Sarah.

Sarah fez que sim com a cabeça.

– Muito macho, Ted.

Weston se levantou.

– Vocês não têm prova nenhuma de que estou mentindo.

– Claro que temos – disse Max. – Você acha mesmo que a gente ia se basear só nessa coisa dos olhos?

– Ele não conhece a gente, Max.

– Não mesmo, Sarah. Mostra para ele.

Sarah deslizou o extrato bancário pela mesa. Ted Weston ainda estava de pé. Ele olhou para o papel. O rosto dele ficou pálido.

– Sarah fez a gentileza de realçar a parte que a gente acha importante, Ted. Está vendo?

– Você devia ter pedido pagamento em espécie, Ted – disse Sarah.

– É, mas aí onde ele ia colocar? O legal é que as quantias ficaram abaixo de dez mil. Acharam que ninguém perceberia.

– A gente percebeu.

– *A gente*, não, Sarah. *Você*. Você percebeu. Como é que o Ted aqui ia saber que você é incrível?

– Vou ficar vermelha, Max.

O celular de Sarah vibrou. Ela se afastou. Ted Weston caiu de novo na cadeira.

– Quer me contar o que aconteceu de verdade – disse Max, cochichando alto – ou quer ir para o meio dos presos comuns e ver como é a vida do outro lado do balcão?

Ted continuava encarando o extrato bancário.

– Max?

Era Sarah.

– O que foi?

– Pode ser que o reconhecimento facial tenha achado nosso garoto.

– Onde?

– Saindo de um trem em Revere Beach.

– Você não pode ficar – diz a tia Sophie. – O FBI veio aqui hoje cedo. Eles vão voltar.

Faço que sim.

– Posso falar com ele?

Ela inclina a cabeça para o lado, e sua expressão é triste.

– Ele está dormindo. A morfina. Você pode vê-lo, mas acho que ele não vai perceber a sua presença. Eu te levo lá.

Passamos pelo piano, o que tem a cobertura de renda e aquelas fotos antigas todas. Percebo que o retrato do meu casamento com Cheryl continua em destaque no meio. Não sei como interpretar isso. A maioria dos meus amigos neste bairro tem pelo menos dois ou três irmãos, geralmente muito mais. Eu era filho único. Nunca perguntei o motivo, mas desconfio que o que quer que tenha causado meu problema talvez seja hereditário, o pior tipo de "tal pai, tal filho", o que, claro, poderia ter resultado em filho nenhum. Mas isso é especulação minha.

Eu me sento na cadeira ao lado da cama – a antiga cadeira da escrivaninha do meu pai – e olho para ele. Ele está dormindo, mas o rosto está contorcido em uma careta. Tia Sophie fica em pé atrás de mim. Ela ama meu pai. Ele foi o melhor pai do mundo. Mas também não o conheço muito bem. Ele não era de comunicar seus sentimentos. Não faço a menor ideia dos sonhos e das esperanças que ele tinha. Talvez seja melhor assim, sei lá. Hoje em dia se reclama muito disso, de homens que reprimem sentimentos, de masculinidade tóxica. Não sei se foi por isso. Meu pai lutou no Vietnã. O pai dele lutou na Segunda Guerra Mundial. Minha avó me falou que os dois homens que voltaram para casa não eram os mesmos que tinham ido. Isso é óbvio, claro, mas minha avó também falou que não era o fato de eles terem mudado, mas sim que o que quer que eles tinham visto lá, o que quer que tinham feito ou vivido, esses homens sentiam a necessidade de manter tudo trancado. Não pelo bem deles, mas porque não queriam expor as pessoas queridas àqueles horrores. Esses homens não eram cruéis, distantes nem transtornados. Eram sentinelas que queriam proteger as pessoas que eles amavam, qualquer que fosse o custo pessoal. Quando Matthew nasceu, tentei me lembrar de tudo que meu pai tinha feito comigo. Eu queria ser aquele tipo de pai. Queria fazê-lo se sentir seguro, amado e forte. Eu me perguntava como meu pai tinha feito isso, como uma criança vendo um mestre da mágica. Eu queria saber os segredos para poder fazer igual com Matthew.

Eu amo meu pai. Ele voltava exausto para casa, botava uma camiseta branca e saía para jogar bola comigo. Aos sábados, me levava no Kelly's para comer sanduíche de rosbife e tomar milk-shake. Ele me deixava ir junto ver a corrida de cachorros e explicava quais eram os favoritos e os rateios. Eu torcia quando ele arremessava para o time de softbol da polícia de Revere, especialmente no jogo anual deles contra os bombeiros. Ele me ensinou a dar nó em gravata. Ele me deixava fazer barba de mentirinha junto com ele quando eu tinha 7 anos, lambuzando minha cara e me dando um barbeador sem lâmina. Ele me levava ao Fenway Park duas vezes por ano para ver o Red Sox. A gente se sentava na arquibancada, eu pedia um cachorro-quente e uma Coca-Cola, e ele pedia um cachorro-quente e uma cerveja, e ele comprava para mim uma flâmula do time adversário para eu me lembrar do jogo. A gente via o Celtics na casa do tio Philip – ele tinha uma TV de tela grande. Meu pai nunca fez eu me sentir um estorvo nem um peso. Ele dava valor ao tempo que passava comigo, e eu dava valor ao tempo que passava com ele.

Mas, dito isso, não sei quais eram os sonhos e as esperanças do meu pai, suas preocupações e seus receios, seus sentimentos em relação à morte da minha mãe ou se ele queria algo mais ou algo menos da vida.

Agora eu me sento e o espero abrir os olhos e me reconhecer. Espero o milagre, claro – que minha volta para casa o cure de algum jeito, que minha mera presença o faça se levantar da cama ou, pelo menos, que ele tenha um ou dois segundos de lucidez e uma última palavra sábia para o único filho.

Não aconteceu nada disso. Ele continuou dormindo.

Depois de um tempo, tia Sophie disse:

– Não é seguro, David. É melhor você ir embora.

Faço que sim.

– Seu primo Dougie vai passar o mês fora, em uma expedição com tubarões. Estou com a chave da casa dele. Pode ficar lá pelo tempo que for preciso.

– Obrigado.

Nós dois nos levantamos. Observo a mão inerte do meu pai por um instante. Antigamente essa mão tinha muita força. Agora não tem mais. Os músculos nodosos do antebraço de quando ele usava uma chave de fenda ou uma chave inglesa também não existem mais, deram lugar a uma carne esponjosa. Dou um beijo na testa dele. Espero mais um segundo para ver se os olhos vão se abrir. Não abrem.

– Você acha que eu fiz aquilo? – pergunto à tia Sophie.

– Não.

Olho para ela.

– Em algum momento você…?

– Não. Nem por um segundo.

Saímos do quarto. Eu me dou conta de que provavelmente nunca mais vou ver meu pai, mas não dá tempo de processar isso, nem é necessário. Meu celular vibra. Olho a mensagem.

– Tudo bem?

Falo para tia Sophie que é Rachel. Ela está a meia hora de distância. Mando uma mensagem com o endereço de Dougie e falo para ela entrar pela porta dos fundos.

– Rachel está te ajudando? – pergunta minha tia.

– Está.

Ela faz que sim.

– Eu sempre gostei dela. Uma pena o que aconteceu. Você vai ficar bem na casa do Dougie. Vocês dois. Avisa se precisar de qualquer coisa, está bem?

Eu a abraço. Fecho os olhos e me seguro. Depois, faço uma pergunta imbecil, algo que vinha me incomodando como um dente sensível que eu fico cutucando com a língua:

– Papai achava que fui eu?

E, como tia Sophie não sabe mentir:

– A princípio, não.

Fico imóvel.

– E depois?

– Ele é um homem de evidências, David. Você sabe. Os apagões. As brigas com Cheryl. O fato de você andar durante o sono quando era adolescente…

– Então…?

– Não de propósito, não.

– Mas ele achava que eu matei Matthew?

Tia Sophie me solta.

– Ele não sabia, David. Podemos deixar assim?

Com o cabelo curto, quase não reconheço Rachel.

– O que você acha? – pergunta ela, tentando manter um clima leve.

– Ficou bom.

E ficou mesmo. As irmãs Anderson sempre foram consideradas bonitas, ainda que de formas diferentes. Cheryl, minha ex, era um pouco mais deslumbrante. As pessoas reparavam nela. Logo de cara. A beleza de Rachel aparecia mais lentamente e aumentava com o passar do tempo. Ela tinha o que a tia Sophie chamava – e ela falava isso no melhor sentido possível – de rosto interessante. Agora eu entendo. Com o que a sociedade chamaria de imperfeições, mais parecia um quadro em que sempre descobrimos coisas novas a cada olhar e que muda dependendo do horário do dia, da quantidade de luz no ambiente ou do ângulo em que se vê. O corte combinava com ela, eu acho. Acentuava os ângulos da face, sei lá.

Conto para Rachel o que aconteceu com Hilde, Eddie e a família Fisher. Enquanto estou falando, o celular apita com uma mensagem de Eddie:

Não volta pra cá. A polícia veio te procurar.

Escrevo para dizer que, pelo visto, a polícia sabe que estou por aqui. Ele responde:

Revere tá cheia de polícia. Encontro na Pop's Garage. Hunting Street, 280, em Malden. 15h. Dá pra ir?

Respondo que dá.

Entra no portão à esquerda. Vai sozinho. Foi o que me mandaram
falar pra você.

Rachel está lendo por cima do meu ombro. Dougie é um solteirão de 54 anos, e parece que a casa foi decorada para comprovar isso. As paredes são todas revestidas com painéis de madeira escura, como as de um boteco metido a besta. Ele tem um alvo de dardos, e uma TV gigantesca ocupa uma parede inteira. O carpete é verde e felpudo. As cadeiras são poltronas reclináveis de imitação de couro com metal visível nos suportes para os pés. Tem um bar antigo de carvalho com grandes letreiros de cerveja em neon – um da Michelob Light e um da Blue Moon Belgian White pendurados em cima. Quando entrei, a casa estava toda apagada, menos esses letreiros de neon. Não acendi nenhuma lâmpada, então agora eles são a única iluminação.

– Eu te levo – diz Rachel.

– Você viu a parte de ir "sozinho"?

– Ainda não consigo entender – diz ela. – Os Fishers mexem com extorsão, drogas, prostituição, essas coisas. Por que eles iam se envolver com... o negócio de Matthew. – Ela para. – Não sei nem como chamar isso.

– Vamos chamar de sequestro – digo.

– Certo. Por que eles iam se envolver com isso?

– Não sei.

– E você acha que eles vão contar assim, do nada?

– Não temos nenhuma outra pista.

– Talvez tenhamos – diz Rachel, abrindo o laptop. Ela clica em um arquivo e começa a baixar fotografias. – Comecei a realizar diversas buscas de imagem a partir do que a gente sabe da foto de Irene no Six Flags. A gente sabe a localização. Sabe a data. Comecei com isso. Pesquisei no Instagram, por exemplo, qualquer foto com marcação do Six Flags naquele dia. No início, considerei até três dias depois porque imaginei que algumas pessoas não postariam imediatamente. Depois, fiz buscas por imagem de Irene e da família dela, na esperança de que talvez eles aparecessem em fotos de outras pessoas, sempre torcendo para talvez conseguir mais um vislumbre de Matthew.

– E?

– E a busca resultou em 685 fotos e vídeos de tudo que é rede social... Instagram, Facebook, Twitter, TikTok e por aí vai. Temos alguns minutos. Pensei em darmos uma olhada nelas.

As fotos estão organizadas em ordem cronológica – pela data da postagem, não pela data em que a foto foi tirada – e subdivididas por rede social. Vejo casais e famílias em brinquedos de parques, entrando e saindo deles, acenando da roda-gigante ou do carrossel ou pendurados de cabeça para baixo em montanhas-russas. Vejo fotos posadas, fotos espontâneas, fotos distantes dos brinquedos. Adoro essas atrações dos parques. Sempre fui o adulto que se oferecia na mesma hora para levar primos, sobrinhos, sobrinhas – qualquer um – nas montanhas-russas mais radicais. Meu pai também adorava tudo isso, até depois de velho. Penso nisso agora. Levei Matthew algumas vezes. Obviamente, ele era pequeno demais para qualquer uma das montanhas-russas maiores, mas adorava o trenzinho, o brinquedo do avião, os barcos lentos. Matthew se parecia com meu pai. Era o que todo mundo dizia, e, mais uma vez, depois de visitar meu pai, só consigo pensar no que é transmitido de geração a geração, do meu avô para o meu pai, para mim, para Matthew. Está tudo nos ecos.

Algumas das fotos são de gente dirigindo até o parque. Algumas são de animais do safári drive-thru do parque. Algumas são com sorvetes, hambúrgueres ou esperas em filas longas. Algumas exibem personagens fantasiados como Batman, Pernalonga ou Gaguinho. Algumas são de brindes de jogos, como uma tartaruga de pelúcia, um cachorro azul ou algum Pokémon.

Parques de diversão são caldeirões de diversidade. Tem tudo que é fé, religião, o que for. Vejo meninos de quipá e meninas com a cabeça coberta. Todo mundo sorri.

Tem uma quantidade surpreendente de fotos de grupos com dez, vinte, até trinta pessoas. Paramos nessas e damos zoom em cada rosto. As crianças eu entendo. Estamos tentando achar Matthew, claro. Quanto aos adultos, nós dois tentamos identificar qualquer pessoa que reconheçamos minimamente, qualquer pessoa que possa ser... sei lá... suspeita.

Achamos Tom e Irene Longley com os dois filhos em uma foto em grupo com mais dezesseis pessoas. Paramos um pouco nessa, mas não conseguimos nada.

Olho meu relógio. Talvez não dê tempo de ver todas antes de eu ter que sair para o encontro no Pop's Garage em Malden. Começamos a acelerar, cientes de que podemos conferi-las depois, quando passamos por mais uma foto da família Longley com atores fantasiados de Minions do filme *Meu malvado favorito*.

Rachel clica no botão de continuar, mas eu falo:

– Espera.

– O que foi?

– Volta.

Ela clica para voltar.

– Mais uma.

Ela clica. São os Longleys. Só os Longleys. Não tem mais ninguém na foto. Mas não é isso que chama minha atenção.

– Eles estão na frente do quê? – pergunto.

– Parece um daqueles painéis de eventos corporativos.

É um daqueles banners de fundo que as pessoas usam para anunciar a estreia de um filme ou o evento de uma empresa, geralmente decorados com uma logo repetida. Mas não era isso. Esse tem várias logos diferentes.

– Acho que Irene falou que eles foram em um evento corporativo – disse Rachel. – Já falei que o marido dela trabalha para a Merton Pharmaceuticals. A logo deles é essa aqui.

Tem outras. Vejo uma de um analgésico comum vendido sem receita. Vejo outro de uma marca famosa de produtos de cuidados para a pele.

– É um conglomerado imenso – diz Rachel. – Eles têm marcas de produtos alimentícios, farmacêuticos, redes de restaurantes, hospitais.

– Você acha que eles alugaram o parque inteiro?

– Não sei. Posso perguntar para Irene. Por quê, o que foi?

– Tem outras fotos assim, né? Na frente do banner?

– É, um bocado, eu acho. A gente está chegando nelas agora. Geralmente as pessoas tiram essas fotos assim que entram, mas acho que eles quiseram deixar para o fim do dia.

– Continua clicando – digo.

Vejo no terceiro clique. Quando enxergo, sinto o corpo inteiro paralisar.

– Para.

– O que foi? – pergunta ela.

Aponto para uma logo no canto inferior direito. Eu tinha visto uma parte na foto da família Longley, o bastante para me fazer hesitar, mas agora estou vendo com clareza. Rachel acompanha meu dedo. Ela também vê.

É uma cegonha levando três palavras no que parece uma trouxa:

Rachel fica olhando por mais um segundo e depois se vira para mim. Minha boca está seca.

– Ela foi lá – digo. – A Cheryl.

– É, e daí?

Não falo nada.

– O que isso tem a ver com a história, David? Quer dizer, essa empresa também é dona de pizzarias. Vocês já foram nelas.

Franzo o cenho.

– Meu casamento não desmoronou por causa de uma ida à pizzaria.

– Não entendi o que você está tentando me dizer.

– Sua irmã foi a esse – faço gesto de aspas com os dedos – "instituto" sem eu saber.

– Eu sei – comenta ela, com uma voz tão terna e delicada que quase parece uma carícia. – Mas não deu em nada. Você sabe disso.

– Só que deu, sim.

– Como assim?

– Eu parei de confiar nela.

– Você não precisava, David. Cheryl estava sofrendo. Você podia ter compreendido. Ela não ia até o fim.

Não vejo motivo para discutir, e talvez ela tenha razão. Olho para a logo e balanço a cabeça.

– Isso não é coincidência.

– Claro que é. Eu só queria que você tivesse sido capaz de entender.

– Ah, eu entendi – respondo, com a voz surpreendentemente direta. – Eu era estéril. Isso estava causando tensão no nosso casamento. Cheryl achou que talvez pudesse engravidar com um doador e dizer que o bebê era meu. Fiquei surpreso por ela não cortar o intermediário e trepar logo com outro cara.

– Isso não é justo, David.

– Com quem ela se casou agora, Rachel? – retruco. – Você não me falou essa parte.

– Não tem importância.

– É o Ronald, né?

Ela não fala nada. Sinto o coração rachar de novo.

– Só um amigo. Era isso que ela vivia falando.

– Era só isso que ele era.

Balanço a cabeça.

– Não seja ingênua.

– Não estou dizendo que Ronald não tinha esperança de…

– Não faz diferença – digo, porque é verdade e porque não aguento mais ouvir uma palavra sequer sobre isso. – A única coisa que me importa agora é achar Matthew.

– E você acha que essa – ela aponta para a logo idiota de cegonha – é a resposta?

– Acho, sim.

– Como?

Mas não sei responder, então ficamos sentados em silêncio por um tempo. Depois de um tempo, Rachel diz:

– Você ainda vai encontrar o tal Gambá?

– Vou.

– É melhor ir andando, então.

– É. – Olho para ela. – O que é que você não está me contando?

– Nada – diz ela.

Continuo olhando para ela.

– É só uma coincidência – diz Rachel. – Mais nada.

E não sei se ela está tentando convencer a mim ou a si mesma.

capítulo vinte e seis

– P<small>IXIE?</small>

Gertrude tirou os olhos da janela com a vista magnífica e se virou para o menininho. Essa casa dos Payne, concluída meros quatro anos antes, era completamente distinta do perfil de museu da Payne House de outrora. Sim, a propriedade era vasta. Tinha quadra de tênis, piscina, trilhas de equitação e tal. Mas, em vez do mármore colossal que lembrava uma sepultura, essa residência era leve, arejada, uma modernidade pós-moderna, um complexo de cubos brancos e janelas de parede inteira. Convidados se surpreendiam, mas Gertrude amava.

– Oi, Theo.

– Cadê o papai?

Ela sorriu para ele. Theo era pura luz apesar de todas as trevas. Era um menino bonzinho, gentil, inteligente, atencioso. Ele falava não só inglês, mas também francês e alemão, porque havia passado a maior parte da vida em um internato em St. Gallen. A escola suíça, com menos de trezentos alunos, tinha estábulos, alpinismo e vela e custava quase duzentos mil dólares por ano. Hayden, que não queria ser um pai ausente, passou muito tempo na região. Esta era a primeira viagem de volta dos meninos (era assim que ela os considerava) aos Estados Unidos depois de muito tempo. Já fazia três meses que eles estavam na residência Payne com ela. Gertrude tinha sido a favor da viagem. Ela estava ficando velha e queria passar um tempo com os dois.

Mas tinha sido um erro.

Por trás do menino, Hayden entrou no cômodo.

– Estou bem aqui, amigão.

Hayden pôs as mãos nos ombros do menino. O menino piscou. Essa tinha sido uma questão dele desde o início. Era uma criança maravilhosa, de verdade, e, depois da fase de transição inicial, parecia que estava em uma condição razoável. Mas Theo tinha um jeito arisco, uma resistência e um temor, quase como se achasse que ia apanhar. Não ia. Nunca tinha apanhado. Mas às vezes, embora o menino não soubesse a verdade, era como se alguma coisa dentro dele, algo primordial, soubesse e levantasse a guarda de forma involuntária.

Hayden deu um sorriso tenso para Gertrude, e ela percebeu na mesma hora que havia algo errado. Ela chamou Stephano, que ia levar Theo para brincar fora da casa. Stephano fechou a porta quando os dois saíram, dando um pouco de privacidade para a avó e o neto, ainda que estivesse ciente de todas as artimanhas da família.

– O que foi, Hayden? – perguntou ela.

– Ele agrediu um policial.

Ela ainda não tinha visto o noticiário. Embora compreendesse a tecnologia e o mundo totalmente conectado, Gertrude acreditava que o segredo da longevidade era uma combinação de rotina e de experiências novas. Mas as manhãs, para ela, começavam sempre do mesmo jeito. Acordar às sete horas. Vinte minutos de alongamento. Vinte minutos de meditação. Café e um livro durante uma hora, se o tempo permitisse. Depois, e só depois, ela se dava ao trabalho de ver as notícias. Com a idade, ela percebeu que as notícias passaram a ter mais a ver com entretenimento – e entretenimento estressante, ainda por cima – do que esclarecimento.

– Imagino que o tenham capturado, não é?

– Não. Ainda não.

Isso a surpreendeu. David Burroughs era mais astuto do que ela havia imaginado.

– Vocês não podem ficar. Você sabe disso.

– Você acha que David sabe de alguma coisa?

Alguma coisa? Sim. Mas de jeito nenhum que ele tinha como saber o bastante.

– Essa agressão – disse ela. – Onde foi que aconteceu?

– Nova York.

Gertrude não entendeu.

– Alguém sabe por que ele estava lá?

– O boato é que ele estava querendo se vingar de uma testemunha.

– Alguma ideia de qual era?

– Quase todas as testemunhas eram especialistas locais.

– Menos uma – disse Gertrude. – Aquela mulher que mentiu sobre tê-lo visto com o taco de beisebol.

Hayden fez um gesto lento com a cabeça.

– Pode ser.

Isso a intrigara, claro. Eles sabiam que a mulher tinha mentido. Não faziam a menor ideia do motivo.

– Estou cansado de escondê-lo, Pixie.

– Eu sei, Hayden.

– Ele tem sangue Payne nas veias.

– Eu também sei disso.

– A gente até fez os testes. Ele é meu filho. Seu bisneto. É um homem Payne, no fim das contas.

Ela quase sorriu. Homem Payne. Como se fosse algo bom. O estrago que aqueles homens tinham feito… Gravidezes inesperadas, chantagens, extorsões, até assassinatos – tudo acobertado pelo poderoso dólar. Naquela época, Gertrude não ficara nem um pouco surpresa com o incidente de Kennedy em Chappaquiddick – a única surpresa tinha sido que não acobertaram antes que a história vazasse. Esse tipo de coisa acontecia muito. Os ricos pagam à família. É um agrado. Mas os ricos também dão paulada. Claro, você pode tentar defender a pessoa querida que tinha acabado grávida, ferida ou morta, mas no fim só vai piorar muito a situação. Nunca vai conseguir justiça. Os ricos vão negar e obscurecer e subornar e pressionar e levar à falência e processar e ameaçar e, se nada disso funcionar – e quase sempre funciona –, você vai desaparecer. Ou talvez você tenha outros filhos que vão sofrer. Alguma coisa. Qualquer coisa.

Então, quando nos perguntamos como uma família parece capaz de aceitar dinheiro em troca de algo como a morte de uma filha, não é por ganância ou imoralidade.

É por falta de opção.

– Eu sei, Hayden – disse ela.

– Deve ter outro jeito.

Gertrude não respondeu.

– Talvez – ponderou Hayden – a verdade deva vir à tona.

– Não – disse ela.

– Se eles derem um jeito de achar Theo…

– Hayden?

– … o que vão conseguir provar?

– Hayden, para.

Ele se calou mais pelo tom dela do que pelas palavras.

– Vamos tomar providências para vocês dois irem embora hoje à tarde – declarou ela, encerrando a conversa. – Enquanto isso, não quero que aquele menino saia da residência.

PARTE TRÊS

capítulo vinte e sete

SERÁ QUE DAVID TINHA visto a mentira no rosto dela?

Rachel quase contou a verdade. Talvez devesse ter contado, quem sabe? Mas, agora, ela precisava que David confiasse completamente nela. Se ele compreendesse a verdade sobre a visita de Cheryl àquela clínica de fertilidade, a verdade inteira, talvez se afastasse dela. Eles não podiam correr esse risco. Então, por enquanto, com ou sem razão, Rachel teria que manter a farsa. Era mais importante continuar aliada dele do que ser honesta.

Depois que David foi para a Pop's Garage, Rachel examinou as fotos mais uma vez – agora, com uma nova meta. Ela estava procurando um rosto familiar, alguém que David não ia conhecer. Para seu alívio, ela não achou. Ainda havia a chance de David estar enganado – de que o fato de a Berg Reproductive Institute patrocinar o parque de diversões naquele dia ser apenas uma coincidência –, mas, quanto mais Rachel pensava nisso, mais ela percebia que tinha alguma coisa ali.

Mas como a clínica de fertilidade se encaixava nessa história?

Ela agora estava olhando para o celular. Ela já tinha adiado muito o telefonema. Precisava de respostas, e talvez ele as tivesse. Ela discou o número. Ele atendeu no segundo toque.

– Alô. Rachel?

A voz dele tinha uma entonação cantada. Ela sorriu.

– É.

– Meu Deus, há quanto tempo.

– Eu sei, desculpa.

– Não precisa. Como você está?

– Estou bem – disse ela.

– Eu te liguei, você sabe.

– Eu sei.

– Quando teve aquela história toda da reportagem e da nossa faculdade…

– Eu sei – repetiu ela. – Eu devia ter te respondido. Era minha obrigação.

– Não era, não.

– Era, sim. Desculpa. É que eu estava… Foi muita coisa.

Silêncio. E então:

– Você ligou por algum motivo?

– Preciso de um favor – disse Rachel.

– Estou sempre do seu lado. Você sabe.

Rachel sabia. Ela pigarreou.

– Você leu sobre a fuga do meu cunhado da cadeia? Não sei se a notícia já chegou...

– Fiquei sabendo, sim.

– Eu estava pensando se você me ajudaria com um negócio.

Ele hesitou.

– Olha, Rachel, onde você está?

– Como assim?

– Você está em casa?

– Não, estou... – Será que ela deveria falar? –... perto de Boston.

– Que bom.

– Por quê?

– Você consegue chegar ao restaurante Toro na Washington Street? Daqui a, digamos, uma hora?

– Espera, você voltou?

– É melhor a gente conversar pessoalmente, você não acha?

Ela achava.

– E vai ser muito bom te ver, Rachel.

– Vai ser bom te ver também – disse ela.

– Toro – repetiu ele. – Daqui a uma hora.

– Até lá.

Eu não gosto dos ares da Pop's Garage.

Não gosto nem um pouco.

Estou dirigindo o carro supostamente irrastreável que Rachel usou para vir até Revere. Peguei um boné de beisebol e um dos Ray-Bans de Dougie e, embora eu não esteja totalmente disfarçado, acho que a polícia não vai montar uma barreira entre Revere e Malden. Se eles sabem que estou aqui, imagino que tenham dado um jeito de rastrear minha viagem de trem. Não vão desconfiar que consegui pegar um veículo. Ou talvez desconfiem. Seja como for, tenho que correr alguns riscos, e este parece bem calculado.

A Hunting Street é uma combinação bizarra de residências e oficinas mecânicas no limite do centro da cidade. A Pop's Garage fica enfiada entre a Al's Auto Center e a Garcia Auto Repair e de frente para a Malden's Body Work and Repair. Claro que estou de olho para o caso de aparecer algum policial ou viatura ou qualquer coisa suspeita. Mas não tem nada nem ninguém nesta via geralmente engarrafada – e é isso que está me deixando desconfiado.

Parece que a Al's está fechada. A Garcia e a Malden's também. Não estão só com pouco movimento. Estão fechadas, grades abaixadas, luzes apagadas, sem sinal de vida.

Não estou gostando disso.

Só tem uma pessoa visível. Um homem de macacão azul de trabalho com um nome que não consigo distinguir estampado com estêncil no peito acena para mim. Ele gesticula para a única porta de oficina aberta que nem aqueles caras do aeroporto que orientam os pilotos na entrada e na saída do portão. Saio da Hunting Street e entro na Pop's. A abertura parece larga, escura, cavernosa, como se fosse capaz de me engolir inteiro.

Hesito e fico olhando para a abertura da oficina quando Gambá sai da escuridão como um fantasma de filme de terror emergindo do túmulo.

Ele está pálido. O cabelo está lambido para trás, oleoso. A mecha parece mais destacada do que nunca. Gambá sorri para mim, e sinto um calafrio na coluna. Ele não envelheceu muito, ou nada. O terno dele é brilhoso demais e reluz ao sol da manhã. Ele se afasta para o lado e gesticula para eu entrar.

Tenho opção?

Entro seguindo a orientação de Gambá. Ele está indicando que é para eu continuar em frente. A certa altura, ele gesticula para eu diminuir e depois frear. Obedeço. Agora estou dentro da oficina, e a porta desliza e se fecha atrás de mim.

Somos só nós dois.

Saio do carro.

Gambá vem até mim com um sorrisão.

– Davey!

Ele me abraça, a terceira pessoa a fazer isso hoje e nos últimos cinco anos. O abraço não oferece nenhum afeto nem carinho, só rispidez; é como ser abraçado por uma mesinha de centro. Ele fede a colônia europeia fajuta. Já senti uns cheiros medonhos na cadeia, mas esse quase me dá ânsia de vômito.

– Davey – repete ele, se afastando. – Você está com uma cara ótima.

– Você também, Kyle.

– Desculpa por isso – diz ele.

E me dá um soco forte na barriga.

É um golpe-surpresa total, mas eu percebi antes. Uma das grandes lições da cadeia: a gente aprende a ficar sempre alerta. Essa lição é aperfeiçoada dia após dia. Na Briggs, a gente volta a ser um homem primitivo, sempre alerta, sempre preparado. No ensino médio, eu fazia parte do time de lacrosse. Meu técnico vivia gritando "Abre o olho!", o que significava ficar sempre atento para o caso de alguém chegar do nada em cima de nós. Na cadeia, a vida se transforma nisso.

Eu me mexo um pouco e contraio o abdome. O soco acerta, mas não onde poderia fazer muito estrago. As juntas dos dedos dele roçam na minha bacia, e aposto que isso doeu mais nele do que em mim. Reajo por instinto, mesmo que outra parte minha diga que preciso me afastar, que não posso machucá--lo de verdade, que preciso dele para ter informações sobre Hilde Winslow.

Mas que se dane.

Gambá não vai me falar nada. Eu deveria ter imaginado. A melhor chance que eu tenho de descobrir a verdade?

Arrancando dele à força.

Antes que o golpe de Gambá termine de me acertar, começo a levantar o braço direito, usando os músculos grandes perto do ombro, deslocando meu peso para baixo e para a esquerda, e consigo, ao mesmo tempo, neutralizar o soco dele e ganhar embalo para meu contra-ataque. Encaixo o polegar na palma e bato com a lateral interna da mão.

O golpe acerta com força na lateral do crânio de Gambá.

Sinto uma vibração na mão, algo semelhante a um diapasão para ossos da mão, mas não tenho tempo para me preocupar com isso. Eu sei que Gambá é feroz e brutal de mil jeitos diferentes. Se eu relaxar, ele me mata. Isso vale para qualquer briga. Brigas nunca devem ser algo casual. Isso é algo que muita gente não entende. Toda briga que acontece – bêbados em um bar, idiotas em um jogo de futebol – tem o potencial de acabar com alguém mutilado ou morto.

Gambá cambaleia com a bordoada na lateral da cabeça. Afasto o pé e giro rápido. A lateral interna do meu pé acerta a parte de baixo da perna dele. Não chega a derrubar Gambá, mas o desequilibra. Ele tenta recuar aos tropeços, na esperança de se afastar um pouco de mim.

Não deixo.

Eu avanço e jogo o corpo contra ele. Gambá cai no chão com força, e eu caio em cima.

Eu o viro de costas e me sento em cima do peito dele. Fecho as mãos e me preparo para começar a socar a cara dele. Estou pensando em amaciá-lo um pouco antes de perguntar sobre Hilde Winslow.

Mas, quando fecho a mão direita, as portas se abrem de repente.

Escuto alguém gritar:

– Parados! Polícia!

Eu me viro e vejo um policial apontando a arma para mim. Meu estômago dá um nó. Aí outro policial entra na oficina. Ele também está apontando a arma para mim. E mais um.

Estou considerando o que fazer quando uma vozinha dentro da minha cabeça me lembra que desviei minha atenção de Gambá.

Não importa.

Alguma coisa dura (uma coronha, uma chave de boca, sei lá) bate na lateral da minha cabeça.

Meus olhos vão para trás. Alguém (um policial, eu acho) me acerta no corpo. Saio de cima de Gambá. Outro policial pula em cima de mim. Tento levantar as mãos, tento resistir, mas não sobrou nada.

Agora estou caído de bruços. Alguém puxa meus braços para trás. Escuto mais do que sinto as algemas.

Outro golpe me acerta na lateral da cabeça. A escuridão me cerca. Dou um último suspiro.

E depois não vejo mais nada.

Rachel tinha mandado uma mensagem para David para avisar que teve que cuidar de um assunto.

Não falou onde nem por quê.

Ela pegou o trem porque David estava com o carro, e esse celular não tinha nenhum aplicativo de táxi. Ela olhou a hora. De novo. Já fazia quase uma hora que David tinha saído. Não havia notícia nenhuma. Ela temia o pior – sempre se teme o pior em situações assim, pensou ela, como se situações assim fossem algo comum em sua vida –, mas também sabia que precisava ser pragmática e continuar em frente. Se o tal Gambá tivesse aprontado alguma coisa com David, não havia nada que ela pudesse fazer. Se a polícia tivesse encontrado e prendido David, bom, também não.

Continue em frente.

Quando Rachel chegou ao Toro, pensou em uma frivolidade: seu cabelo. O corte que ela havia recebido de manhã em Nova York tinha sido pensado deliberadamente para disfarçá-la. Fazia muito tempo que ela não o via pessoalmente.

Será que ele a reconheceria?

Essa pergunta logo foi respondida. Assim que ela entrou no restaurante, ele se levantou da mesa e a recebeu com seu sorriso mais acolhedor. Ela retribuiu e, por um breve instante, atravessou um portal do tempo e esqueceu por que tinha ido ali de fato. De repente, aquilo parecia uma espécie de reencontro, bem profundo, nada superficial quando as pessoas estão unidas pela tragédia. Ela se perguntou como eles tinham deixado a amizade se dissipar. Mas a vida era assim, não? Você termina a faculdade, se muda, arranja outros empregos, conhece gente nova, parceiros, cria uma família, se divorcia etc. Claro, você pode manter o contato, acompanhar as redes sociais, trocar uma ou outra mensagem, prometer marcar um encontro, e nisso os anos voam e ali está você, precisando de um favor, e de repente vocês se reencontram.

Os dois hesitaram por um instante, sem saber direito como cumprimentar um ao outro, mas ela o abraçou, e ele retribuiu o abraço. Os anos derreteram. Quando se passa por tanta coisa juntos, quando a união se forma em tragédias como a deles, isso nunca desaparece de verdade.

– Como é bom te ver, Rachel – disse ele.

Ela o segurou um pouco mais.

– Você também, Hayden.

capítulo vinte e oito

QUANDO ACORDO, ESTOU ALGEMADO.

Também estou sentado em um avião pequeno.

Acabou.

Gambá ou os Fishers me entregaram para a polícia. Sou um idiota. De verdade. O que eu esperava? Eles tinham armado para eu levar a culpa pelo assassinato do meu próprio filho – por que eu faria a burrice de achar que não me entregariam para me botar de novo atrás das grades?

Tento esticar o pescoço para olhar atrás de mim. É difícil, porque também estou preso ao descanso do braço. Dois capangas – policiais à paisana ou agentes federais ou oficiais de justiça, não sei – estão sentados nos fundos, mexendo no celular. Os dois são carecas, de camiseta preta e jeans azul.

– Quando é que a gente vai pousar? – pergunto.

Sem tirar os olhos do celular, o que está sentado no banco do corredor fala:

– Cala a porra da boca.

Decido não criar caso. Não adianta. Pousamos meia hora depois. Quando o avião enfim para, os dois capangas desafivelam o cinto de segurança e vêm na minha direção. Sem aviso, um deles cobre minha cabeça com um saco preto enquanto o outro corta a amarra que me prende ao descanso do braço.

– Por que a venda? – pergunto.

– Cala a porra da boca – repete Capanga Um.

A porta do avião se abre. Eu me levanto. Alguém me empurra para a frente, e sei que tem alguma coisa muito errada – antes mesmo de pisarmos na pista, mesmo com a visão totalmente bloqueada pelo saco.

Não estamos na Briggs.

Começo a suar na mesma hora. Faz calor. É úmido. Pode ser que eu não tenha como ver os trópicos, mas dá para senti-los pelo cheiro, pelo sabor e quase pelo toque. O sol também é forte e atravessa o saco preto.

Aqui não é o Maine.

– Onde é que a gente está? – pergunto.

Nenhuma resposta, então eu digo:

– Não era para vocês me mandarem calar a porra da boca?

Os dois capangas me empurram para a traseira de um veículo com ar--condicionado no máximo. O trajeto leva uns dez minutos, mas é difícil ter noção do tempo quando não se tem relógio, os olhos estão vendados e a gente acha que pode estar voltando para a cadeia pelo resto da vida. Ainda assim, a viagem parece não demorar muito. Quando o veículo – estou no alto, então deve ser um SUV – para, os capangas me empurram para fora. Tem asfalto sob os meus pés, e está tão quente que sinto o calor atravessar os sapatos. Tem música tocando. Uma música horrível. Uma combinação instrumental de country e rock, tipo algo que uma banda de cruzeiro tocaria na beira da piscina durante uma competição de "peito mais cabeludo".

Sei que estou parecendo relaxado agora. Curiosamente, é assim que eu me sinto. Em parte, estou arrasado, claro, porque deixei meu filho na mão de novo. Em parte, estou deprimido, porque parece que vou voltar para a cadeia ou algo pior. Em parte, estou com medo, mas também curioso, porque não sei o que foi que eu vim fazer nos trópicos.

Mas, em parte, talvez mais do que todo o resto, estou – só neste instante – largando mão de tudo.

Entrei nessa viagem maluca quando fugi da cadeia, e a viagem há de me levar a algum lugar. No momento, não estou no controle e já aceitei esse fato.

Eu não diria que não estou preocupado. Só estou fazendo uma contenção mental considerável. Talvez seja um instinto de sobrevivência. Os dois capangas – bom, presumo que sejam os mesmos dois capangas, ainda estou vendado – pegam meus braços e me arrastam-acompanham até um lugar fechado. Eles me jogam em uma cadeira. Assim como o veículo, este cômodo felizmente também está com o ar-condicionado no máximo. Quase peço um casaco.

Alguém pega no meu pulso. Sinto o beliscão antes de a algema se soltar.

– Não se mexe, caralho – diz Capanga Um.

Não me mexo. Sentado aqui nesta cadeira sem acolchoado, tento planejar minha próxima ação, mas as opções diante de mim são tão tenebrosas que meu cérebro se recusa a me deixar ver o óbvio. Estou perdido. Dá para ouvir gente se movimentando à minha volta, ao menos três ou quatro, pelo jeito. Ainda estou ouvindo a música horrorosa ao fundo. Parece que sai de um alto-falante.

Depois, de novo sem aviso, tiram o saco preto da minha cabeça. Pisco sob o ataque súbito da luz e levanto o olhar. Parado bem na minha frente, a poucos centímetros do meu rosto, tem um homem bem idoso, que parece ter 80 e poucos anos. Ele está de chapéu de palha e camisa havaiana amarela e verde com marlins saltitantes. Atrás dele, vejo os capangas de cabeça raspada do avião. Os dois estão de braços cruzados e agora usam óculos escuros do tipo aviador.

O idoso me oferece a mão cheia de pintas.

– Vem, David – diz ele com uma voz que parece o som de pneus carecas passando em uma rua de cascalho. – Vamos andar um pouco.

Ele não se apresenta, mas sei quem ele é, e ele sabe que eu sei. Na maioria das fotos que vi dele ao longo dos anos, era um homem robusto, geralmente no meio de um grupo de homens, mais com cara de artefato explosivo do que de ser humano. Até agora, encolhido pelos anos, ele ainda tem aquele ar incendiário.

O nome é Nicky Fisher. Em outros tempos, ele teria sido chamado de chefão, dom ou algo do tipo. Quando eu estava na escola, o nome dele era dito aos cochichos do mesmo jeito que uma geração posterior de crianças falaria "Voldemort". Nicky Fisher comandava o crime organizado na região de Revere-Chelsea-Everett desde antes de meu pai entrar para a polícia.

Ele é – era? – o chefe de Gambá.

Quando saímos, pisco sob o sol. Olho para a esquerda e para a direita e franzo o cenho.

Que lugar é este?

De fato é num lugar tropical, mas é como se a Disney tivesse construído uma comunidade para aposentados depois de tomar uns mojitos além da conta. Vejo um empreendimento residencial e um *cul-de-sac*, mas tudo tem uma aparência meio arredondada, cartunesca, como o local onde os Flintstones moravam. As casas todas são térreas e com acessibilidade para pessoas com deficiência, feitas de um tijolo de adobe limpo demais. O *cul-de-sac* tem um daqueles chafarizes gigantescos com coreografia que obrigam a água a dançar ao ritmo daquela música horrível que acho que toca sem parar.

– Eu me aposentei – me diz Nicky Fisher. – Ficou sabendo?

– Eu meio que andei fora do circuito – digo, tentando evitar o sarcasmo na voz.

– É mesmo, claro. Cadeia. Foi por isso que eu te trouxe aqui.

– O que foi que você fez com meu filho, Sr. Fisher?

Nicky Fisher para de andar. Ele se vira para mim, esticando o pescoço para que seus olhos, aqueles olhos azuis gelados que acabaram sendo a última coisa que dezenas ou até centenas de pessoas tinham visto antes do fim, se cravem nos meus.

– Eu não fiz nada com seu filho. Não é assim que nós agimos. Não machucamos crianças.

Tento não fazer careta. Detesto essa palhaçada de código mafioso. *Não machucamos crianças, doamos para a igreja, cuidamos dos nossos vizinhos*, toda essa baboseira sociopata para justificar atitudes criminosas.

– Estamos em Daytona – diz Nicky Fisher. – Flórida. Já veio aqui?

– Antes de hoje, não.

– Então, eu me aposentei e vim para cá.

Damos uma volta no chafariz. A água dançante bate na imitação de mármore e respinga de leve em nós. A sensação é boa. Os dois homens estão nos acompanhando a uma distância discreta. Tem outras pessoas idosas por perto, aparentemente andando a esmo. Elas acenam com a cabeça para nós. Retribuímos o gesto.

– Você viu a placa grande na entrada? – pergunta ele.

– Eu estava vendado.

– É mesmo, claro – repete Nicky. – Não foi por ordem minha, a propósito. Meu pessoal sempre gosta de fazer drama, sabe como é? E também sinto muito por Gambá. Você sabe como ele é. Era só para ele te botar no meu avião. Falei para ele não estragar o pacote, mas ele obedeceu? – Nicky põe a mão no meu braço. Tento não me retrair. – Você está bem, David?

– Estou.

– E fazer a polícia te pegar... foi idiotice, mas é de admirar a extravagância de Gambá nessa. Ele queria fazer você achar que ia voltar para a cadeia. Engraçado, né?

– Hilário.

– Foi exagero, mas Gambá é assim. Vou conversar com ele, está bem?

Não sei o que dizer, então só meneio a cabeça.

– Enfim, a placa lá na entrada diz "Calçadões". Só isso. É o nome deste condomínio. Calçadões. É um nome meio bobo. Eu me opus. É pouco criativo. Eu queria algo sofisticado, sabe, com palavras como "vivendas" ou "mirante" ou "reserva". Algo assim. Mas a comunidade inteira votou, então... – Nicky encolheu os ombros com um ar de "fazer o quê" e continuou andando. – Sabe qual é o condomínio de aposentados que fica mais adiante na rua?

Respondo que não sei.

– Margaritaville. Que nem a música. Você conhece?

– A música? Conheço.

– *Wasting away again in Margaritaville*. Ou *wasted away*. Sei lá. Mas, enfim, o nome do lugar é esse. Ridículo, né? O desgraçado do Jimmy Buffett tem sua própria comunidade para aposentados. Ou melhor, comunidades. Existem três Margaritavilles agora. Esta, outra na Carolina do Sul, e esqueci onde fica a terceira. Na Geórgia, talvez. É como se alguém tivesse pegado uma daquelas redes de restaurantes ruins e transformado em residências. Quem é que ia querer isso?

Não respondo porque é exatamente essa a impressão que este lugar me passa.

– Enfim, isso me deu uma ideia. Quer dizer, não entendo nada de encher a cara de margarita e ficar à toa na praia. Essa não é minha fantasia, se é que você me entende. Então a gente fez algo diferente aqui nos Calçadões. Vem comigo, quero te mostrar uma coisa.

Estamos em uma calçada delineada com palmeiras. Tem uma placa com setas coloridas apontadas para várias direções. Uma diz PISCINA. Uma diz RESTAURANTE FINO. A que aponta para a esquerda diz CALÇADÃO. Vamos na direção dessa. Nicky Fisher fica quieto. Sinto o olhar dele em mim. Quando saímos para o espaço aberto, entendo o motivo. Ele quer avaliar minha reação.

Ali, estendendo-se para os dois lados até onde a vista alcança, tem um calçadão imenso.

O calçadão é amplo. Ele também se esforça muito para parecer vintage, mas é limpo e apurado demais. Mais uma reprodução à la Disney que pode parecer bonita, mas tem jeito de que saiu de um episódio antigo de *Além da imaginação*. Tem atrações e fliperamas e fontes de refrigerante e lojas espalhafatosas e um carrossel. As atrações estão em movimento, mas não tem ninguém nelas, o que contribui para o clima fantasmagórico surreal do lugar. Um homem de gravata-borboleta e bigode pontudo está vendendo algodão-doce. Tem alguém fantasiado de Mr. Peanut dos comerciais de amendoim da Planters. Uma placa anuncia PINBALL-MINIGOLFE.

– Calçadões – diz Nicky Fisher. – No plural. A gente baseou este lugar principalmente no de Revere Beach, mas temos coisas de Coney Island, Atlantic City e até de Venice Beach, na Califórnia. E os brinquedos, bom, dá para ver que temos montanhas-russas e rodas-gigantes, mas são um pouco mais brandas do que nos velhos tempos, para nossos ossos mais velhos. – Nicky dá uma batida no meu braço, de um jeito amistoso, e sorri. – É sensacional, né? É como viver de férias todo santo dia… e por que não, ora? A gente fez por merecer.

Ele olha para mim em busca de confirmação, eu acho. Tento assentir com a cabeça, mas não sei se ele está percebendo uma quantidade suficiente de entusiasmo em mim.

– Ah, e deixa eu te mostrar o atrativo principal, David. Bem aqui. Rapaz, como eu queria trazer seu velho aqui para ver. Eu sei, eu sei. A gente foi inimigo a vida inteira, o Lenny e eu, mas, poxa... Ele ia adorar isso.

Ele gesticula na direção de uma cabine branca com uma placa de PIZZERIA NAPOLITANA em cima. Tem três homens de avental branco atrás do balcão. Embaixo deles, outra placa diz "Especializados em culinária italiana" e uma bebida chamada "C.B. Coate's Tonic".

Eu me viro para ele com uma pergunta nos olhos.

– É a antiga barraca de pizza de Revere Beach que virou a Sal's Pizzeria! – exclama ele. – Dá para acreditar? É uma reprodução exata do que ela era em 1940. Senta. Pedi umas pizzas para a gente. Você gosta de pizza, né? – Nicky Fisher dá uma piscadela para mim, e você pode imaginar como isso é perturbador. – Se você não gosta da pizza do Sal's, vou pedir para o Joey aqui meter uma bala no seu cérebro só para acabar com o seu sofrimento.

Nicky Fisher ri da própria piada e me dá um tapa nas costas.

Nós nos sentamos sob um guarda-sol. Dois ventiladores cospem ar frio em nós. Um dos homens de avental traz uma pizza brotinho para cada um. Depois, somos deixados a sós.

– Como vai o seu velho? – pergunta Nicky Fisher.

– Está morrendo.

– É, eu soube. Lamento.

– Por que me trouxeram aqui, Sr. Fisher?

– Me chama de Nicky. Tio Nicky.

Não respondo, mas não vou chamá-lo de tio.

– Você está aqui – continua ele – porque nós dois precisamos ter uma conversinha.

Nicky Fisher fala que nem um gângster de cinema. Eu agora conheço um monte de gente braba. Ninguém fala assim de fato. Um matador de aluguel cumprindo prisão perpétua na Briggs me disse que os gângsteres da vida real começaram a falar que nem os gângsteres dos filmes depois que esses filmes ficaram famosos, não o contrário. A vida imitou a arte.

– Estou ouvindo – digo.

Ele se inclina na minha direção e me encara. Vamos começar agora. O local está em silêncio. Até a música dos alto-falantes parou.

– Seu pai e eu, nossa relação é ruim.

– Ele era da polícia – respondo. – Você comandava uma organização criminosa.

– Organização criminosa – repete Nicky com uma risadinha. – Palavras chiques. Seu pai também não era puro. Você sabe disso, né?

Decido não responder. Ele me encara um pouco mais, e até neste inferno úmido eu sinto um calafrio.

– Você ama seu velho? – pergunta ele.

– Muito.

– Ele foi um bom pai?

– O melhor – digo. E, depois: – Com todo o respeito, hã, Nicky, por que estou aqui?

– Porque eu também tenho filhos. – A voz dele agora tem um leve rosnado. – Você sabe disso?

Sei – e agora tenho muita certeza de que não vou gostar dos rumos desta conversa.

– São três. Ou eram três. Você soube do meu Mikey?

Sei, também. Mikey Fisher morreu vinte anos atrás, na cadeia.

Meu pai o mandou para lá.

Nicky Fisher faz questão de ver que estou olhando nos olhos dele quando me diz:

– Está começando a fazer sentido para você agora, filho?

E, curiosamente, acho que está.

– Meu pai colocou seu filho na cadeia – digo. – E você retribuiu o favor.

– Quase isso – diz ele.

Espero.

– Seu pai, como eu disse, não era puro. Ele e Mackenzie, o parceiro, prenderam Mikey por ter matado Sorte Craver. Era para o Mikey só machucar Sorte, mas era comum meu garoto pegar pesado demais. Você conheceu o Sorte?

– Não.

– Ele era chamado assim porque nunca teve um segundo de sorte na vida. Incluindo o final, claro. Mas, enfim, seu velho prendeu Mikey por isso. Você sabe como é. Mas o problema é que seu velho e Mackenzie não conseguiam provar. Quer dizer, todo mundo sabia que Mikey tinha matado. Mas tem que provar para o juiz, não é?

Fico quieto.

– Seu pai tinha trabalhado bem no caso. Sem dúvida. Achou umas testemunhas importantes. Convenceu a ex do Sorte a depor. Mas a questão é que a polícia tem que seguir as regras. Eu? Não. Então mandei uns caras meus irem conversar com as testemunhas. Caras como seu velho amigo Gambá. De repente, a memória das testemunhas ficou enevoada. Está me entendendo?

– Estou.

– A ex do Sorte foi um pouco mais teimosa, mas a gente também resolveu isso. Tinha umas provas no depósito da polícia. Pó de anjo. Um martelo de unha. Tudo sumiu. Puf. Então, sabe, ficou difícil seu velho provar alguma coisa. Deve ter sido bem frustrante para ele.

Não me mexo. Mal respiro.

– Foi aí que seu pai e Mackenzie ultrapassaram o limite. Eles arranjaram provas novas de repente. Nem tem por que entrar nos detalhes de como eles fizeram isso. Não importa. Mas as provas falsas que mandaram meu filho para a cadeia? Seu velho e o Mackenzie que plantaram.

Nicky Fisher dá uma mordida, saboreia e se recosta na cadeira.

– Você não vai comer?

– Estou ouvindo.

– Não dá para fazer as duas coisas? – Ele ainda mastiga. – Eu entendo. Você quer ouvir o resto, mas acho que agora você está entendendo. Meu Mikey acaba indo em cana pelo crime, mas na verdade não era grande coisa. Eu tinha dado um jeito de um juiz amigo meu anular a condenação. Então falei para o Mikey ficar na dele lá no xilindró por algumas semanas. Mas ele não conseguiu. Meu Mikey, ele era um bom garoto, mas como era esquentado. Achou que era um bambambã porque o pai era o chefão. Então, no pátio, ele arrumou confusão com dois grandões. De uma gangue de Dorchester. Um deles segurou os braços de Mikey. O outro meteu um caco de vidro no coração de Mikey. Você sabe disso, né?

– Sei. Quer dizer, fiquei sabendo.

Nicky Fisher começa a levar a pizza até a boca, mas é como se a fatia estivesse ficando pesada demais pelas lembranças. Nicky baixa os olhos. Eles brilham. Quando ele volta a falar, dá para perceber a tristeza, a raiva, o sofrimento.

– Aqueles grandões. Você nem quer saber o que eu fiz com eles. Não foi rápido. Isso eu garanto.

Espero até ele falar mais. Como ele não fala nada, pergunto:

– Você machucou meu filho?

– Não. Já te falei. Eu não faço isso. Eu nem culpava seu pai. Não naquela época. Mas aí, sabe como é, os anos se passaram. Aí eu li que você tinha matado seu filho...

– Não matei...

– Shh, David, só escuta. Esse é o problema da garotada hoje em dia. Ninguém escuta. Quer ouvir o resto ou não?

Digo que quero.

– Então, como eu disse, seu pai não deixava de contornar a lei quando lhe convinha. Como fez com Mikey. A gente sabe que um monte de gente na polícia dá um jeitinho. Uns largam um papelote no chão do carro. Botam a arma ilegal para o caso de precisarem de motivo para te arrebentar. Você sabe como é. Então, quando seu filho... como era o nome dele, mesmo?

– Matthew – digo e engulo em seco.

– Isso, desculpa. Então, quando Matthew foi assassinado, um policial achou aquele taco de beisebol no seu porão.

Faço uma careta.

– O taco não foi encontrado no meu porão.

– Foi, sim.

Estou balançando a cabeça.

– Você escondeu lá. Num duto de ventilação, num cano, sei lá.

Ainda estou balançando a cabeça, mas de novo fico com a sensação de que sei aonde ele quer chegar. Acho que soube desde o instante em que nos sentamos.

– Então, onde é que eu estava? Ah, é. O taco de beisebol. Então, um policial achou no seu porão. Cara novo na corporação. Se chamava Rogers, eu acho. Não sei por que eu me lembro do nome dele. Mas lembro. Então, o Rogers queria fazer amizade com seu velho. Companheiros da força e tal. Então ele falou do taco para o seu pai. E o seu pai, ele sabe que, com esse taco, você entra pelo cano. Você já era se a acusação ficar sabendo do taco. Seu velho não pode permitir isso. Ele precisa proteger o filhote. Mas também não pode dar um fim no taco. Aí seria demais.

Nicky Fisher sorri para mim. Tem molho de tomate no lábio inferior dele.

– Você já deve estar imaginando o que seu pai decidiu fazer, né? Vai, David. Me fala.

– Você acha que ele enterrou o taco no mato.

– Não *acho*. Eu *sei*.

Não me dou ao trabalho de negar.

– Foi esperto. Ora, se *você* fosse o assassino, o taco ainda estaria no porão. Escondido. No duto ou sei lá onde. Mas, se alguém diferente tivesse matado, a pessoa teria fugido. Largado ou enterrado o taco em algum lugar por perto.

Balanço a cabeça.

– Não foi isso que aconteceu – digo.

– Claro que foi. David, você matou seu filho. Depois, escondeu a arma, achando que daria um fim nela quando tivesse chance. – Ele se inclina por cima da mesa e abre aquele sorriso de novo. Seus dentes são finos e pontudos. – Pais e filhos. A gente é tudo igual. Eu teria feito qualquer coisa para manter o Mikey fora da cadeia, mesmo sabendo que ele era culpado. Seu pai era igual.

Balanço a cabeça de novo, mas suas palavras exalam o fedor da verdade. Meu pai, o homem que eu amava mais do que qualquer outro, acreditava que eu tinha matado meu próprio filho. Esse pensamento é uma facada no meu coração.

– Agora a acusação estava com um problema – continua Nicky Fisher. – Tinha chovido naquela noite. Aquela mata estava cheia de lama e terra. A perícia conferiu seus sapatos, suas roupas todas. Sem sujeira. Sem terra. Então, quando seu velho plantasse aquele taco, quando ele fosse encontrado na mata, isso ajudaria a deixar você solto. Não achei isso certo, você está me entendendo?

Faço que sim, porque agora vejo claramente.

– Então você mandou Hilde Winslow declarar que me viu enterrar o taco.

– Bingo.

– Você armou isso.

– Isso mesmo.

– Era porque você queria vingança pelo Mikey?

Nicky Fisher aponta para mim.

– Se você falar o nome do meu garoto mais uma vez, vou arrancar a sua língua e comer com esta pizza.

Não falo nada.

– E, pelo amor de Deus, você ouviu alguma palavra do que eu falei? – esbraveja ele, batendo na mesa com os dois punhos. Os capangas olham para nós, mas não se mexem. – Isso não teve nada a ver com vingança. Eu fiz isso porque era o certo a fazer.

– Não entendi.

– Eu fiz isso – diz ele, por entre os dentes trincados, e agora a voz dele tem um tom de ameaça de verdade – porque você matou seu próprio filho, seu maluco doente desgraçado.

Não acredito no que estou ouvindo.

– Seu velho sabia. Eu sabia. Ah, pode ser que você tenha tido um apagão ou uma amnésia, sei lá. Foda-se. Mas a promotoria estava com você na mão. Aí seu pai, o policial condecorado que usou provas falsas para prender o *meu* filho, armou para você se safar. Você já viu a estátua da Deusa da Justiça? Seu velho colocou o dedo na balança, então o que eu fiz foi botar o dedo no outro prato para equilibrar. Entendeu agora?

Nem sei o que dizer.

– A justiça foi feita. Você estava cumprindo pena como devia. Tinha, sei lá, um equilíbrio cósmico ou alguma merda do tipo. Mas o problema é o seguinte: meu filho, meu Mikey, continua morto. E você está aqui, David, vivo, respirando, saboreando a porra de uma pizza.

Silêncio. Sepulcral. Parece que o calçadão todo está tentando ficar quieto.

A voz dele agora está baixa, mas corta a umidade como a foice de um ceifador.

– Então agora eu tenho que tomar uma decisão. Eu mando você de volta para a cadeia… acho que prisão perpétua e morte são a mesma coisa… ou te mato e mando meus rapazes aqui darem seu corpo para os jacarés?

Ele começa a limpar as mãos no guardanapo de papel, como se o assunto estivesse encerrado.

– Você está errado – digo.

– Sobre o quê?

– O que você fez. Não foi a mesma coisa que o meu pai.

– O que não foi?

E aí eu me arrisco a dizer o nome de novo.

– Mikey cometeu o crime. Você mesmo disse.

Nicky Fisher bufa.

– Ah, e você vai me dizer que é inocente?

Ele gesticula com a mão direita para os capangas. Eles começam a vir na nossa direção. Penso se devo sair correndo. Talvez eu tenha a chance de escapar aqui na comunidade. Eles não vão atirar em mim, né? Mas acho que fugir não vai funcionar, então tento outro caminho.

– Sou mais do que inocente – digo para ele. E encaro bem aqueles olhos azuis gelados e desalmados. – Meu filho está vivo.

E aí eu conto.

Conto tudo. Argumento e falo com uma energia e uma urgência que me surpreendem. Ele manda os dois capangas voltarem. Continuo falando. Nicky Fisher não demonstra nada. Ele é bom nisso.

Quando termino, Nicky Fisher pega um guardanapo de novo. Ele o examina por um instante. Ele se demora, dobra-o ao meio, dobra de novo, e por fim o coloca cuidadosamente na mesa.

– Essa história é bem maluca – conclui ele.

– É a verdade.

– Meu filho continua morto, sabe?

– Não posso fazer nada quanto a isso.

– Não, não pode. – Ele balança a cabeça. – Você acredita mesmo nisso.

Não sei se é uma pergunta ou se ele está atestando um fato. Seja como for, faço que sim com a cabeça e digo:

– Acredito.

– Eu não – diz ele. A boca começa a tremer um pouco.

Meu coração se aperta. Ele se recosta na cadeira, esfrega o rosto, pisca. Vira o olhar para longe, para a via aquática estreita que imita pateticamente um mar. Por fim, ele fala:

– Mas tem algumas coisas que não batem.

– Tipo o quê?

– Tipo Philip Mackenzie – diz ele.

– O que tem ele?

– Ele te ajudou a fugir da cadeia. Eu sei que essa parte é verdade. Então eu me pergunto: por quê? Ele não faria isso só para ajudar seu velho. E por que agora? E aí isso me faz questionar outras coisas. – Os dedos dele começam a tamborilar na mesa. – Tipo, quando você fugiu, podia ter desaparecido, tentado começar uma vida nova, sei lá. Mas você não fez isso. Como um doido varrido, você foi correndo direto até nossa testemunha falsa. Por quê? E aí, depois de falar com ela, você é idiota o suficiente... ou melhor, você é *suicida* o suficiente para ir atrás do meu pessoal em Revere. Gambá, ainda por cima.

Não interrompo. Deixo-o continuar.

– Então meu problema é o seguinte, David: se você estiver falando a verdade, eu ajudei a te botar na cadeia por um crime que você não cometeu. Não que eu tenha alguma coisa contra. Quer dizer, já incriminamos outras pessoas. Mas não... quer dizer, não por algo assim. Já é ruim perder um filho. Ser preso por ter matado esse filho? Não sei. Neste momento, não acho isso certo. Ora, eu achava que estava equilibrando a balança. Eu queria justiça para mim mesmo, para meu Mikey... e, sei lá, para o mundo. Você está me entendendo?

Ele hesita, esperando resposta. Faço um gesto lento com a cabeça.

– Eu tinha certeza de que você tinha matado. Mas, se você não matou, e se de alguma forma tem chance de seu filho ainda estar vivo...

Nicky Fisher balança a cabeça. Em seguida, se levanta. Ele olha para aquele mar-barra-lagoa de novo. Seus olhos ainda brilham, e sei que ele está pensando em Mikey.

– Pode ir embora – diz ele. – Meu pessoal vai te levar de avião para onde você quiser.

Ele não olha para mim ao falar isso. Não me arrisco a responder.

– Sou um velho. Cometi muitos erros. Provavelmente vou cometer mais alguns antes do fim. Não estou tentando acertar as contas com o cara lá de cima. É tarde demais para isso. Acho que... este lugar. Não é só nostalgia para mim. Às vezes acho que é mais uma segunda chance. Você está me entendendo?

Não. Não muito.

– Se seu velho melhorar, eu gostaria de trazê-lo para cá. Como meu convidado. Quero me sentar bem aqui e comer uma pizza com ele. Acho que nós dois gostaríamos disso, né?

Não acho, não, mas guardo isso para mim.

E aí Nicky Fisher vai embora.

capítulo vinte e nove

— TOMEI A LIBERDADE DE DEIXAR o dono pedir para a gente – disse Hayden.
– Este lugar faz as melhores tapas.

Rachel assentiu, tentando não parecer distraída demais. Ela deixou o celular no silencioso e torceu para ele tocar. Fazia tempo demais que David tinha saído. O medo de que ele tivesse sido capturado (ou coisa pior) pesava no peito de Rachel. Ela afastou o sentimento e fitou os olhos verdes de Hayden. Ele usava o uniforme da riqueza de berço: calça cáqui e blazer azul com um brasão qualquer no peito. O cabelo tinha rareado e agora estava lambido na raiz. Ainda era bonito, ainda tinha cara de garoto, mas agora havia indícios da passagem do tempo. A papada aparecia um pouco. A pele tinha ficado mais avermelhada. Ela achava que Hayden estava se transformando em um daqueles retratos de família antigos que eles tinham no Payne Museum.

Eles trocaram gentilezas. Hayden comentou sobre o novo corte de cabelo dela. Disse que gostou, mas não pareceu sincero. Ela havia falado do divórcio por e-mail, então eles não precisaram tratar disso. Hayden tinha descoberto, alguns anos antes, que tinha um filho com uma atriz italiana de filmes B que ele havia namorado anos antes (um menino chamado Theo) e agora estava ajudando a criá-lo e sustentá-lo. Hayden passara a maior parte da última década no exterior, supostamente cuidando dos interesses da família na Europa, mas Rachel imaginava que tinha sido sobretudo para esquiar em St. Moritz e curtir baladas na Riviera Francesa.

Talvez não fosse justo pensar assim.

Quando eles entraram no assunto da matéria que destruiu a carreira jornalística dela, Hayden disse:

– Você foi atrás do seu velho inimigo.

– Insisti demais.

– É compreensível.

– Eu sei que devia ter te contado...

Ele fez um gesto de indiferença com a mão. Hayden tinha estado lá, tantos anos antes, na noite da festa de Halloween da Lemhall University, no primeiro ano deles. Na verdade, eles tinham se conhecido naquela noite, perto do barril de chope. Flertaram um pouco. Ela sabia quem era Hayden

Payne – todo mundo no campus conhecia os filhos de famílias ricas –, então tinha sido divertido. Hayden fora encantador e simpático, mas Rachel não sentiu nenhuma faísca.

Ela estava fantasiada de Mortícia Addams e provavelmente bebera demais. Mas não foi esse o problema. Mais tarde, ela descobriu que tinha sido drogada, e, em algum lugar, umas duas horas depois de conhecer Hayden, a noite dela descarrilou feito um trem desgovernado. Ela se sentia uma imbecil, mesmo naquele momento, por não ter prestado mais atenção no próprio copo depois de todas as advertências.

Havia um jovem professor de ciências humanas chamado Evan Tyler, cuja mãe fazia parte do conselho administrativo. Foi ele que drogou a bebida dela. O resto da noite foi um borrão. Rachel tinha vagas lembranças, imagens que via através de um véu interno – suas roupas sendo rasgadas, o cabelo cacheado dele, a boca dele na dela. Ela sentiu o peso de Evan Tyler em cima de si, esmagando-a, sufocando-a. Tentou falar que não, gritar por socorro, afastá-lo.

Foi essa a imagem que acabou gravada no cérebro de Rachel. Evan Tyler. Em cima dela. Sorrindo com uma alegria alucinada. A imagem ainda a visitava durante o sono, claro, mas também pipocava quando ela estava acordada, um boneco-surpresa horroroso, assustando-a sempre que se sentia relaxada e tranquila. Agora mesmo. Depois de tantos anos, aquela imagem – aquele sorriso alucinado – sempre a acompanhava, andando alguns passos atrás, provocando-a, às vezes dando um toque em seu ombro quando ela se sentia um pouco confiante. Tinha seguido Rachel dia e noite durante semanas, meses, anos, alimentando a raiva, instigando-a a trabalhar mais e mais, a fazer a reportagem, a procurar justiça, a sufocar aquele sorriso alucinado horrível, a pressionar qualquer um, incluindo Catherine Tullo...

Mas naquele momento, naquela noite de Halloween terrível, quando ela não conseguia respirar, quando talvez a noite tivesse terminado pior ainda para ela – ou talvez, quem sabe, ela tivesse desmaiado e esquecido tudo –, de repente, Evan Tyler sumiu de cima dela.

O peso no peito desapareceu. Do nada. Puf, sumiu.

Alguém o havia derrubado.

Rachel tentou se sentar, mas os impulsos do cérebro ainda não estavam conseguindo alcançar os músculos. Então ficou deitada lá, com a cabeça pendendo para o lado, quando ouviu Hayden soltar um grito animalesco.

E aí Hayden deu um soco em Tyler, e mais um, e mais um. Os punhos não paravam, espalhando sangue pelo quarto todo. Ele não se cansava, não diminuía, e Rachel tinha certeza de que Evan Tyler teria morrido se outros dois caras não tivessem ouvido a confusão, entrado no quarto e arrancado Hayden, todo ensanguentado, de cima dele.

Evan Tyler passou duas semanas em coma.

Rachel quis dar queixa na polícia, ainda mais depois de saber que não tinha sido a primeira vítima de Tyler, mas a faculdade queria varrer tudo para debaixo do tapete. Afinal, Tyler estava em coma, com fraturas no rosto que levariam meses para curar. Ele já não havia sofrido o suficiente? A mãe dele era uma mulher importante. Rachel queria mesmo sujar a imagem da escola também? De que ia adiantar?

Rachel não dava a mínima para nada disso.

Não podia dizer que sentia o mesmo a respeito de Hayden.

O problema foi esse. A surra tinha ido muito além do ato de impedir um crime, e, embora a fortuna dos Paynes certamente fosse garantir tranquilidade, a família de Hayden queria discrição, por motivos óbvios. Então acabou ficando assim. Acordos foram feitos. Talvez algum dinheiro tenha trocado de mão.

Abafado em nome do bem maior. Encerrado. Bola para a frente.

Exceto por aquelas imagens de Evan Tyler, que mais tarde viraria o reitor da faculdade, gravadas no cérebro dela.

Quanto a Rachel e Hayden, eles ficaram muito amigos. Ela percebeu que isso era comum em relações que se formavam em torno de uma tragédia ou um segredo – ou, no caso deles, as duas coisas.

Quando David e Cheryl conheceram Hayden, em uma visita à Lemhall University, David comentou discretamente com Rachel:

– Aquele cara está apaixonado por você.

– Que nada.

– Pode ser que ele se dê por satisfeito com a amizade – ponderou David. – Mas você sabe que não é só isso.

Ela sabia, mas parecia que essa era a origem de noventa por cento das amizades entre garotos e garotas no campus naquela época. O cara gosta da garota, quer ir para a cama com ela, não consegue, aceita ser amigo, a tensão acaba. Seja como for, ela e Hayden se tornaram confidentes bem próximos – o tipo de confidente que seria impossível de namorar depois de se conhecer tanto, mesmo que os dois quisessem.

O garçom chegou com um prato. Ele o colocou entre os dois.

– Paella de lagosta – disse ele.

Hayden sorriu para ele.

– Obrigado, Ken.

O cheiro era uma delícia.

Ele pegou o garfo.

– Espera só você experimentar.

– Não liguei para você para falar da Lemhall nem daquela reportagem – disse ela.

– Ah, é?

– Você sabe se teve um evento da Payne Industries no dia 27 de maio no parque de diversões Six Flags?

Ele franziu a testa. Hayden ainda usava o anel da Lemhall University, uma breguice de gema roxa com o brasão da escola, e ela nunca entendeu o motivo. Ele estava mexendo com o negócio agora, girando-o no dedo como se fosse para aliviar o estresse. Talvez fosse isso mesmo. Ainda assim, o anel parecia excessivo para ela. Rachel queria esquecer aquele lugar. Ela imaginou que, por algum motivo, ele precisava lembrar.

– Dia 27 de maio? – repetiu ele. – Não sei. Por quê?

Ela pegou o celular, deslizou o dedo e mostrou a foto de uma família na frente do painel de logos. Hayden pegou o celular da mão dela e examinou.

– Deve ter tido – disse Hayden. Ele devolveu o celular. – Mas por que a pergunta?

– Seria o quê, um evento corporativo?

– Provavelmente. A gente compra um monte de ingressos de teatro, estádio ou parque de diversões. Um benefício para funcionários e clientes. É para uma reportagem que você está preparando?

Ela insistiu.

– Vocês deviam ter fotógrafos à disposição, né?

– Imagino que sim.

– Tipo, como essa foto na frente desse painel. Um fotógrafo contratado por vocês deve ter tirado fotos assim, né?

– Repito: imagino que sim. Que história é essa, Rachel?

– Você consegue me mandar todas as fotos?

Os olhos de Hayden se dilataram por um milissegundo.

– Como é que é?

– Preciso analisá-las.

– Em eventos corporativos como esse – começou ele –, às vezes a gente reserva metade do parque. Devia ter, sei lá, cinco, dez mil pessoas lá. O que você está procurando?

– Você não vai acreditar se eu disser.

– Fala mesmo assim. – Em seguida, Hayden acrescentou: – Imagino que tenha alguma relação com a fuga do seu cunhado da cadeia.

– Tem.

– Não é possível que você ainda tenha uma queda por ele, Rachel.

– Ei, eu nunca tive uma queda pelo David.

– Você falava dele sem parar.

– Isso quase parece ciúme, Hayden.

Ele sorriu.

– Talvez seja mesmo.

Esse era um campo minado em que ela não queria entrar.

– Você confia em mim? – perguntou ela.

– Você sabe que confio.

– Pode me arranjar as fotos?

Ele pegou o copo d'água e tomou um gole.

– Posso.

– Obrigada.

– E o que mais? – perguntou ele.

Ela o conhecia bem.

– Este favor é mais complicado.

O garçom chegou com outro prato.

– *Jamón* ibérico com caviar.

Hayden sorriu para ele.

– Obrigado, Ken.

– Bom apetite.

– Você vai adorar isso – disse Hayden. Ele pôs um pouco da paella no prato dela. O cheiro era incrível, mas Rachel ignorou a comida por um tempo. Hayden comeu uma garfada e fechou os olhos como se estivesse saboreando. Quando voltou a abri-los, disse: – Então, qual é o favor?

– Uma das logos naquele painel – disse Rachel – é do Berg Reproductive Institute.

– Faz sentido – diz Hayden. – É uma das nossas holdings. Você sabe disso.

– Sei.

– E daí?

– E daí que dez anos atrás eu marquei uma consulta em uma das filiais. Hayden parou no meio da garfada.

– Como é que é?

– Liguei para Barb. – Barb Matteson era a gerente do instituto na época. – Você apresentou a gente.

– Eu lembro. Na festa de fim de ano da família.

– Isso.

– Não estou entendendo. – Hayden baixou o garfo. – Por que você marcou uma consulta?

– Falei para ela que estava considerando engravidar com um doador de esperma.

– É sério?

– Quanto à consulta? É. Quanto a engravidar? Não.

– Não estou entendendo, Rachel.

– Marquei a consulta para Cheryl.

– Tudo bem – disse ele, devagar. E: – Ainda não estou entendendo.

– Ela não queria que David soubesse.

– Ah.

– Pois é.

– Então Cheryl marcou a consulta no seu nome para o marido dela não descobrir?

– Exato.

Hayden inclinou a cabeça.

– Você sabe que isso provavelmente é ilegal.

– Não é, mas eu sei que é uma infração ética. Enfim, Cheryl se apresentou no meu nome. Ela usou meu documento de identidade. A gente é bem parecida. As faturas foram enviadas para a minha casa.

– Certo – disse ele, devagar.

– Até marquei a consulta para Cheryl na sua filial em Lowell… caso Barb estivesse na de Boston.

– Tudo isso para evitar que sua irmã tivesse que contar para o marido?

– É.

– Interessante – disse ele.

– Ela estava passando por umas coisas. Achei que seria inofensivo.

– Não parece inofensivo – retrucou Hayden. – David chegou a descobrir?

– Aham.

– Ele deve ter ficado furioso com você.

– Ele não sabe da minha participação.

– Mas sabe que Cheryl foi se consultar sobre doação de esperma.

– Exato.

– E você nunca falou da sua parte nessa... Posso usar a palavra "farsa"?

– Nunca falei para ele – admitiu Rachel, em voz baixa.

O garçom se aproximou e serviu um pouco de vinho. Quando ele foi embora, Hayden perguntou:

– E o que você quer agora?

– David acha que não é uma coincidência.

– Não acha que o que é uma coincidência?

– Você vai achar que é maluquice.

– Já passamos desse ponto, Rachel.

– Ele acha... quer dizer, *a gente* acha... – Por um instante, parecia tão ridículo que Rachel não conseguiu concluir o raciocínio. E depois: – A gente acha que Matthew estava no parque de diversões com o seu grupo.

Hayden piscou rápido, como se tivesse levado um tapa na cara. Em seguida, pigarreou e perguntou:

– Quem é Matthew?

– Meu sobrinho – disse ela. – O filho de David.

Mais piscadas.

– Aquele que ele matou?

– Aí é que está. A gente acha que ele não está morto.

Rachel deu o celular para Hayden de novo, agora com a foto do Talvez--Matthew.

– O menino ao fundo. O que está segurando a mão do homem.

Hayden pegou o celular e o segurou na frente do rosto. Usou os dedos para tentar ampliar a imagem. Ela esperou. Ele comprimiu as pálpebras.

– Está muito borrado.

– Eu sei.

– Não é possível que você ache...

– Não sei.

Ele franziu o cenho.

– Rachel...

– Eu sei. É loucura. É tudo loucura.

Hayden balançou a cabeça. Ele devolveu o celular para ela como se o aparelho estivesse pegando fogo.

– Não sei o que você quer que eu faça.

– Pode me mandar todas as fotos do Six Flags?

– Por quê?

– Para a gente olhar uma por uma.

– E o que vocês vão procurar?

– Qualquer outra foto desse menino.

Ele balança a cabeça.

– Esse menino borrado que parece um milhão de outros meninos?

– Não espero que você compreenda.

– Não mesmo.

– Por mim, Hayden. Por favor. Você me ajuda?

Hayden deu um suspiro.

– Ajudo, claro.

capítulo trinta

COMO A MAIORIA DOS INTERROGADORES decentes, Max usava táticas diversas em seus suspeitos. No momento, o método mais eficaz tinha a ver com perturbação. Ele e Sarah trabalhavam juntos para manter os suspeitos desorientados com um ciclo constante de acusações, piadas, revolta, esperança, amizade, ameaças, alianças, ceticismo. Ele e Sarah bancavam o policial bonzinho e a policial malvada, trocavam de papel no meio do processo, e às vezes os dois se faziam de bonzinhos, e às vezes os dois se faziam de malvados.

Caos, camarada. O negócio é criar o caos.

Eles salpicavam uma saraivada de perguntas nos suspeitos – e depois os deixavam de molho em silêncios prolongados. Assim como os melhores arremessadores da liga americana de beisebol – e beisebol era o único esporte que Max entendia minimamente –, eles variavam o tempo todo: bolas rápidas, bolas curvas, bolas com efeito, o que fosse.

Mas, naquele momento, sentado diante do diretor Philip Mackenzie na mesa do canto do pub McDermott's, Max abriu mão de tudo isso. Sarah não estava com ele. Ela nem sabia que ele estava ali. Ela não aprovaria – Sarah era muito certinha –, e, ainda por cima, ele estava (para preservar aquela metáfora sem-vergonha) arremessando uma bola emporcalhada e cuspida, claramente contra as regras e, se fosse para alguém ser expulso do jogo, melhor que fosse só ele.

Mackenzie tinha pedido um uísque irlandês chamado Writers' Tears. Max ia beber um club soda. Ele não se dava bem com destilados.

– Em que posso ajudá-lo, agente especial Bernstein? – perguntou Mackenzie.

Max tinha decidido se encontrar com Mackenzie no bar preferido do diretor porque a ideia não era intimidar nem tirar proveito de uma vantagem. Muito pelo contrário, na verdade.

– Preciso da sua ajuda para achar David.

– Claro – disse Mackenzie, se endireitando um pouco no banco. – Eu também quero encontrá-lo. É meu prisioneiro.

– E seu afilhado.

– Bom, sim. Mais motivo ainda para eu querer que ele volte são e salvo.

– Não acredito que ninguém tinha percebido isso até agora.

– Percebido o quê?

– Sua relação com ele. Mas não me importa. Olha, nós dois sabemos que você ajudou o cara a escapar.

Mackenzie sorriu e tomou um gole demorado da bebida.

– Você ouviu meu advogado. O circuito fechado de TV confirma meu relato. Burroughs foi visto com uma arma na mão...

– Olha, a gente só está conversando aqui. Não estou gravando. Não é uma armadilha.

Max colocou o celular na mesa pegajosa e nojenta diante deles.

– Ai, nossa – disse Mackenzie, com a voz cheia de sarcasmo. – Seu celular está na mesa. Agora você não tem como gravar a conversa.

– Não vou gravar. Você sabe que não. Mas, para o caso de ter alguém ouvindo, quem sabe, estamos conversando em termos hipotéticos. Só isso.

Mackenzie franziu o cenho.

– Sério?

– Olha, Phil, eu quero ter uma conversa na boa. Não quero fazer ameaças. Está bem? Você sabe que eu vou te enquadrar por cumplicidade. Você vai rodar. Seu filho vai rodar. Vocês dois vão para a cadeia ou, se eu fizer muita besteira, vão só perder o emprego e a pensão. Vai ser ruim e, se eu me irritar... esquece de mim, se a *Sarah* se irritar, vocês já eram. Ela vai se enterrar no seu esfíncter e estabelecer residência.

– Muito criativo.

– Mas hoje eu não ligo para nada disso. Hoje eu quero saber por que você fez isso. Por que agora. Hipoteticamente.

Mackenzie tomou um gole.

– Parece que você tem uma teoria, agente especial Bernstein.

– Tenho. Quer ouvir?

– Claro.

– David Burroughs passa anos sem receber visita. De repente, a cunhada dele aparece. Eu conferi. Não teve nenhuma troca de cartas antes da visita, nenhum telefonema, nada. Também vi o vídeo da primeira visita dela. Ele não sabia que ela ia lá. Está me acompanhando?

– Claro.

– Ela mostrou uma foto para ele. Não dá para ver o que é. O problema é esse. Mas quando Burroughs vê, tudo muda. Dá para sentir até pela câmera do circuito fechado de TV. Quando a visita acaba, ele entra em contato com você... e, pelo que eu vi, também foi a primeira vez. Quer me ajudar aqui e me contar o que ele queria?

– Já falei…

– Certo, você não vai me ajudar, beleza. Então me deixa continuar. Sua reação a essa visita é ir ver seu ex-parceiro na polícia, que por acaso é pai de Burroughs. Assim que volta, você ajuda Burroughs a fugir. Não sei bem o que a briga com Ross Sumner tem a ver com isso. Também não sei em relação ao agente penitenciário Ted Weston. Ele é um dos seus homens. Você o conhece melhor do que eu. Enfim, Weston pediu um advogado quando descobrimos que alguém o estava subornando. Você sabia disso?

– Não.

– Ficou surpreso?

– Por ele ter aceitado suborno?

– É.

Mackenzie tomou outro gole e deu de ombros.

– Tudo bem, não responde. Mas olha só por que isso é importante. Acho que Burroughs não atacou Weston. Acho que foi o contrário. Weston partiu para cima dele. E eu acho isso estranho. Só mais uma coisa: quando Burroughs fugiu, a primeira pessoa que ele procurou foi uma testemunha- -chave do julgamento dele. Uma senhora de idade que trocou de nome e se mudou assim que o julgamento acabou. E essa senhora? Eu falei com ela. Ela mentiu em relação ao que Burroughs disse durante a visita. Acho que, por algum motivo, ela quer protegê-lo.

Max abriu as mãos.

– Então, Phil, quando eu junto isso tudo, sabe qual é minha conclusão?

– Qual?

– A cunhada de Burroughs, que era uma jornalista investigativa muito boa, descobriu alguma prova que podia libertá-lo. Ela levou essa prova até ele. Mostrou para ele através da barreira de acrílico. Burroughs foi até você. Ele te contou o que Rachel Anderson tinha. Você aceitou ajudar. A questão é que você é bom demais para fazer uma fuga tão às pressas daquele jeito, deixando tanta coisa na mão do acaso. Então, meu palpite é que o ataque de Sumner ou o de Weston, ou os dois, te obrigaram a agir.

– É uma baita história, agente especial Bernstein.

– Pode me chamar de Max. Não acertei tudo. Tem coisa faltando. Mas nós dois sabemos que estou perto. A questão é a seguinte: a gente precisa pegar David. Você sabe disso. E não sei por que essa prova não pôde ser entregue ao advogado dele ou a outra pessoa. Imagino que haja um bom motivo para isso.

Mackenzie continuou sem oferecer nada.

– E Sarah? Ela segue o protocolo com rigor. Se Burroughs tiver sido incriminado, se ele não for culpado, eu não sou que nem aquele cara do filme *O fugitivo*… lembra?

Mackenzie fez que sim.

– Eu me lembro até do seriado.

– Não é do meu tempo. Mas tem uma cena ótima em que o Harrison Ford fala para o Tommy Lee Jones, que faz o papel do agente federal que está tentando capturá-lo: "Eu sou inocente." E lembra o que Tommy Lee Jones fala?

Mackenzie fez que sim.

– Ele diz: "Não me importa."

– Isso. Sarah é assim. Ela não se importa. Nós temos um trabalho a fazer. Apreender Burroughs. Ponto final. É por isso que você e eu estamos conversando a sós aqui. Estou vulnerável, agora. Você pode falar para eles o que eu disse. Mas, ao contrário de Tommy Lee Jones, eu me importo, sim. Se Burroughs não for culpado, quero ajudá-lo.

O diretor pegou o copo e o segurou contra a luz.

– Vamos supor – disse ele – que eu falasse que você acertou quase tudo.

Max sentiu o coração acelerar.

– Mas vamos supor – continuou Mackenzie – que eu também falasse que a verdade é mais estranha do que a história que você formulou.

– Mais estranha como?

– Vamos supor que eu falasse que o motivo *de verdade* para David fugir foi porque talvez uma criança esteja correndo sério perigo.

Max parecia confuso.

– Você está falando de outra criança?

– Não exatamente.

– Você poderia explicar?

Philip Mackenzie sorriu, mas não tinha alegria nenhuma ali.

– Vamos fazer o seguinte – disse ele, terminando o uísque e saindo da mesa. – Prepare os documentos para dar imunidade total ao meu filho, e depois a gente termina a conversa.

– E para você?

– Eu não mereço imunidade – disse Mackenzie. – Pelo menos por enquanto.

Os mesmos dois capangas me acompanham de volta ao avião. Sem algemas, sem vendas, sem grosseria. Quando chegamos à pista, eu falo pela primeira vez.

– Preciso do meu celular de volta.

O cara do "Cala a Porra da Boca" põe a mão no bolso e o joga para mim.

– Recarreguei para você.

– Obrigado.

– Fiquei sabendo que você espancou um policial.

– Não.

– Em Nova York. Saiu no jornal. Ele está no hospital.

– Eu só estava tentando fugir.

– Ainda assim, meu irmão. Mandou bem.

– É – diz o outro capanga, falando pela primeira vez. – Mandou bem.

"Obrigado" não me parece uma resposta adequada, então não falo nada. Entramos no mesmo avião e nos sentamos nos mesmos lugares. Confiro as mensagens recebidas, todas de Rachel, claro, cada vez mais apavoradas.

Envio uma resposta: Estou bem. Desculpa. Emboscada.

Os pontos começam a dançar. Descobriu alguma coisa importante?

Há de se reconhecer que Rachel não perdeu tempo pedindo para eu contar tudo ou sequer dizer onde eu estava. Continua concentrada.

Escrevo: Hilde Winslow não vai levar a gente até Matthew.

Beco sem saída?

Mais ou menos, é.

Espero o avião decolar e ganhar altitude suficiente para o wi-fi funcionar. Olho para trás. Meus acompanhantes estão usando fones de ouvido, olhando para o celular. Ligo para Rachel.

– Que barulho todo é esse? – pergunta Rachel. – Mal consigo te escutar.

– Estou em um avião.

– Espera aí, o quê?

Não tem como continuar sem dar alguns detalhes, então faço uma versão resumida e inofensiva do que aconteceu desde que a deixei em Revere.

– E você? – pergunto, depois de terminar. – Alguma novidade no seu lado?

Silêncio – e, por um instante, acho que a ligação caiu.

– Talvez eu tenha uma pista – diz ela. – Você se lembra de Hayden Payne, um velho amigo meu?

Demoro um pouco para situar o nome.

– O cara rico que era super a fim de você? – E aí eu me dou conta: – Ah, espera. A família dele tem relação com aquelas empresas, né?

– É a dona. Tudo faz parte do grupo Payne.

Fico pensando nisso.

– Outra "não pode ser uma coincidência".

– Como assim?

Mas não quero distraí-la.

– O que tem Hayden?

– Eles fizeram um evento corporativo no Six Flags. Foi lá que tiraram a foto. Pedi para ele me mandar todas as fotos que foram tiradas naquele dia.

– Será que a gente também consegue uma lista de participantes?

– Acho que posso pedir, mas ele disse que seriam milhares de pessoas.

– É um ponto de partida.

– Pode ser, é. Além disso, a empresa não reservou o parque inteiro. Matthew pode ter ido com outra pessoa.

– Ainda assim, vale a pena tentar.

– Eu sei.

– O que mais? – pergunto.

– Você está voltando para Boston?

Respondendo uma pergunta com outra.

– Não.

– Vai para onde, então?

– Estou indo para Nova Jersey.

– O que tem lá?

– Cheryl – digo. – Preciso conversar pessoalmente com ela.

capítulo trinta e um

— POR FAVOR, DIGA QUE É BRINCADEIRA – disse ela.

Max tentou sustentar o olhar dela. Ele não era bom de contato visual. Nunca fora. Como tinha dito, achava que era algo supervalorizado. Mesmo assim, persistiu. Ela se chamava Lauren Ford e chefiava a Unidade de Investigação Criminal na região de Boston. No momento, era o olhar de Lauren que estava muito mais abrasador.

– Não sou muito de brincadeiras – respondeu Max.

– Então deixa eu ver se entendi direito. – Lauren se levantou e começou a andar de um lado para o outro. – Você quer que eu autorize meu laboratório a fazer outro teste de DNA para confirmar se a vítima de assassinato era mesmo Matthew Burroughs?

– Exatamente.

– Um caso de, sei lá, cinco anos atrás?

– Mais para seis.

– E que já teve o responsável preso e condenado?

– Correto.

– Responsável esse que fugiu recentemente de uma penitenciária federal?

– Também correto.

– Sendo que o seu trabalho, pelo que sei, é capturá-lo e botá-lo no lugar dele, não começar um novo julgamento.

Max não disse nada.

– Então por que você precisa de um teste de DNA de uma vítima falecida há anos para encontrar um presidiário fugitivo?

– Vocês fizeram um teste naquela época?

Lauren suspirou.

– Você ouviu quando eu disse "outro" teste de DNA?

– Ouvi.

– Isso dá a entender que já fizemos um?

– Sim – concordou Max.

– Deixa eu te explicar que isso não faz parte dos protocolos. O corpo já tinha sido identificado, apesar das condições em que estava. As pessoas veem *CSI* demais. Na verdade, é raro a gente fazer teste de DNA em vítimas de assassinato. Nenhuma agência policial do país faz. Também não fazemos testes de impressões digitais. Isso só é feito quando há alguma dúvida sobre a identidade da vítima. Não tinha nenhuma dúvida, nesse caso. A gente sabia quem era a vítima.

– Mas mesmo assim vocês fizeram um teste?

– Fizemos. Porque, como eu disse, todo jurado vê TV demais. Se a gente não apresentar todas as provas periciais e de DNA, vão achar que a gente não sabe o que está fazendo. Então foi feito, mesmo sendo desnecessário.

– Como?

– O que você quer dizer?

– Vocês compararam o DNA da vítima com o DNA da mãe ou do pai ou...?

– Como é que eu vou lembrar? Você deve saber que esse caso foi importante para a gente, não sabe?

– Sei, sim.

– Não houve nenhum erro na investigação – afirmou Lauren.

– Não estou dizendo isso. Olha, vocês ainda têm o sangue da vítima arquivado, não têm?

– Claro. Quer dizer, está no depósito, mas sim, temos.

– E a gente tem o DNA de David Burroughs no sistema – disse Max.

Max sabia que isso agora era rotineiro: o DNA de todo prisioneiro era incluído automaticamente no banco de dados após a condenação.

– Fazer mais um teste, abrir essa porta em qualquer sentido – disse Lauren Ford –, é toda uma questão.

– Então faça discretamente – disse Max. – Só entre nós.

– Eu tenho cara de técnica de laboratório?

– Entre nós e alguém do laboratório. Dá para fazer na encolha.

– Você disse "na encolha"?

Max esperou.

– Eu posso mandar você dar o fora da minha sala – disse ela.

– Pode.

– Foi uma prisão correta. Tudo nos conformes. O suspeito era filho de policial, um policial *querido*, e mesmo assim tomamos o cuidado de não favorecer ninguém.

– Admirável – disse Max.

Ela inclinou o corpo para trás e começou a roer a unha à la Max.

– Vou te confidenciar um negócio – disse ele. – Porque, sob todas as perspectivas, essa condenação foi justa.

– Sou toda ouvidos.

– O laboratório de DNA na época.

– O que é que tem?

– Eles cometeram alguns erros.

– Que tipo de erros? – perguntou Lauren.

– Do tipo que a pessoa pede demissão de repente quando começa uma investigação interna e se muda para o exterior.

Silêncio.

– Merda – disse Lauren. – Você está querendo dizer que não era o garoto?

– Estou querendo que você faça o teste. Aproveita e confere o DNA em todos os bancos de dados de pessoas desaparecidas. Se o menino que foi morto não era Matthew Burroughs, a gente precisa descobrir quem era.

O carro de Rachel é autorizado a entrar na pista, o que acho que é uma das vantagens de voar em aviões particulares. Depois que desembarcamos, os dois capangas apertam minha mão com muito entusiasmo.

– Águas passadas? – pergunta o cara do "Cala a Porra da Boca".

– Águas passadas – respondo.

Entro no carro de Rachel. Ela olha para o avião e fala:

– As vantagens da criminalidade.

– Pois, é.

Começamos a dirigir.

– Isso de você querer falar com Cheryl… – começa Rachel. – Tem a ver com a clínica de fertilidade?

– Não é uma coincidência, Rachel.

– Você insiste nisso. – Ela aperta o volante com mais força. – Preciso esclarecer um negócio.

– O quê?

– É coisa do passado. Não devia mais ter importância.

Mas o tom dela indica que tem muita importância. Eu me viro para ela. Seus olhos estão fixos demais na estrada à frente.

– Fala – digo.

– Eu ajudei Cheryl a agendar a consulta naquela clínica.

Não sei se estou entendendo o que ela quis dizer.

– Quando você diz que "ajudou"…

– Hayden Payne me apresentou à gerente do Berg Reproductive – disse ela. – Aí eu liguei e marquei a consulta.

– Em vez de Cheryl?

– É.

– Não parece nada de mais – respondo. – Tudo bem, você podia ter me contado, mas...

– Eu falei que a consulta era para mim. – Rachel engole em seco, ainda com os olhos na estrada. – Quando Cheryl foi, ela usou a minha identidade, e não a dela.

Olho para o perfil de Rachel. Minha voz sai estranhamente calma:

– Por que você fez isso?

– O que você acha, David?

Mas a resposta é óbvia.

– Para esconder de mim.

– É.

Sinto lágrimas abrirem caminho até os meus olhos, mas não sei por quê.

– Estou cagando para isso agora, Rachel.

– Não é o que você está pensando.

– O que estou pensando é que Cheryl queria explorar a opção de usar esperma doado sem que eu jamais descobrisse. O que estou pensando é que você conspirou para ajudar. Não foi isso?

Rachel continua com as duas mãos no volante.

– A gente aprende na cadeia – digo. – Ninguém está do lado de ninguém.

– Eu estou do seu lado.

Não falo nada.

– Ela é minha irmã. Você entende isso, né?

– Foi por isso que você topou?

– Eu falei que era uma ideia ruim.

– Mas topou mesmo assim.

Rachel arma a seta com cuidado, confere os retrovisores e muda de faixa. Mesmo depois de cinco anos sem vê-la, ainda a conheço muito bem.

– Rachel?

Ela não responde.

– O que é que você está escondendo? – pergunto.

– Eu não concordei com o que ela estava fazendo. Achava que ela devia te contar.

Espero o segundo golpe.

– E, como Cheryl não levou a cabo o negócio, eu achei...

– Que negócio?

Rachel balançou a cabeça e ignorou minha pergunta.

– Como foi que você descobriu que Cheryl foi no Berg?

– Alguém da clínica deixou uma mensagem na secretária eletrônica lá de casa.

– Pensa bem – disse Rachel. – Por que eles fariam isso se o prontuário todo dela estava no meu nome?

Eu paro. Levo mais tempo do que deveria.

– Você?

Ela continua de olho na estrada.

– Foi você que deixou aquela mensagem?

– Tinha acabado. Ela não fez. Eu não tinha gostado de ser arrastada para aquela história e, por mais que eu tentasse justificar, eu tinha te traído. Eu não achava isso certo. Então, certa noite, eu tinha bebido demais e aí pensei, cacete, a Cheryl devia contar. Pelo bem dela. E dele. Pelo meu bem também, poxa. Para que a gente não passasse o resto da vida com essa mentira horrível. Vocês iam começar uma família.

Fico quieto. Bem quando eu acho que nada é capaz de me abalar de novo, lá vem.

– Aprendi do jeito difícil – diz Rachel. – Mentiras assim continuam com a gente. Elas nunca vão embora. Vão apodrecendo a gente por dentro aos poucos. Você e Cheryl não podiam formar uma família em cima de um segredo desses. E, beleza, eu não tinha o direito de contar. Mas Cheryl me obrigou a fazer parte da farsa. Esse segredo também estava envenenando a nossa relação, entre você e eu.

– E aí você decidiu contar – digo.

Rachel faz que sim. Eu viro o rosto.

– David?

– Não tem importância – respondo. – Como você mesma disse, faz muito tempo.

– Desculpa.

Mais alguma coisa dentro de mim se quebra. Preciso mudar de assunto.

– Cheryl sabe que eu estou indo?

– Não. Você me pediu para não falar.

– Então ela acha…

– Que vou só eu, sim. A gente ficou de se encontrar no trabalho dela.

– Falta muito?

– Meia hora – diz Rachel.

Ficamos em silêncio.

capítulo trinta e dois

RACHEL ESTACIONA NA ÁREA para visitantes do St. Barnabas Medical Center em Livingston, Nova Jersey. Nós dois colocamos máscara cirúrgica. Desde a covid, ninguém estranha de ver alguém de máscara, ainda mais perto de um hospital. Mais uma vez, é um disfarce bem eficaz.

Começamos a andar em direção à entrada principal.

– Há quanto tempo Cheryl trabalha aqui? – pergunto.

– Três anos. Eles têm um bom programa de transplante de rim.

– Mas Cheryl adorava trabalhar no Boston General.

– É – concorda Rachel. – Mas a permanência dela ficou insustentável depois da sua condenação. O hospital disse que ela era uma – Rachel faz aspas com os dedos – "distração".

Levanto os olhos para o céu.

– Ah, outra coisa – continua Rachel. – Ela agora atende pelo nome Dra. Cheryl Dreason.

Outro baque.

– Ela adotou o nome de Ronald também?

– Serviu para dar anonimato.

– Muito inteligente da parte dela – digo.

– Sério?

Faço uma careta.

– Ela também perdeu tudo – diz ela.

Marido novo, outra gravidez, ainda trabalhando com a cirurgia de transplantes que ela adora… As palavras de Rachel não parecem muito corretas, mas seria mesquinharia falar isso.

Entramos. Rachel vai até a recepção e pega crachás de visitante para nós dois. Subimos de elevador até o quarto andar e seguimos a sinalização de TRANSPLANTE RENAL E DE PÂNCREAS. Rachel baixa a máscara e acena para a recepcionista.

– Oi, Betsy.

– Oi, Rachel. Ela está te esperando na sala dela.

Rachel sorri mais uma vez e sobe a máscara de novo. Continuo andando ao lado dela, como se fosse rotineiro e eu soubesse o caminho. Meu coração começa a acelerar. Fico ofegante.

Estou a poucos metros de Cheryl, minha ex-esposa, mãe do meu filho, a única mulher que já amei.

Sinto os olhos começarem a lacrimejar. Uma coisa é pensar ou imaginar o momento. Mas agora que chegou…

Rachel para de repente.

– Merda.

Polícia, penso por um milissegundo, até ver que, não, ela não está falando de nenhuma autoridade. Está falando de Ronald Dreason, o novo marido de Cheryl. Eu conheço Ronald, claro. Ele era um administrador no Boston General que sempre "cuidava" de Cheryl. Você me entendeu. Ele só queria ser "amigo" dela e estava óbvio para mim e o mundo, incluindo a esposa de Ronald (de quem, verdade seja dita, ele estava separado na época), que era mentira. É claro que eu não apreciava as mensagens de "trabalho" constantes, porque, repito, era óbvio. Cheryl ria e dizia que não era nada de mais. "Tá, talvez Ronald tenha uma quedinha por mim. Mas ele é inofensivo."

Inofensivo, penso agora, bufando e quase falando em voz alta.

Ronald olha para Rachel primeiro. Começa a sorrir. Cheryl e Rachel são chegadas, então tenho certeza de que Rachel faz visitas frequentes aqui. Este encontro, mesmo que não seja familiar, não deve ser nada muito novo nem surpreendente. Baixo a cabeça e me desvio um pouco para a direita. Estou de máscara. Começo a andar mais devagar e dou meia-volta, como se não estivesse com Rachel. Rachel nem titubeia. Ela continua andando na direção de Ronald, pega no braço dele e fala, com um pouco de alegria demais:

– Oi, Ronald.

Ronald dá um beijo na bochecha dela.

É um beijo duro, mas, por outro lado, tudo em Ronald é duro. Paro na hora, para não levar esse pensamento adiante. Começo a andar de novo na direção deles, me mantendo junto à parede, com o rosto virado para ela. Não altero o passo. Não me arrisco a lançar uma olhada na direção dele.

Fecho os olhos e passo direto.

Pronto.

Rachel está tentando levá-lo para longe, mas ele a segura.

– Não achei que fosse te ver aqui – diz Ronald. – Soube da fuga de David?

Continuo andando apressado. Tem três portas sem marcação na minha frente. Uma é onde a minha esposa (quer dizer, ex) vai estar. O tempo está passando. Pego na maçaneta da primeira porta, giro e entro.

E lá está ela.

Interrompo Cheryl enquanto ela digita em um tablet. Ela levanta o rosto. Ainda estou de máscara e minha cabeça está raspada, mas não faz diferença. Ela me reconhece na hora. Por um instante, nenhum de nós dois se mexe. Ficamos só nos encarando. Não sei exatamente o que estou sentindo, ou melhor, o que não estou sentindo. Eu sinto tudo e mais um pouco. Tudo que é emoção corre pelas minhas veias desgastadas. É uma avalanche.

Para ela também.

Cheryl e eu nos apaixonamos no ensino médio. Namoramos, noivamos, casamos e tivemos um menino lindo juntos.

Uma ideia estranha brota no meu cérebro: pode ser que Ronald volte. Ou pode ser que uma enfermeira ou um colega entre. Eu me viro e tranco a porta. Pronto. Esse é o primeiro movimento que eu faço depois de ver Cheryl. Eu me viro de novo, sem saber o que vai acontecer, qual vai ser a reação dela, mas Cheryl já está de pé e contorna a mesa correndo, e quando ela me alcança não tem nenhuma pausa, não tem a menor hesitação, e, quando ela me abraça e me puxa, eu quase desmorono e ela, juro, me sustenta.

– David – sussurra Cheryl, com uma ternura que arranca meu coração do peito e o picota todinho.

Eu a abraço. Ela chora. Eu choro. Não dá. Não posso. Tenho um milhão de perguntas, mas vim até aqui por um motivo, e não é este. Talvez com um pouco de rispidez demais, pego os braços dela e a afasto de mim.

Não tenho tempo para preâmbulos.

– Talvez nosso filho ainda esteja vivo – digo.

Ela fecha os olhos.

– David…

– Por favor, me escuta.

Ela ainda está de olhos fechados com força.

– Ninguém quer que isso seja verdade mais do que eu.

– Você viu a foto?

– Não é o Matthew, David.

– Como você pode ter tanta certeza?

Começam a cair lágrimas pelo rosto de Cheryl. Ela levanta as mãos e segura meu rosto. Por um instante, fico com medo de desmoronar de novo e não me levantar nunca mais.

– Porque Matthew está morto – diz ela, quase baixo demais. – A gente enterrou nosso menininho. Você e eu. A gente ficou junto e de mãos dadas e viu colocarem aquele caixãozinho branco debaixo da terra.

– Eu não o matei, Cheryl.

– Como eu queria que isso fosse verdade...

As palavras doem mais do que eu teria imaginado. Ela baixa os olhos. O sofrimento se alastra pelo rosto dela. Não quero entrar nisso, nem agora nem nunca, mas não consigo me conter.

– Por que você desistiu de mim, Cheryl?

Escuto o lamento ridículo na minha voz e me odeio por isso.

– Eu não desisti – diz ela. – Nunca.

– Como é que você pôde achar que eu fiz isso?

– Eu nunca achei que foi culpa sua. Não de verdade.

Abro a boca para perguntar de novo por que ela parou de acreditar em mim, mas me contenho. Mais uma vez: agora não é hora de seguir por esse caminho. Concentre-se.

– Ele está vivo – digo com um pouco mais de firmeza e, em seguida: – Não importa se você não acredita. Preciso te fazer uma pergunta. Depois eu te deixo em paz.

O olhar de pena dela é muito cruel.

– O que é, David? O que você quer de mim?

– Sua visita ao Berg Reproductive – digo.

A pena dá lugar à confusão.

– Do que você está falando?

– Aquela clínica, aquela que você visitou.

– O que é que tem?

– Ela tem alguma relação com o que aconteceu com Matthew.

Ela dá um passo para trás.

– Mas... Não, não.

– Sabe aquela foto que Rachel mostrou? Foi tirada em um evento corporativo. Da Berg Reproductive. Tem ligação.

Cheryl balança a cabeça.

– Não.

Não falo nada.

– Como é que você pode pensar isso?

– Me fala, Cheryl.

– Você sabe de tudo.

– Você não me falou que fingiu ser Rachel.

– Ela te contou isso?

Não preciso responder.

– Não estou entendendo. – De novo, Cheryl fecha os olhos com força, como se estivesse tentando fazer tudo aquilo desaparecer. – Qual é a importância disso agora? – A voz dela é mais uma súplica que uma pergunta. O sofrimento está aumentando, consumindo-a. Quero consolá-la, mesmo agora, mesmo depois de tudo, mas não tem a menor chance de eu fazer isso. – Eu nunca devia ter ido àquela clínica.

Não falo nada.

– A culpa é toda minha – diz ela.

Não gosto do timbre da voz dela; a temperatura na sala cai uns cinco graus.

– Como assim? – pergunto.

– Eu fiz tudo escondido de você. Me desculpa.

– Eu sei. Isso não importa mais.

– Eu não devia ter feito isso com você.

Quase faço uma careta.

– Cheryl.

– A gente estava desmoronando. Por quê, David?

Ela inclina a cabeça do jeito que fazia antigamente, e, por um instante, voltamos ao nosso quintal, com nossos cafés e livros, e o sol da manhã faz o quintal brilhar com um amarelo dourado, e ela está com a cabeça inclinada para me fazer uma pergunta.

– Não fomos o primeiro casal a passar pela tensão da infertilidade.

– Não fomos mesmo.

– Então por que a gente desmoronou?

– Não sei – respondo.

– Talvez as rachaduras sempre estivessem lá.

– Talvez. – Não quero escutar mais nada disso. – Isso não importa mais.

– Mas foi uma traição horrível.

Não falo nada porque não sei se consigo falar.

– E, por causa disso – a voz dela agora está com um nó –, por causa do que você fez com o seu, com o nosso filho…

Nesse momento, Cheryl desata a chorar.

É claro que eu conheço minha ex-esposa há muito tempo. Já a vi passar por praticamente todo tipo de emoção. Já a vi chorar. Mas nunca desse jeito. Nem quando Matthew morreu. Cheryl nunca foi de se soltar. Não completamente. Até quando fazia amor ou segurava nosso filho, uma parte dela sempre mantinha o controle. Dava para sentir uma frieza, um desapego, o que parece uma crítica, mas não é. Ela simplesmente nunca perdia o controle total.

Até este segundo.

Quero fazer alguma coisa. Quero abraçá-la ou, pelo menos, oferecer um ombro. Mas também sinto um ar gelado soprar de repente no meu coração.

– O que foi, Cheryl?

Ela continua soluçando.

– Cheryl?

– Eu fiz.

Assim, sem mais. Fico imóvel. Eu sei do que ela está falando, mas pergunto mesmo assim:

– Fez o quê?

Ela não responde.

– Você sabia.

Balanço a cabeça.

– Você sabia – diz ela de novo. – A raiva, o ressentimento, o estresse.

Continuo balançando a cabeça.

– Você começou a ter sonambulismo de novo.

– Não.

– Foi, David. Por causa do que eu fiz. Você ficou bravo. Você começou a perder o controle. Eu devia ter percebido. A culpa foi minha. E aí, um dia, sei lá, talvez você tenha bebido demais. Ou a tensão ficou forte demais.

Continuo balançando a cabeça.

– Não.

– David, me escuta.

– Você acha que eu matei nosso filho?

– Não – diz ela. – Acho que fui eu que matei. Por causa do que eu fiz com você.

Mal consigo respirar.

– Eu tinha certeza que o procedimento não tinha dado certo, que Matthew era seu, mas não fazia diferença. O fato de eu ter feito aquilo. Minha traição. Isso te transformou.

Eu resisto, tento de novo me concentrar na mensagem, atravessar a surra emocional.

– Você tentou engravidar com esperma doado.

– Tentei.

– Você me disse que não tinha tentado.

– Eu sei. Era mentira.

Não sei o que dizer.

– E você achou…?

Agora eu entendo – o que ela acha que aconteceu: eu descobri que ela engravidou com esperma doado e surtei. Achei que Matthew não fosse meu. *"A raiva, o ressentimento, o estresse."*

Mais o sonambulismo. Na cabeça dela, eu não fiz aquilo de propósito, mas, de alguma forma, minha fúria oculta se manifestou e eu tinha bebido demais ou tinha sido uma combinação ruim de antidepressivo e álcool ou algum trauma qualquer do passado emergiu de novo na minha psique transtornada, e, inconscientemente, acordei, peguei um taco de beisebol, entrei no quarto de Matthew e…

Muita coisa do que aconteceu faz sentido agora. Cheryl culpa a si mesma. Esse tempo todo. Ela não só perdeu o filho. Ela acredita que eu o matei – e, pior, ela acredita que foi responsável por isso.

– Cheryl, me escuta.

Ela desata a chorar de novo. Seus joelhos cedem. Não posso permitir que isso aconteça. Que se dane, não posso deixá-la cair assim. Vou até ela às pressas, e ela se segura na minha camisa e soluça.

– Me perdoa, David.

Não preciso escutar isso. Não quero ouvir. *Foco na meta*, digo para mim mesmo.

– Nada disso importa mais.

– David…

– Por favor – digo. – Por favor, olha a foto.

– Não posso – diz ela.

– Cheryl.

– Não posso me dar essa esperança. Se eu fizer isso, vou desabar.

Não sei que resposta dar para isso.

– Eu quero tanto acreditar, David, mas, se eu me permitir isso… – Ela se cala e balança a cabeça. – Estou grávida de novo.

– Eu sei – digo.

E é aí que escuto uma chave tilintar na fechadura da porta. Que, um segundo depois, se abre.

É Ronald.

Ele leva alguns segundos para me reconhecer. Quando isso acontece, seus olhos se arregalam.

– O que está acontecendo aqui?

Não tenho tempo para isso. Olho de novo para Cheryl.

– Vai – me diz Cheryl, enxugando os olhos. – Ele não vai falar nada.

Vou correndo para a porta. Por um instante, acho que Ronald vai me impedir. Mas não. Ele se afasta. Quero dizer algo como "Acho bom você tratá-la bem" ou até "Fico feliz por vocês", mas não sou tão altruísta assim e já tive melodrama demais para uma tarde.

Faço um ligeiríssimo gesto com a cabeça para ele e vou embora.

capítulo trinta e três

MAX VIU QUE A LIGAÇÃO era do escritório de Lauren Ford. Antes de atender, correu os olhos pela sala para conferir se estava sozinho. Sarah não ia gostar. Como Lauren tinha observado, o trabalho deles era capturar David Burroughs, não ajudar a inocentá-lo. Sarah não aprovaria.

– Alô?

– Tive retorno – disse Lauren.

– Burroughs é o pai?

– Isso eu ainda não sei. Acredite se quiser, demorou um tempinho para acessar o banco de dados da população carcerária. Mas passei o DNA da vítima no banco de dados de crianças desaparecidas.

– E?

– E não aparece nada.

– Imaginei que seria um tiro no escuro.

– Não, Max… Posso te chamar de Max?

– Pode.

– Não, Max, não era um tiro no escuro. Os bancos de dados de crianças desaparecidas são bem completos. Quando uma criança some, na grande maioria das vezes o DNA é coletado de algum jeito. Não sempre. Mas quase sempre. E não é só isso.

– O que não é só isso?

– Passei uma descrição em tudo que era banco de dados de crianças desaparecidas. Não só sites de DNA. Todos os sites de crianças desaparecidas. Incluí idade, tamanho, tudo. E, para não deixar passar nada, fiz a busca na esfera federal. No país inteiro. Botei meu melhor pessoal para fazer isso. Porque, bom, se a vítima não era Matthew Burroughs… credo, só de falar parece loucura… mas, se Matthew não era a vítima, outro menininho foi assassinado brutalmente naquela noite.

– Concordo – disse Max. – E?

– E nada. Nenhum resultado. Zero.

Max começou a ter tiques.

– Entendeu o que eu falei, Max?

– Entendi.

– Não tem mais ninguém. Só pode ter sido Matthew naquela cama.

Ele roeu uma unha.

– Você conseguiu mais alguma coisa?

– Como assim, mais alguma coisa? Você ouviu o que eu disse?

– Ouvi.

– Merda – disse Lauren. – Você ainda quer que eu faça o teste de paternidade.

– Quero.

– Não preciso – disse Lauren.

– Eu sei.

– Merda. Tá bom. E aí a gente encerra esse assunto. Combinado?

– Combinado.

– O resultado não deve demorar.

Lauren desligou.

Atrás dele, Sarah perguntou:

– Quem era, Max?

– Outro caso – murmurou ele. – O que foi?

– Que outro caso?

Max sabia que ela não ia desistir.

– Era um cara, tá?

– Um cara?

– Conheci em um aplicativo de namoro. É novo. Não quis falar nada.

– Fico feliz por você – disse Sarah.

– Obrigado.

– E também não me convenceu. Mas podemos cuidar disso depois. Vamos lá.

– Por quê, o que foi?

– Burroughs acabou de sair do hospital St. Barnabas em Nova Jersey. É onde a ex-mulher dele trabalha.

– Eu só queria ter um dia normal – disse Hayden. – É pedir muito? E você devia ter visto, Pixie. Só um menino em um parque de diversões. Acho que nunca vi o Theo tão feliz. Foi tudo tão... – Hayden olhou para o teto como se estivesse procurando a palavra certa, até escolher: – ... normal.

Normal, pensou Gertrude. Nada naquela família nem na vida dela era normal. Ninguém queria o normal. Não de verdade. Ela se lembrava de ter levado o pai de Hayden e os irmãos à Disney séculos antes. Ela pagou uma fortuna para o parque abrir antes do horário para eles. A família Payne passou duas horas sozinha, enquanto o parque estava fechado para os "normais", e aí, quando o parque abriu de verdade, um executivo da diretoria os acompanhou pelas atrações e os colocou na frente de todas as filas.

Ninguém que estava esperando duas horas para entrar na Space Mountain queria ser "normal" naquele dia.

– Eu queria que você tivesse me contado que pretendia levá-lo.

– Você não teria deixado – respondeu Hayden.

– E agora você sabe por quê.

– Tomei tanto cuidado... Usei boné e óculos escuros. Não falei para ninguém que ia. Não o deixei chegar perto de nenhum fotógrafo da empresa. E, pensa bem, Pixie, qual é a probabilidade? Ele era um menininho quando o resgatei. Mesmo olhando bem na cara dele, não tem como saber. E ele nem é dado como desaparecido. O mundo acredita que ele morreu.

A mente de Gertrude voltou para aquela noite, cinco anos antes. Hayden não a havia consultado. Também não a havia alertado, porque ele sabia que ela jamais permitiria. Era quase de manhã quando ele chegara com o menino à residência Payne.

"Pixie, preciso te contar um negócio..."

É espantosa a capacidade do cérebro humano de justificar as coisas. Todo mundo vive graças à autojustificação e à autorracionalização. Pixie não era imune a isso. A moralidade é subjetiva. Ela podia ter feito a coisa "certa" naquela noite, mas só fazemos a coisa certa quando não nos custa nada. Isso a lembrou da antiga questão do frango e da extinção. Há quem diga que, se não comêssemos frango, o animal seria extinto, e portanto seria ruim para os frangos se parássemos de comê-los. Uma amiga vegana de Gertrude dissera que isso era um absurdo, mas a questão não era essa. Realmente, milhões de frangos nascem e vivem, mesmo que sejam vidas curtas e brutais, porque em algum momento vão ser comidos. Viver assim é melhor do que não viver? É melhor o frango viver por, digamos, seis semanas do que jamais existir? Quem é você para decidir isso pelos frangos? É melhor parar de comer frango de vez e deixar os frangos entrarem em extinção? Comer frango seria, na verdade, uma boa ação? E por aí vai.

A questão não é se um lado tem razão ou não. A questão é que, se quiser comer frango, você vai usar esse argumento, mesmo que não dê a mínima para os frangos nem para a sobrevivência da espécie. Porque, bom, você quer comer frango.

Aplique isso à família multiplicado por dez. A família importa. Quer dizer, a sua família. Na riqueza, na pobreza, na antiguidade, nos tempos modernos – é uma constante. Todo mundo sabe disso. Quem nega está delirando ou mentindo. Enchemos a boca para falar de um bem maior indefinido, mas só quando atende aos nossos interesses. Não ligamos muito para os outros a menos que seja conveniente. Não acredita? Pergunte a si mesmo: quantas vidas você daria para impedir que seu filho ou neto fosse assassinado?

Uma pessoa? Cinco? Dez?

Um milhão?

Se responder a essa pergunta com sinceridade, talvez você compreenda o que Gertrude fez naquele dia.

Ela escolheu Hayden. Escolheu a própria família. Todo mundo conhece o ditado de que é preciso quebrar os ovos para fazer uma omelete. É verdade, claro, mas, na maioria das situações, assim como nessa, os ovos já estavam quebrados, então a questão passa a ser: fazer uma omelete ou uma bagunça?

– No entanto – disse Pixie, abrindo os braços –, aqui estamos. Está na hora de ir embora, Hayden. Vocês dois.

Hayden estava com o olhar perdido.

– A mancha vermelha – disse ele, com uma voz suave.

Gertrude fechou os olhos. Ela não queria ouvir aquilo de novo.

– Deus colocou aquilo no rosto dele por um motivo.

– É uma marca de nascença, Hayden.

– Foi assim que o identificaram. Tem um motivo.

Ela sabia que não era isso. Não foi o destino, nem a vontade de Deus, nem nada disso. Por exemplo, tem uma faixa de pedestres na rua. Milhões de pessoas atravessam essa rua todo ano. Não acontece nada. Aí um dia, por uma combinação de fatores – gelo na pista, talvez, alguém olhando o celular enquanto dirige, alguém que bebeu demais ou qualquer outra coisa –, um pedestre é atropelado e morre. É uma chance em dez milhões, mas não é uma coincidência. Acontece. Se não acontecer, não tem história.

Aquela fotografia fora a chance em dez milhões deles.

Ou talvez Hayden tivesse razão. Talvez alguma entidade superior quisesse que isso acontecesse.

– Seja como for – disse Gertrude –, está na hora de vocês dois irem embora.

– Vai parecer suspeito – replicou Hayden. – Rachel me pede as fotos do parque, e de repente eu saio do país?

"Pixie, preciso te contar um negócio..."

Ele tinha parecido um menininho naquela noite, mas era assim que os homens sempre pareciam quando faziam besteira e precisavam ser salvos. E ela o salvara. Salvara a família. Salvara todo mundo. De novo.

Será que ela havia salvado Theo?

Não fazia diferença. Ela guardaria esse segredo. De novo.

Ela também havia criado um segredo novo sobre o menino, um que ninguém sabia, nem Hayden.

Isso não tinha importância agora. Nada disso tinha. Mais uma vez, caberia a Gertrude Payne salvar a família. E era isso que ela faria, não importava o custo para outras pessoas.

Max e Sarah estavam entrando no St. Barnabas para interrogar Cheryl Burroughs quando o celular de Max vibrou. Ele viu que a chamada era de Lauren.

– Só um segundo – disse ele a Sarah.

Ele se afastou para ela não escutar. Sarah continuou olhando. Ele levou o celular ao ouvido e falou:

– E aí?

– Saiu o resultado da paternidade – disse Lauren.

Ela deu o resultado. Em seguida, disse:

– Você quer me contar o que está acontecendo?

– Talvez nada. Me dá uma hora.

Ele desligou o telefone e voltou para Sarah.

– Quem era? – perguntou ela.

– Hã, meu cara novo.

– Outra vez? Meio carente, ele.

– Sarah…

– Vocês se conheceram na colônia de férias? Ele mora no Canadá?

– Hã?

– Quem ligou, Max?

– Daqui a pouco você vai saber.

– O que você quer dizer com isso?

– Cadê a ex-mulher de Burroughs?

– Na sala dela.

– Vamos lá.

– O novo marido dela também está aqui – disse Sarah. – Ronald Dreason.

Max ponderou.

– Será que é melhor a gente se dividir?

– Não, Max. Acho que devíamos ficar juntos nessa. Botei o cara para se acalmar em outra sala.

Ele não protestou. Os dois andaram pelo corredor e entraram na sala de Cheryl Burroughs, que os cumprimentou com profissionalismo, como se eles fossem pacientes. Ela se sentou atrás da mesa. Os dois se sentaram nas cadeiras na frente. A sala tinha uma decoração esparsa. Max procurou os diplomas na parede, mas não viu nenhum.

Sarah deixou Max começar. Max mergulhou de cabeça.

– O que foi que seu ex-marido te falou?

– Nada.

A mesma coisa de Hilde Winslow. Max se mexeu na cadeira.

– Ele veio aqui para te ver, não foi?

– Não sei por que ele veio aqui – disse ela.

– Vocês não conversaram?

– Ele fugiu antes de conseguir falar muita coisa.

Sarah e Max trocaram um olhar. Sarah suspirou e assumiu:

– A gente tem as imagens de segurança, Dra. Burroughs.

– Dreason – corrigiu ela.

Sarah respirou fundo.

– Dra. Dreason. Seu ex-marido, o presidiário fugitivo que assassinou seu filho, ficou oito minutos dentro desta mesmíssima sala antes de seu marido entrar. Você está dizendo que ele passou esse tempo todo sem falar nada?

Cheryl não se apressou. Virou-se para a janela da sala, e agora Max percebeu a vermelhidão nos olhos dela. Não tinha a menor dúvida de que ela havia chorado.

– Não sou obrigada a falar com vocês, certo?

Sarah olhou para Max. Max olhou para Sarah.

– Por que você não ia querer falar com a gente? – perguntou Sarah.

– Tenho pacientes. Eu gostaria que vocês fossem embora.

Max achou que estava na hora de largar a bomba.

– Seu ex-marido – disse. – Ele não é o pai de Matthew, é?

As duas mulheres o encararam, chocadas.

– Do que você está falando? – perguntou Cheryl.

O rosto de Sarah estava com a mesma pergunta.

Cheryl retrucou:

– Claro que David é o pai de Matthew.

– Tem certeza?

– Aonde você quer chegar, agente Bernstein?

Sarah estava olhando para ele como se dissesse "Também quero saber".

– Quando Matthew foi assassinado – continuou Max –, você já conhecia Ronald Dreason, seu marido atual. Não é verdade?

– Éramos colegas.

– Vocês não estavam dormindo juntos?

Cheryl não mordeu a isca. Com um tom equilibrado, respondeu:

– Não.

– Tem certeza?

– Absoluta – disse Cheryl. – Aonde você quer chegar, agente especial? Chega de rodeios, por favor.

– Eu fui ao gabinete da promotoria que tratou do caso de homicídio do seu filho. O DNA de Matthew ainda está arquivado.

Alguma coisa no rosto de Cheryl começou a mudar. Ele percebeu.

– O DNA do seu ex-marido também está arquivado. Todos os presidiários condenados precisam fornecer uma amostra. Então pedi para fazerem um teste de paternidade.

Cheryl Dreason começou a balançar a cabeça.

– Segundo o teste, David Burroughs, o homem condenado pelo homicídio de Matthew Burroughs, não é pai do menino encontrado no berço.

Sarah arregalou os olhos de surpresa.

– Max?

A voz de Cheryl era quase um sussurro.

– Ai, meu Deus…

Max continuou olhando para Cheryl.

– Dra. Dreason?

Ela continuou balançando a cabeça.

– David era pai de Matthew.

– O resultado da promotoria é conclusivo.

– Ai, meu Deus. – Caíram lágrimas dos olhos dela. – Então David tem razão.

– Sobre o quê?

– Matthew ainda está vivo.

capítulo trinta e quatro

FINALMENTE CONSEGUI ACESSAR MINHA antiga conta de e-mail quando Rachel entra no estacionamento de uma loja de artigos de golfe da PGA na Garden State Parkway. Estou procurando um e-mail de oito anos atrás. A ferramenta de busca me ajuda a encontrar. Leio só para ter certeza. E leio de novo.

– David?

O estacionamento da loja da PGA é imenso, grande demais para o estabelecimento em si, e me pergunto o que mais vai ser construído aqui. Tem um carro estacionado num canto isolado perto da mata, um Toyota Highlander. Dá para ver o campo de golfe do outro lado da faixa de árvores. Localização conveniente, eu acho.

– O que aconteceu com Cheryl? – pergunta Rachel.

– Ela usou o esperma doado.

Silêncio.

– Você sabia? – pergunto.

– Não. – A voz dela está fraca. – David, sinto muito.

– Isso não muda nada.

Ela não responde.

– Mesmo se eu não for o pai biológico, ele continua sendo meu filho – digo.

– Eu sei.

– E ele é meu. Não que faça diferença. Mas eu sei.

– Eu também sei – diz Rachel, ao estacionar ao lado do Toyota Highlander.

Um homem com boné do Yankees sai do veículo.

– Vamos – diz Rachel.

Ela deixa a chave, e nós dois vamos até o Highlander. O homem do boné do Yankees fala:

– Saiam pela faixa perto das árvores. As câmeras do circuito fechado de TV não pegam ali.

Trocamos de carro. Simples assim. A advogada de Rachel providenciou. Nós soubemos, assim que saímos do hospital, que não dava para acreditar que Ronald não chamaria ninguém ou que nosso disfarce não tinha sido descoberto.

Rachel volta para a estrada. O homem do boné do Yankees deixou novos celulares descartáveis no banco do carro. Nós os configuramos para que qual-

250

quer contato feito com nossos celulares anteriores fosse encaminhado para os novos. Tem também um martelo dentro de uma daquelas sacolas de mercado reutilizáveis. Em um Burger King da estrada, saio do carro com os celulares antigos e o martelo. Dentro do banheiro, eu me tranco em uma cabine, destruo os celulares com o martelo e jogo os destroços em uma lata de lixo.

Rachel comprou comida no drive-thru. Neste momento, um Whopper com fritas parece uma experiência religiosa. Engulo em três mordidas.

– Qual é o próximo passo? – pergunta ela.

– Só restam duas pistas – digo, entre uma mordida e outra. – O parque de diversões e a clínica de fertilidade.

– Pedi para Hayden mandar todas as fotos dos fotógrafos da empresa. – A gente para em um sinal vermelho. Rachel olha o celular. – Na verdade...

– O quê?

– Hayden conseguiu.

– Ele mandou as fotos?

O sinal fica verde, e Rachel diz:

– Deixa eu parar e dar uma olhada.

Rachel pega o acesso para um Starbucks e estaciona. Ela mexe no celular.

– As fotos estão em uma nuvem que a gente tem que acessar. Os arquivos são grandes demais para baixar.

– Dá para fazer isso com um celular pré-pago?

– Acho que vamos precisar de um laptop ou algo do tipo. Estou com o meu, mas pode ser que consigam rastrear.

– Acho que precisamos correr esse risco.

– Tenho uma VPN. Talvez seja suficiente.

Rachel enfia a mão na bolsa e puxa um laptop superfino. Ela o liga e abre a página relevante. Não queremos demorar muito, então olhamos as fotos depressa. Todas foram tiradas na frente daquele painel/banner corporativo.

– Quanto tempo a gente vai ficar parado aqui olhando isso? – pergunta ela.

– Não sei. Será que é melhor você dirigir? Talvez seja mais difícil encontrar um alvo em movimento.

– Duvido, mas tudo bem.

Continuo olhando as fotografias. Passo rápido por um punhado, mas está parecendo perda de tempo. Quem vai a um parque de diversões com um menino sequestrado não faz pose no painel de boas-vindas. Ou será que faz? Já se passaram cinco anos. Ele cresceu. Todo mundo acredita que ele está morto. Ninguém duvida disso. Então, talvez sim. Talvez achem que já foi tempo suficiente. Ninguém vai reparar em um menino que todo mundo acredita que está morto. E, mesmo que seja um pouco arriscado, qual é a alternativa? Manter o garoto enjaulado para sempre?

Vou passando, mas parece inútil. Começo a ampliar fotos, tentando olhar no fundo, porque imagino que o ouro esteja aí. Os arquivos são tão grandes que dá para ampliar e ver praticamente todos os detalhes de todas as fotos. A certa altura, vejo um menininho que talvez tivesse mais ou menos a mesma idade de Matthew, mas, quando dou zoom, as semelhanças são só superficiais.

Escuto um celular vibrar. É o de Rachel. Ela olha o número e atende. E gesticula para que eu chegue mais perto para escutar.

– Alô?

– Pode falar?

– Posso, Hester.

Hester Crimstein, eu sei, é a advogada de Rachel.

– Você está sozinha? – pergunta Hester. – Fala só que sim ou não. Não diga nenhum nome.

Ela se refere ao meu nome, claro. Caso tenha alguém ouvindo.

– Não estou sozinha – diz Rachel. – Mas pode falar. O que foi?

– Então, o FBI acabou de me visitar – diz a advogada. – Adivinha quem passou a ser considerada "suspeita de envolvimento"?

Rachel olha para mim.

– Você, Rachel – diz Hester. – Você.

– É, imaginei.

– Tem um vídeo de você no hospital da sua irmã andando com um suposto presidiário fugitivo, então sabe o seu cabelo novo bonitinho? Não é mais um bom disfarce. Falei para o FBI que não é você no vídeo. Também falei que é uma imagem adulterada. Além disso, falei que, se for você, é evidente que você estava sendo coagida. Falei outras coisas também, mas não me lembro de tudo agora.

– Alguma dessas coisas ajudou?

– Nem um pouco. Emitiram um alerta sobre você. Uma foto com seu penteado novo vai aparecer no jornal a qualquer minuto. A fama te espera.

– Maravilha – diz Rachel. – Obrigada por avisar.

– Só mais um conselho – diz Hester. – Para o resto do mundo, seu cunhado é um assassino fugitivo. Do pior tipo. Um matador de crianças. Ele roubou a arma de um diretor de presídio. Atacou um policial que continua internado. Entendeu o que estou falando?

– Acho que sim.

– Então vou deixar bem claro. David Burroughs é considerado extremamente perigoso. É assim que vão tratá-lo. Se a polícia o encontrar, ninguém vai hesitar em atirar. Você é minha cliente, Rachel. Não quero nenhum cliente meu no meio de um tiroteio. Clientes mortos não pagam honorários.

Hester desliga. Fico encarando a tela do computador, olhando para a foto de três homens de trinta e poucos anos em uma roda-gigante. Os três estão sorrindo. O rosto deles está vermelho, e me pergunto se é por causa de sol ou bebida.

– Você devia me deixar cuidar disso sozinho – digo a ela.

Rachel responde:

– Shh.

Sorrio. Ela não quer nem saber, e não vou insistir muito, porque preciso dela. Meus dedos ainda estão mexendo com a imagem, aumentando o zoom, até que me ocorre uma ideia.

– A foto de Matthew – digo.

– O que é que tem?

– Você disse que sua amiga Irene mostrou um monte de fotos, não foi?

– Foi.

– Quantas?

– Não sei. Ela deve ter imprimido umas dez ou quinze.

– Imagino que você tenha olhado todas depois de ver Matthew, certo?

– É, olhei.

– Como foi que ela tirou as fotos?

– Como assim?

– Foi película, câmera digital, celular…?

– Ah, entendi. Tom, o marido dela, gosta de fotografia. Mas não sei. Perguntei sobre outras fotos, mas Irene disse que só tinha aquelas.

Eu me viro para ela.

– Podemos ir até a casa de Irene Muito Engraçada?

– Tentei pouco antes de te visitar, mas eles tinham ido a um casamento em Aspen. Acho que voltaram ontem à noite. Por quê?

– Talvez ela ou Tom consiga aumentar a foto. Ou outras fotos. Do jeito que a gente está fazendo aqui. Dar uma olhada melhor. Ou quem quer que tenha levado Matthew, sei lá, mas parece que o deixaram longe dos fotógrafos profissionais. A única pessoa que a gente sabe que conseguiu uma foto dele foi Tom.

– Então talvez a gente consiga achar outra pista nas fotos dele.

– Isso.

Rachel pondera sobre isso.

– Não posso ligar para Irene do nada.

– Por que não?

– Se eu aparecer no jornal como suspeita de envolvimento e Irene vir...

– Pode ser que ela avise a polícia – concluo por ela.

– Eu diria que é provável. Com certeza ela não vai me receber de braços abertos.

– Talvez ela nem esteja aqui.

– Não podemos correr esse risco, David.

Ela tem razão.

– Onde é que os Longleys moram? – pergunto.

– Stamford.

– Só a uma hora daqui.

– E qual é o nosso plano, David? A gente vai até lá, eu toco a campainha e falo que quero dar uma olhada nas fotos?

– Exato.

– Talvez ela chame a polícia mesmo assim.

– Se ela tiver visto a notícia, você vai perceber pela expressão dela, e a gente pode fugir.

Rachel franze o cenho.

– Perigoso.

– Acho que é um risco que a gente precisa correr. Vamos indo para lá e no caminho a gente decide.

O orfanato no minúsculo país dos Bálcãs chamou o bebê de Milo.

Milo tinha sido abandonado para morrer em um banheiro público. Ninguém sabia quem eram os pais, por isso ele foi levado ao orfanato. Parecia saudável, mas chorava o tempo todo. Estava sofrendo. Um médico o diagnosticou com síndrome de Melaine, uma doença hereditária rara mas fatal, causada por um gene defeituoso. As crianças dificilmente passam dos 5 anos.

Na maioria das vezes, um menino como Milo morreria em questão de semanas. Seria necessária uma fortuna para fazê-lo chegar aos 5 anos e ter uma vida minimamente confortável, e nem esse orfanato, um dos muitos financiados por uma família americana generosa, usaria uma parcela tão grande de seus limitados recursos com uma criança que não tinha a menor chance. Seria preciso adotar medidas extremas e muito dispendiosas para prolongar uma vida que seria infernal e dolorosa de qualquer jeito.

A maioria das pessoas diria que melhor seria providenciar uma morte tranquila, até misericordiosa.

Só que não foi isso que aconteceu.

Hayden Payne, um integrante da generosa família americana, descobriu o suplício do menino. Ninguém sabia ao certo por que um descendente da fortuna Payne ouviria falar desse caso específico ou se interessaria tanto. As fofocas circulavam, claro, mas o que a maior parte das pessoas ali não sabia era que Hayden tinha pedido para ser avisado caso fosse encontrado um menino que tivesse mais ou menos esse tamanho e atributos físicos em geral. Quando Hayden soube que o menino também tinha um problema de saúde, seu interesse ficou mais intenso ainda. O que faria um homem desses se dar ao trabalho de achar um menino que correspondesse a esse perfil específico era algo que ninguém no orfanato se atrevia a questionar.

Por quê? Simples. Porque os Paynes financiavam o orfanato.

Quaisquer que fossem as falhas da família, fatos eram fatos: sem a família Payne não tinha orfanato, nem crianças salvas, nem trabalho.

Mas, para qualquer um que via Hayden com o menininho – e não foi muita gente –, Hayden Payne tinha caído do céu. Ele fazia de tudo por Milo. Isso era importante demais para Hayden. Ele fazia tudo ao seu alcance para garantir que a breve vida do menino fosse cheia de prazeres. Ele não poupou nenhuma despesa. Quase todo dia, Hayden levava o menino em aventuras emocionantes. Milo foi bombeiro por um dia e pôde andar em um caminhão enorme. Em outro, foi policial e adorou apertar o botão da sirene enquanto a viatura andava. Hayden levou o menino para ver jogos de futebol, e ele pôde vestir um uniforme igual ao dos jogadores e assistir à partida no campo. Hayden levou Milo a corridas de cavalo e de carro e a feiras municipais e a zoológicos e aquários.

Hayden fez com que a breve vida de Milo fosse a melhor possível.

Não era preciso, claro, mas isso passou a ser importante para Hayden. A verdade era que, sem a intervenção de Hayden, Milo teria morrido muito antes, e em sofrimento. Graças a Hayden – graças à sua generosidade –, os poucos dias do menino foram felizes e plenos. Na cabeça de Hayden, ele merecia elogios por seus atos. Ele não precisava ter feito assim. Podia ter sido mais pragmático. Podia ter pegado uma criança saudável de quem ninguém sentiria falta. Teria sido mais fácil para Hayden. Teria funcionado muito melhor, porque aí o ato teria sido feito mais rápido e com menos riscos. Mas, não, Hayden foi com calma. Ele fez a coisa certa. Moralmente certa. Ele achou uma vida que teria se perdido de qualquer jeito e a transformou em algo especial e cintilante. Todos nós estamos aqui na Terra por tempo limitado. Nós entendemos isso. O tempo de Milo foi ampliado e muito aprimorado graças a Hayden Payne.

E aí, um dia, no momento certo, quando o menino tinha exatamente o tamanho e o peso certos, quando o plano transcorria com perfeição e, mesmo com os remédios, o pequeno Milo estava começando a sofrer de novo, Hayden o levou de jatinho particular para os Estados Unidos. Ele o levou até uma casa em Massachusetts. Deu ao menino um pouco de sedativo que não apareceria no sangue, só o suficiente para que ele não sentisse nada. Depois, subiu com Milo até o quarto do outro menino. Deu ao outro menino o mesmo sedativo e o levou para o carro. Ele já tinha providenciado que o uísque preferido do pai contivesse um sedativo ligeiramente mais forte.

Depois, Hayden vestiu Milo com o pijama da Marvel do outro menino.

Milo estava dormindo na cama quando Hayden ergueu o taco de beisebol acima da cabeça. Ele fechou os olhos e pensou no professor Tyler e naquele valentão que o atormentava no oitavo ano e naquela menina que não parava de gritar, todas as vezes que ele teve acessos de raiva antes, sempre por bons motivos. Ele canalizou essa fúria e abriu os olhos.

Hayden tinha esperança e certeza de que o primeiro golpe tinha matado Milo.

Então ele levantou o taco de novo. E de novo. E de novo. E de novo.

Quando chegou com o menino na residência Payne, quando finalmente pôde se sentir seguro, foi só aí que, curiosamente, Hayden Payne entrou em pânico.

"Pixie, preciso te contar um negócio..."

O que ele havia feito? Depois de tanto planejamento, tantos anos de espera para finalmente consertar aquele erro, por que de repente estava consumido pela dúvida? E se, expressou Hayden para a avó, ele tivesse cometido um erro terrível? E se o menino não fosse seu? Será que ele podia dar um jeito de voltar no tempo e consertar as coisas?

Será que era tarde demais?

Mas, como sempre, Pixie tinha sido a pessoa prudente, calma, racional. Ela mandou Stephano para garantir que Hayden não havia cometido nenhum erro, não havia deixado nenhuma pista que pudesse levá-los a Payne.

Depois, só para aplacar quaisquer dúvidas, mandou Hayden fazer um teste de paternidade. Demorou um dia inteiro para o resultado sair – um dia que, para Hayden, pareceu uma eternidade –, mas, no fim, Pixie anunciou cheia de orgulho que o teste confirmara que Hayden tinha feito a coisa certa.

Theo (antes conhecido como Matthew) era filho dele.

A voz de Pixie o trouxe de volta ao presente:

– Hayden?

Ele pigarreou.

– Sim, Pixie.

– Você mandou as fotos para ela – disse Gertrude.

– De dois dos quatro fotógrafos – respondeu Hayden. – Eles estavam bem longe da gente. Também as conferi pessoalmente.

– Mesmo assim, acho que você e Theo precisam ir embora.

– Vamos amanhã cedo – disse ele.

capítulo trinta e cinco

PARAMOS NA FRENTE DA casa térrea de três quartos de Irene e Tom Longley na Barclay Drive, em North Stamford. Eu tinha pesquisado a casa no Zillow no caminho. Ela fica em um terreno de quatro mil metros quadrados e está avaliada em 826 mil dólares. São dois banheiros e um lavabo, e tem uma piscina nos fundos.

Estou deitado no banco traseiro, com um cobertor em cima do corpo para ficar escondido. A Barclay Drive é uma típica rua de subúrbio. Um homem sentado sozinho dentro de um carro chamaria atenção.

– Você está bem? – pergunta Rachel.

– Joia.

Rachel está com seu celular pré-pago. Ela liga para o meu. Eu atendo. Fazemos um teste rápido em que ela fala e eu escuto. Agora vou poder ouvir a conversa com Irene ou Tom ou quem quer que atenda a campainha, se de fato tiver alguém em casa. É primitivo, mas espero que funcione.

– Deixei a chave no carro – diz ela. – Se der algum problema, vai embora.

– Entendi. Também estou com a arma. Se você for pega, é só falar para a polícia que eu te obriguei.

Ela franze o cenho para mim.

– É, não.

Eu me encolho e espero. Não temos fones de ouvido, então colo o celular na orelha. É estranho ficar escondido no banco traseiro de um carro, mas esse é o menor dos meus problemas.

Pelo celular, escuto os passos de Rachel e o ligeiro eco da campainha.

Passam-se alguns segundos. E aí escuto Rachel dizer em voz baixa:

– Tem alguém vindo.

A porta se abre e escuto uma voz de mulher:

– Rachel?

– Oi, Irene.

– O que você está fazendo aqui?

Não gostei do tom. Não tenho a menor dúvida: ela sabe do alerta. Eu me pergunto o que Rachel vai fazer.

– Sabe aquelas fotos que você me mostrou do parque de diversões?

Irene está confusa.

– Quê?

– Eram digitais?

– Eram. Espera, é por isso que você está aqui?

– Eu tirei foto de uma com a minha câmera.

– Eu vi.

– Será que eu podia ver as outras de novo? Ou os arquivos?

Silêncio. Não é um silêncio que me agrade.

– Escuta – diz Irene –, você pode esperar aqui só um instante?

Eu sei que o que eu vou fazer agora é uma idiotice, mas estou agindo por instinto de novo. As pessoas dão valor demais ao instinto. Agir por impulso é a atitude do preguiçoso. É uma desculpa para não pensar nem refletir nem fazer o esforço necessário para tomar boas decisões.

Mas não tenho tempo para isso.

Quando pulo para fora do carro, a arma já está na minha mão.

Vou correndo até a porta da casa. Mesmo dessa distância dá para ver Irene arregalar os olhos de surpresa. Ela fica paralisada. Isso é bom para mim. Meu receio é que ela entre e feche a porta. Mas estou com a arma erguida.

Rachel diz:

– David?

Mas não dá tempo de completar com "o que é que você está fazendo?" antes de eu alcançar Irene e, com um tom que é meio grito, meio sussurro, dizer:

– Não se mexe.

– Ai, meu Deus, por favor, não me machuca!

Rachel me lança um olhar confuso. Lanço outro para ela dizendo que eu não tinha escolha.

– Olha, Irene – digo. – Eu só não quero que você chame a polícia. Não vou te machucar.

Mas as mãos dela estão no alto e os olhos estão ficando mais arregalados.

– A gente só precisa olhar as fotos – digo a ela. Baixo a arma e tiro a fotografia do meu bolso. – Está vendo esse menino? O do fundo.

Ela está apavorada demais para tirar os olhos de mim.

– Olha – digo, um pouco alto demais. – Por favor?

Rachel diz:

– Vamos entrar, pode ser?

Entramos. Irene só tem olhos para a arma. Isso me deixa mal. O que quer que aconteça aqui, ela nunca mais vai ser a mesma. Ela vai saber o que é medo. Vai perder o sono. Ela perdeu algo hoje, e fui eu que tirei dela assim que saquei a arma. É isso que acontece quando uma pessoa sofre uma ameaça ou violência. Isso fica com a pessoa. Para sempre.

– Não vou te machucar – digo, mas agora estou murmurando. – Passei os últimos cinco anos preso por ter matado meu filho. Eu não o matei. Ele é esse menino na foto. Foi por isso que eu fugi. É por isso que Rachel e eu estamos aqui. A gente está tentando achar meu filho. Por favor, ajuda a gente.

Ela não acredita. Ou talvez não dê a mínima. Ela também está nas mãos do instinto. O instinto mais primitivo: sobrevivência.

– Ele está falando a verdade – acrescenta Rachel.

De novo, acho que não faz diferença.

– O que vocês querem de mim? – pergunta Irene com uma voz apavorada.

– Só as fotos – digo. – Mais nada.

Três minutos depois, estamos na cozinha de Irene. Há dezenas de fotos com Irene, Tom e os meninos grudadas na geladeira. Ela se senta junto da bancada e, com a mão trêmula, abre o laptop. Reparo que toda hora ela olha para a geladeira. Não sei se ela está encontrando forças na família ou se está me lembrando de que tem família.

– Vai ficar tudo bem – digo para Irene. – Eu prometo.

Isso não parece consolo para ela. Sinto de novo a angústia, não por mim mesmo, mas pelo que estou fazendo com ela. Irene é inocente nesta história toda. Tento me consolar um pouco com o fato de que, quando eu for inocentado, qualquer resquício de transtorno de estresse pós-traumático que estou causando hoje nela talvez desapareça.

– O que vocês querem que eu faça? – pergunta Irene.

Rachel tenta colocar a mão no ombro dela. Irene a rechaça.

– Só abre as fotos daquele dia, por favor – digo.

Irene digita errado, provavelmente por nervosismo. Já guardei a arma, só que ela continua sendo o elefante na sala. Irene enfim clica em uma pasta, e um monte de imagens pequenas começa a atravessar a tela.

Ela se levanta do banquinho e gesticula para que um de nós fique em seu lugar. Rachel se senta e clica na primeira foto. É de um dos meninos sorrindo e apontando para uma montanha-russa imensa atrás de si.

– Posso ir agora? – pergunta Irene. Ela está com a voz trêmula.

– Sinto muito – digo, com o máximo de gentileza possível. – Você vai chamar a polícia.

– Não vou. Eu prometo.

– Fica com a gente só mais um minuto, está bem?

Que escolha ela tem? Eu sou o cara armado. Começamos a clicar nas fotos. Tem mais imagens com montanhas-russas junto com outras de personagens fantasiados e um espetáculo com golfinhos na água, esse tipo de coisa. Vasculhamos o fundo de cada uma das fotos.

A certa altura, achamos a imagem que deu início a tudo. Aponto e pergunto para Irene.

– O menino no fundo. Você tem alguma lembrança dele?

Ela olha para mim como se fosse encontrar a resposta certa no meu rosto.

– Não. Desculpa.

– Ele tem uma marca de nascença no rosto. Isso ajuda?

– Não, desculpa. Eu não… ele só está no fundo. Não me lembro dele. Sinto muito.

Rachel dá zoom, e na mesma hora sinto o coração acelerar. A qualidade da foto é ótima, ainda mais em comparação com a versão que vi na sala de visitas, a foto que Rachel tirou da foto e depois imprimiu. Não sei quantos pixels esse arquivo tem, mas, à medida que ela aproxima o rosto do menino, apertando a tecla de mais para aumentar o zoom aos poucos, sinto o corpo inteiro tremer. Arrisco um olhar rápido para Rachel. Ela também está vendo. A falta de nitidez sumiu. Em pouco tempo, o rosto do menino preenche a tela inteira.

Nós nos entreolhamos. Não temos mais a menor dúvida.

É Matthew.

Ou será que é só uma projeção nossa? Uma vontade virando realidade? Não sei. Não quero saber. Mas, enquanto começo a me perguntar se estamos num beco sem saída, Rachel começa a apertar a tecla da seta direita. A imagem sai lentamente do rosto do menino.

– O que você está fazendo? – pergunto.

Rachel não responde. Ela aperta a tecla da seta direita mais algumas vezes. Estamos seguindo o bracinho de Matthew em direção à mão dele. E, nisso, quando chegamos à mão dele, escuto Rachel ofegar ruidosamente.

– Rachel.

– Ai, meu Deus.

– O que foi?

Ela aponta para a mão do homem que está segurando a do meu filho.

– Esse anel – diz ela.

Eu vejo a gema roxa e o brasão de escola. Forço a vista para enxergar melhor.

– Parece um anel de formatura.

– É – diz ela. Em seguida, se vira para mim. – É da Lemhall University.

capítulo trinta e seis

— Você quer me falar o que está acontecendo, Max?

Sarah dirigia. Max estava no banco do carona. Ela estava de olho na rua, mas a sensação era de que o olhar penetrava a pele dele.

– Não sei se Burroughs fez aquilo.

– Aquilo o quê?

– Matou o filho.

– Você virou advogado de defesa, agora?

– Não – disse Max. – Sou um agente da lei.

– Que recebeu ordens para capturar um presidiário fugitivo – completou Sarah. – Se ele não matou, existem instâncias judiciais, leis e um sistema judiciário inteiro para resolver isso. Não é seu trabalho. Não é o meu. Nosso trabalho é capturá-lo.

– Nosso trabalho é fazer justiça.

– Ele fugiu da cadeia.

– Isso é discutível.

– Quê?

– Ele teve ajuda. Nós dois sabemos disso.

– Você está falando do diretor.

– Estou. Eu conversei com ele.

Max contou para ela. O rosto de Sarah ficou vermelho.

– Meu Deus – disse Sarah. – A gente precisa prender Mackenzie.

– Sarah...

– Já reparou no que você está falando, Max? Estão te enrolando.

– O teste de DNA...

– ... mostra que ele não é o pai. Grande coisa. No mínimo, isso piora a situação dele.

– Como assim? – perguntou Max.

– A esposa. A que a gente acabou de visitar. Ela não contou tudo para a gente. Você sabe, né?

– É.

– É bem simples, Max. Ela teve um caso. Ou um namorado. Sei lá, talvez com o marido atual. Talvez Matthew seja filho dele, daquele tal Dreason, e David Burroughs tenha descoberto.

– E por isso Burroughs matou o menininho?

– Claro, por que não? Você acha que ele é o primeiro corno a matar uma criança? Mas, seja como for, e você precisa prestar atenção, Max, a gente tem um sistema judiciário para resolver essas coisas. O sistema é perfeito? Não. Você pode passar seu tempo livre visitando todas as cadeias e ajudando a libertar pessoas inocentes que foram presas. Faz isso. Vou admirar. Mas não as ajude a fugir da cadeia, Max. Não dê arma para elas. Não as deixe destruir o que resta do nosso sistema falho e desconjuntado. A gente precisa capturar Burroughs. Só isso. Ele é um criminoso armado e perigoso. Temos que tratá-lo assim. Entendeu?

– Eu quero saber se ele matou ou não.

– Então eu vou comunicar isso – disse Sarah.

– Como assim?

– Vou falar para tirarem você do caso, Max. Você não pode ficar.

– Você faria isso comigo?

– Eu te amo – disse Sarah. – Mas também amo nosso juramento e nosso sistema jurídico. Você não está pensando direito.

O telefone dela vibrou. Ela atendeu.

– Jablonski.

– Burroughs acabou de invadir uma residência em Connecticut. Ele ameaçou uma mulher à mão armada.

O que mais eu podia fazer?

Eu não podia atirar em Irene Longley. Não podia amarrá-la. Parece ótimo na televisão, mas os aspectos práticos não faziam o menor sentido. Acho que, se tivéssemos mais tempo, poderíamos ter roubado o celular dela e a deixado trancada em um armário, mas ela estava tentando nos tirar logo da casa porque os filhos iam voltar e a encontrariam, e, de novo, será que eu queria mesmo causar mais cicatrizes psicológicas na coitada, sem falar do trauma que seria para dois meninos pequenos quando eles vissem a mãe trancada dentro de um armário?

Então imploramos para ela não chamar a polícia. Explicamos do melhor jeito possível que estávamos tentando resgatar meu filho. Ela fez que sim com a cabeça, mas, como já falei algumas vezes, ela só estava fazendo isso para me acalmar. Ela não estava prestando atenção. Então dirigimos rápido e torcemos pelo melhor.

O que mais podíamos fazer?

A polícia ia nos encontrar. Era só uma questão de tempo. Pensamos se íamos trocar de placa de novo com um carro em um estacionamento ou tentar pedir para Hester Crimstein mandar outro veículo ou simplesmente pegar um Uber. Concluímos que qualquer uma dessas opções só ia nos atrasar.

No fim das contas, a viagem da casa de Irene até a residência Payne levaria pouco mais de duas horas. A polícia não fazia a menor ideia do nosso destino. Rachel e eu decidimos que era melhor tentar.

Agora estávamos na reta final. Não tinha mais motivo para fugir.

Rachel passou o volante para mim. Estou dirigindo acima do limite de velocidade, mas não rápido o bastante para alguém mandar parar. É estranho dirigir um carro depois de cinco anos. Não é que eu tenha esquecido e tal. Aquele velho bordão de que não se desaprende a andar de bicicleta também vale para carros, pelo visto. Mas a experiência, depois de passar os últimos cinco anos enjaulado, é estranhamente revigorante. Estou concentrado apenas em encontrar meu filho, resgatá-lo, descobrir a verdade do que aconteceu naquela noite horrível. Esse era o único motivo para eu querer fugir. Eu não dava a mínima para a minha liberdade. Mas, agora que estou fora da cadeia, agora que estou tendo um gostinho de como a vida era, não consigo evitar a vontade de ficar livre. Não digo que era algo que eu não valorizava. Só que isso não tinha importância, depois da morte de Matthew.

– Não estou entendendo – diz Rachel. – Por que Matthew estaria com Hayden Payne?

Tenho algumas teorias, mas não quero expressá-las ainda.

– Será que eu ligo para ele? – pergunta ela.

– Para Hayden?

– É.

– Para falar o quê?

Ela pondera.

– Não sei.

– A gente tem que ir para lá.

– E depois, David? Eles têm um portão. Eles têm segurança.

– Eu me escondo no banco de trás de novo.

– Sério?

– A gente não pode alertá-lo, Rachel.

– Eu sei, mas também não posso aparecer lá do nada. A gente não sabe nem se Hayden está em casa.

Em certo sentido, isso não importa. Agora só resta uma direção para nós. A residência Payne em Newport, em Easton Bay. Se Hayden Payne não estiver lá, estacionamos em algum lugar próximo, nos escondemos e esperamos.

Ele está com meu filho.

– Acho que é melhor a gente chamar a polícia – diz Rachel.

– E falar o que para ela?

– Que Matthew está vivo e que acreditamos que ele esteja com Hayden Payne.

– E o que você acha que a polícia vai fazer com essa informação? Emitir um mandado contra uma das famílias mais ricas do país com base… em quê? Naquela foto?

Ela não responde.

– E, se aquele menino virar uma ameaça para a dinastia Payne, você acha que a família vai apresentá-lo… ou você acha que eles vão se livrar das provas?

Eu dirijo, passando tempo demais de olho no retrovisor, certo de que vou ver a qualquer momento a luz giratória de uma viatura policial. Estamos fazendo uma viagem rápida.

– Olha meu celular – digo para Rachel.

– Quê?

– Fiz uma captura de tela de um e-mail antigo. Dá uma olhada.

Ela olha. Depois de baixar o celular de novo, ela pergunta:

– Quer conversar sobre isso?

– Agora não dá tempo. A gente precisa se concentrar nisso antes.

Rachel e eu bolamos mais ou menos um plano quando chegamos à RI-102 no sentido sul. Ela pega o celular e liga para Hayden.

Dá para ouvir o telefone tocar. Estou com o coração na garganta.

– Rachel?

A voz dele. De Hayden Payne. Percebo assim que escuto. Ele está com meu filho. Ele o tirou de mim. Acho até que entendo o motivo agora, mas nada disso importa.

Rachel pigarreia.

– Oi, Hayden.

– Você está bem?

– Estou.

– Você recebeu as fotos que eu mandei?

– Recebi, obrigada. É por isso que estou ligando. Posso ir na sua casa?

– Quando?

– Daqui a uns dez minutos.

– Estou na residência Payne.

– É, estou entrando agora em Newport. Posso dar uma passada aí?

Uma pausa longa. Rachel olha para mim. Tento manter a respiração equilibrada. Passa mais um segundo. Rachel não aguenta.

– Quero falar de algumas das fotos.

– Você acha que dá para ver o tal menino misterioso em alguma delas? – pergunta ele.

– Não, acho que você tinha razão em relação a isso, Hayden.

– Ah, é?

– Acho que Matthew não está em nenhuma das fotos. Acho que meu sobrinho morreu há cinco anos. Mas acho que tem alguém tentando incriminar David.

– Incriminar como?

– Preciso da sua ajuda para identificar algumas pessoas nas fotos.

– Rachel, tinha milhares de funcionários nossos no evento. Passei um tempo no exterior. Não sei bem…

– Mas você ainda pode ajudar, né? Só preciso mostrar as pessoas que estou pensando, e aí talvez você possa perguntar para alguém. Estou quase no seu portão. Você não pode me ajudar com isso?

– David está com você?

– Quê? Não.

– A polícia acha que você está envolvida na fuga dele. Deu no jornal.

– Ele não está comigo – diz ela.

– Você sabe onde ele está?

E agora Rachel vê uma abertura.

– Pelo telefone não, Hayden. Chego aí em cinco minutos.

Ela desliga. Achamos um lugar tranquilo para encostar o carro e agimos rápido. Eu abro a porta traseira e me enfio lá dentro. Tem uma lona de plástico preto para esconder tudo que você quiser armazenar ali. Eu me dobro e a estendo por cima de mim. Estou escondido. Ligamos um para o outro, de modo que eu possa escutar tudo. Rachel assume o volante.

Fico deitado na escuridão. Cinco minutos depois, Rachel diz:

– Estou chegando na guarita.

Ouço uma conversa abafada, e aí escuto Rachel dizer o nome dela. Não sei o que está acontecendo, claro. Estou em um porta-malas escuro. Tento ficar completamente imóvel.

Rachel fala "Obrigada!" forçando uma voz alegre, e começamos a andar de novo.

– David, está me ouvindo?

Tiro o celular do mudo.

– Estou aqui.

– Daqui a uns quinze segundos, vou fazer a curva que eu falei. Você está pronto?

– Estou.

Tínhamos conversado sobre isso. A rua até a residência é rodeada de cercas vivas verde-esmeralda. Rachel me disse que há uma curva onde eu posso saltar para fora do carro e me esconder nas árvores e talvez (*talvez*) não ser visto.

– Vai – diz ela.

O carro para. Saio pela traseira, piso no chão e fecho a porta. Não levo mais do que três segundos. Fico abaixado e me enfio atrás de um arbusto da cerca viva. Ela continua dirigindo. Vou para o outro lado da planta. Quando me levanto, a visão que se abre diante de mim é impressionante. A residência Payne foi construída no topo de um penhasco. Ao longe, acima de uma paisagem verdejante, dá para ver as ondas do oceano Atlântico. O gramado tem jardins que devem ter sido modelados pelos deuses. Tem arbustos em forma de animais, de pessoas, até de arranha-céus. O chafariz no meio é uma escultura grande, moderna, uma cabeça gigantesca que parece feita de espelhos, cuspindo água pela boca. Ela me lembra a *Metalmorphosis* de David Černý, na Carolina do Norte. A mansão fica logo à direita. Seria de se esperar uma obra-prima antiga e opulenta, mas os Paynes tinham preferido algo branco e cubista. Mesmo assim, apesar da modernidade, estou vendo trepadeiras e heras na lateral. À esquerda, fica o que parece um campo de golfe. Só dá para ver dois buracos, mas é uma propriedade particular na área mais valorizada de Easton Bay, então faria sentido ter quantos buracos? Há duas cachoeiras e o que parece uma piscina de borda infinita que se mistura ao mar.

Não tem ninguém do lado de fora. Está tudo quieto, exceto pelo eco distante da arrebentação.

E agora?

Nosso plano, que admitimos que é uma porcaria, é eu me esgueirar pela propriedade e ver se consigo achar… qualquer coisa, na verdade. Na melhor das hipóteses, Matthew. Eu sei, eu sei, mas que outro plano nós temos? Rachel vai conversar com Hayden. Confrontá-lo, até. E, se nada disso funcionar, se não acharmos Matthew nem outra pista…

Ainda estou com a arma.

Eu me sinto estranhamente em segurança. Imagino, claro, que Irene Bem Engraçada tenha chamado a polícia. Em algum momento, vão achar câmeras de monitoramento de trânsito ou seja lá o que for e vão descobrir que viemos para Newport, mas ainda temos tempo. Ou, pelo menos, eu acho que temos.

Vou andando pela pista, sempre junto das plantas. Quando chego perto o bastante para ver a porta da frente, eu me abaixo e observo. Rachel vai até a porta. Deve ser a uns 50 ou 60 metros de distância. A propriedade, claro, é imensa.

Quando Rachel se aproxima da porta, ela se abre.

Hayden Payne sai da casa.

capítulo trinta e sete

GERTRUDE PAYNE TERMINOU AS voltas na piscina coberta. Fazia trinta anos que ela dava voltas na piscina durante 45 minutos. Ela passava a maior parte do tempo em Newport, mas a mansão de Palm Beach e o rancho em Jackson Hole também tinham piscinas tanto cobertas quanto ao ar livre. Isso era importante para ela. O exercício era ótimo, claro. Ela nadava mais devagar do que antigamente, o que não era surpresa nenhuma, na sua idade. Quando era mais nova, ela queria ter sido nadadora profissional, mas estava enlouquecedoramente presa em uma época em que seu pai ainda achava que "esportes de menina" eram perda de tempo. Mesmo assim, ela amava a água, a calma que havia nela, a tranquilidade absoluta na cabeça quando o som dominante era o ritmo contínuo da própria respiração.

Um dos seus bisnetos dizia que era a "pequena folga de saúde mental de Pixie".

Ele não estava errado.

Quando ela saiu da água, Stephano lhe entregou uma toalha.

– Qual é o problema?

– Rachel Anderson acabou de chegar.

Ele informou sobre a conversa telefônica de Hayden com a velha colega de faculdade. Eles vinham monitorando as ligações do celular de Hayden desde que Burroughs tinha fugido da cadeia. Hayden às vezes era irracional e infantil. Ele agia com base nas emoções e era capaz de vacilar com elas.

Quando Stephano terminou, Pixie disse:

– O que a gente faz?

– A situação está fugindo do controle.

– Você não acredita que ela queira a ajuda dele para identificar alguém na fotografia, acredita?

Stephano franziu o cenho.

– A senhora acredita?

– Não. Você tem algum plano?

– Segundo o noticiário, Rachel Anderson está auxiliando um infanticida condenado na fuga de um presídio federal – começou Stephano, com seu jeito prático de sempre. Ele nunca aumentava nem diminuía o tom de voz. Estava sempre calmo, sempre controlado, nunca abalado nem nervoso, por mais dramática que fosse a situação. – Vou falar com frieza. A gente devia pegá-la agora que ela está aqui. Descobrimos onde David Burroughs está escondido. Ela deve saber. Nós o encontramos. Damos sumiço nos dois. De vez. Eu mando um dos meus homens sair com o carro dela para que, se a polícia descobrir que ela veio aqui, a gente tenha provas de que ela foi embora. Se alguém perguntar, a gente fala que ela pediu para ver umas fotos.

– E aí eles simplesmente... desaparecem? – perguntou Gertrude.

– Exato.

– A polícia vai achar o quê, que eles fugiram?

– Provavelmente. Vão continuar a busca, claro.

– Mas não vão encontrá-los nunca mais.

– Nunca mais – disse Stephano.

– E se eles já tiverem falado para alguém?

Stephano sorriu.

– Ninguém acreditaria. E, mesmo se alguém acreditasse, juntando seus advogados e o meu trabalho, a gente abafaria o caso com força.

Gertrude pensou. Em certo sentido, isso não era nada inovador. A melhor forma de se livrar de qualquer problema era *se livrando* do problema.

– Não tem mesmo outro jeito, né?

Stephano não respondeu. Não era preciso.

– Então, quando é que Rachel chega?

– Ela acabou de entrar – disse Stephano. – Estou só esperando sua autorização.

– Está autorizado.

Hayden saiu e abraçou Rachel. Ela deixou, fazendo o possível para não se esquivar nem se retrair. Mas agora ela sabia. Não tinha a menor dúvida. Agora ela conseguia sentir nele – as mentiras, a enganação, a maldade. Ele tinha apresentado muitos sinais ao longo dos anos. A propensão para a violência. As vezes em que a família havia acobertado. Rachel tinha aceitado, e até acolhido, porque se beneficiava disso. Ele a salvara naquela noite. Ela sabia. Por isso, a imagem que tinha dele ficou enviesada. Uma parte dela sabia disso. Uma parte sentia que havia algo errado com ele, mas ela se permitira ser enganada. Ele a ajudara. Além disso, ele era rico e poderoso e, para falar a verdade, era uma companhia divertida e empolgante.

– Que bom ter você aqui de novo – disse Hayden, ainda segurando-a junto de si. – Faz tempo demais que você não vem para a Payne.

Quando ele recuou e olhou no rosto dela, Rachel tentou sorrir.

– Qual é o problema? – perguntou Hayden.

– Será que a gente pode dar uma volta pelos jardins?

– Claro. Achei que você quisesse me mostrar umas fotos.

– Daqui a pouco eu mostro. Antes eu queria conversar, se você não se importar.

Hayden fez que sim.

– Seria legal.

Eles caminharam em silêncio na direção do jardim lateral. Mais adiante, Rachel via o chafariz da cabeça espelhada e ouvia o mar ao fundo.

– Bonito, né? – comentou ele.

– É.

– Você está vendo a mesma coisa que eu, né?

– Não sei se entendi o que você quer dizer, Hayden.

– Nós dois vemos essa beleza. Nós dois sentimos a mesma coisa. A gente tem funcionários aqui. A gente tem pessoas trabalhando dentro e fora da casa. Elas têm olhos, que nem os meus, e veem o mesmo que eu. Todos sentimos a mesma coisa. Não tem nenhuma plataforma especial aqui só para os ricos. Então, por que elas ficam com tanta inveja? A gente vê as mesmas coisas. A gente pode sentir o mesmo prazer.

Rachel sabia que Hayden gostava de fazer isto – arranjar justificativas variadas para sua fortuna. Ela não estava a fim de se enfiar nesse buraco agora. Passou os olhos pelas sebes para ver se achava David, mas ou ele estava bem escondido ou não estava ali.

– Hayden?

– Oi?

– Eu sei.

– Sabe o quê?

– Que você está com Matthew.

– Como é que é?

– A gente pode deixar as negações de lado? Eu sei, tá? Você inventou a atriz italiana. Você se mudou para o exterior para que ninguém visse o menino. Sua família é absurdamente rica, mas você não é assunto de fofoca, então não tem nenhum *paparazzo* louco para tirar foto do filho que você supostamente está criando.

Hayden estava andando com as mãos nas costas. Ele olhou para o céu e semicerrou os olhos.

– Eu consegui o arquivo daquela foto e ampliei – continuou ela. – O menino na imagem está de mãos dadas com um homem. A mão é sua, Hayden.

– E como você sabe?

– Seu anel.

– Você acha que eu sou o único que tem um anel de formatura?

– Você estava no parque de diversões? Sim ou não?

– E se eu disser que não?

– Não vou acreditar – disse Rachel. – De quem era o corpo na cama de Matthew?

– Você está parecendo maluca, Rachel.

– Quem me dera. De verdade. David pensou em uma teoria.

– David Burroughs – disse Hayden, forçando uma risadinha. – O presidiário fugitivo que você está ajudando.

– É.

– Ah, estou louco para ouvir.

– Ele acha que você era apaixonado por mim.

– É mesmo?

– Eu tinha alguma noção. Quer dizer, de que você tinha uma queda por mim na faculdade. Achei que fosse porque a gente se aproximou por causa de uma situação horrível.

– Com "horrível" – disse Hayden, com um ligeiro toque de aço na voz – você está falando de quando eu te salvei de um estupro?

– É, Hayden, é exatamente disso que estou falando.

– Você devia ser grata.

– Eu fui. Sou. Mas a gente lidou mal com aquilo. A gente devia ter denunciado. Deixar as coisas seguirem o rumo.

– Eu acabaria sendo expulso ou pior.

– Então talvez fosse isso que precisava ter acontecido.

– Por te salvar?

– É, bom, se fosse o caso, aí as autoridades teriam compreendido. Mas nós nunca vamos saber. A gente guardou segredo. E é sempre assim com os Paynes, não é, Hayden? Sua família usa os recursos que tem para enterrar tudo que vocês não querem ver.

– Ah, é. Os ricos são malvados. Que perspectiva intrigante.

– Não é questão de bem ou mal. Não tem responsabilidade nenhuma.

– Você acredita em Deus, Rachel?

– Que diferença faz?

– Eu acredito. Em Deus. E olha o que Ele me deu. – Ele abriu os braços e girou o corpo. – Olha, Rachel. Olha o que Deus deu para a família Payne. Você acha que foi por acaso?

– Na verdade, acho.

– Que bobagem. Sabe por que os ricos se acham especiais? Porque são. Ou você acredita em um Deus justo que nos recompensou ou você acredita que o mundo é caos e sorte aleatória. Em que você acredita?

– Caos e sorte aleatória – respondeu Rachel. – Cadê o Matthew, Hayden?

– Não, não, eu quero ouvir a teoria do David. Você estava dizendo que ele achava que eu era apaixonado por você. Então continua daí.

– Você era, né?

Ele parou, se virou para ela e abriu os braços.

– Quem disse que não sou agora mesmo?

– E quando pedi para Barb Matteson marcar uma consulta para mim na clínica de fertilidade, ela te contou, não foi?

– E se tiver contado?

– Você teria ficado chateado. Você queria que eu fosse só sua. E aí, de repente, eu vou ter um filho com esperma doado. Você achou que não fazia o menor sentido, né?

Hayden sorriu.

– Você está com seu telefone?

– Estou.

– Me dá.

– Por quê?

– Quero conferir se você não está gravando.

Ela hesitou. Ele ainda estava sorrindo como um maluco. Ela olhou em volta de novo, tentando disfarçar ao máximo para achar David. Nem sinal.

– Me dá seu celular, Rachel.

A voz dele agora estava com um tom firme. Sem opção. Ela enfiou a mão no bolso, torcendo para achar o botão vermelho de desligar para encerrar a chamada antes que ele visse, mas ele segurou a mão dela para impedir.

– Ai! Que que é isso, Hayden?

Ele enfiou a mão no bolso dela, tirou o celular e olhou a tela.

– Que celular é esse?

– É um pré-pago.

Ele encarou o aparelho.

– Quero ouvir o resto da sua teoria, Rachel.

– O que você achou quando soube que eu ia receber esperma doado? – perguntou ela.

– A mesma coisa que eu achava sempre que você arranjava um namorado novo ridículo e cheio de si. Um desperdício.

– Devia ter sido você – disse Rachel.

– Devia ter sido eu. Eu te salvei, Rachel. Você devia ter sido minha.

– Sua família era dona da clínica de fertilidade.

– Continua.

– Então teria sido fácil armar tudo. Você ameaçou ou subornou alguém?

– Eu raramente vejo necessidade de ameaçar. Dinheiro e termos de confidencialidade geralmente dão conta.

– Você providenciou para que o *seu* esperma fosse usado na doação.

Hayden fechou os olhos, sorriu e ergueu o rosto para o céu.

– Somos só você e eu aqui, Hayden. É melhor abrir o jogo.

– Eu queria que você não tivesse feito isso.

– Isso o quê?

Ele balançou a cabeça, já sem sorrir.

– O que você achou que ia acontecer, Hayden?

– Achei que você teria meu filho. Que eu te contaria depois.

– E que isso ia fazer eu me apaixonar por você?

– Talvez. De qualquer jeito, a gente seria uma família, não é? Na pior das hipóteses, você ia me afastar e criar meu filho. Mas o mais provável era que você me deixasse fazer parte da sua vida. Você não é imune à influência da minha família. Lembra aquelas férias de primavera, quando a gente pegou o avião da família e foi para aquela mansão em Antigua? A sua cara, Rachel. Você adorou. Você adorou as festas. Você adorou o poder. É parte do motivo para termos nos aproximado tanto. Então, sim, meu plano era te engravidar. Por que você ia querer o esperma de um doador anônimo quando podia ter o meu?

– Alguém especial aos olhos de Deus – acrescentou ela.

– Exato. Genes ótimos. Alguém que gosta de você. Fazia todo o sentido.

– Só que, claro, eu nunca fui à clínica.

– É. Sua farsa enganou todo mundo na Berg. Se a gente parar para pensar, é irônico. Você está aqui, falando que minha família era destrutiva por abafar segredos...

– ... enquanto eu e minha irmã fazíamos exatamente a mesma coisa.

– Pois é, Rachel.

– E quando foi que você percebeu que era Cheryl, não eu?

– Quando você não engravidou… e Cheryl, sim. Então fui até a clínica Berg que você teria visitado. Mostrei sua foto para a médica. Ela não te reconheceu. Aí eu mostrei a foto de Cheryl…

Ele deu de ombros.

– E depois?

– Depois, eu esperei. Planejei. Observei. David estava se acabando mesmo. Você sabe, né? O casamento não ia durar. O que Cheryl fez… Aquela mentira o consumiu. Acho que ele sempre soube que o filho não era dele. Então fiquei de olho nos dois. Continuei paciente.

– Você matou outra criança.

– Não, Rachel.

– Alguém foi assassinado naquela noite.

– Isso fazia parte da demora. Esperei. Dei uma vida espetacular para aquela criança.

– O que você quer dizer com isso?

– Não importa.

– Para mim, importa.

– Não, Rachel, a única coisa que lhe diz respeito é o menininho que eu resgatei naquela noite. Meu filho.

– Você incriminou David pelo assassinato.

– Não exatamente. Quando aquela velha disse em juízo que o viu com o taco de beisebol, confesso que fiquei chocado. Sabe o que eu pensei?

– Fala.

– Que ele começou a acreditar que tinha feito aquilo, então enterrou o taco. Depois eu descobri que era uma rixa com o pai dele. Mas, não, eu não pretendia mandar David para a cadeia pelo resto da vida. Nada disso foi culpa dele. Ele tinha feito o possível para criar meu filho. Eu não queria machucá-lo mais do que o necessário.

– Por que essas medidas tão extremas?

– O que mais eu podia fazer, Rachel? Eu não podia admitir que tinha feito minha clínica usar minha amostra. – Ele ergueu a mão. – E, antes que você fique toda arrogante, vamos lembrar quem foi que começou. Você e sua irmã. Suas mentiras.

Rachel sabia que tinha um fundo de verdade naquilo.

– Então, quem sabe?

– Pixie, claro. Stephano. Só eles. Eu trouxe meu filho para cá quando fiz a troca. Admito que eu estava em pânico. Estava com medo de ter cometido um erro horrível. Pixie então fez um teste de paternidade, e o resultado dizia que o menino era meu filho. A gente ficou quase seis meses na residência Payne. Não saí da propriedade em nenhum momento. O menino ficou triste, no começo. Ele chorava muito. Não dormia. Sentia saudade da mãe e... e de David. Mas as crianças se adaptam. A gente o chamou de Theo. A gente criou a história da atriz italiana. Algum tempo depois, saí do país com ele. Coloquei-o no internato mais exclusivo da Suíça. E esperei aquela maldita marca de nascença sumir. O médico falou que ia sumir. Mas não sumiu. Continuou ali, teimosa. E, sim, não tinha ninguém procurando Matthew. Ele estava morto, não desaparecido. Mas a semelhança entre ele agora e o menino capturado...

– Hayden?

– Quê?

– Ainda dá para consertar.

– Como?

– Devolve Matthew.

– Assim, sem mais nem menos?

– Ninguém precisa saber onde ou com quem ele estava.

– Ah, qual é. Claro que vão saber. E você não tem como provar nada disso, Rachel. Você sabe. Você nunca vai colocar as mãos no menino e, mesmo se conseguir, acha mesmo que vai ser capaz de obrigar um Payne a fazer um teste de DNA? Além do mais, o teste de DNA vai mostrar o quê? Que eu sou o pai e Cheryl é a mãe. Vou falar que Cheryl e eu tivemos um caso.

Foi aí que David saiu de trás do mato. Os dois se encararam.

Até que David perguntou:

– Cadê meu filho?

capítulo trinta e oito

– CADÊ MEU FILHO? – pergunto.

Olho para aquele homem que destruiu a minha vida. Meu corpo inteiro está tremendo.

Rachel diz:

– David.

– Chama a polícia, Rachel.

– Ela não pode fazer isso – diz Hayden. – Estou com o celular dela. E não faria diferença, mesmo. A polícia não poderia entrar na propriedade sem um mandado. – Ele dá um passo na minha direção. – Mas, David, acho que a gente consegue dar um jeito.

Olho rapidamente para Rachel e volto a olhar para ele.

– Cadê o Matthew?

– Não tem Matthew nenhum. Você o matou. Se você está se referindo ao Theo…

Não preciso ouvir isso. Começo a ir na direção da casa. Vou botá-la abaixo, se for preciso. Não quero mais saber. Vou ver meu filho de novo.

Os dois vêm atrás de mim.

– Não quer ouvir minha proposta? – pergunta Hayden.

Fecho um punho. Ele está longe demais para meu soco acertá-lo.

– Não.

– Ele não é seu filho. Tenho certeza que você já sabe. Mas você foi injustiçado. Sempre me senti mal por isso… pelo fato de você ter levado a culpa, de ser sido preso. Então me deixa te ajudar. Escuta, David. Os Paynes têm condições. A gente pode te tirar do país, arranjar uma identidade nova…

– Você é maluco.

– Não, escuta.

Já deu. Estamos a menos de vinte metros da porta, agora. Eu me viro, vou rápido até ele e o seguro pelo pescoço com uma mão só.

Escuto Rachel dizer de novo:

– David.

Mas não ligo. Estou prestes a jogar Hayden Payne no chão quando escuto outro homem falar com calma:

– Certo, já chega.

O homem é corpulento, com cabelo escuro. Está de terno preto. Também está com uma arma na mão.

– Solta ele, David – diz o homem.

O homem fala com uma voz casual, até branda, mas seu tom tem algo que nos faz parar e prestar atenção. Os olhos dele são frios e mortos de um jeito que vi com frequência demais na cadeia.

E, neste exato momento, tenho uma epifania.

Não sei se é a palavra certa, mas serve. Tudo acontece em menos de um segundo. Eu conheço homens como ele. Conheço a situação. Sei que ele está armado e dentro de uma residência particular. Sei que ele está aqui para me matar. Sei que, no fim das contas, preciso proteger Rachel e Matthew e que, para mim, não há nenhuma consequência.

Considerando isso tudo, eu ajo muito rápido.

Ainda estou com a mão no pescoço de Hayden. Eu o coloco na minha frente, usando-o de escudo só por um instante.

Com a mão livre, saco a arma.

Não é a primeira vez que seguro uma arma. Meu pai era policial. Ele se preocupava muito com segurança das armas. Adam e eu geralmente íamos com ele e o tio Philip para o estande de tiro em Everett sábado à tarde. Aprendi a atirar muito bem, não tanto com alvos parados, mas nos exercícios de simulação em que as silhuetas de papelão apareciam a intervalos aleatórios. Às vezes era um bandido. Às vezes era um inocente civil. Nem sempre eu conseguia distinguir os dois, mas me lembro do que meu pai me ensinou.

Nunca atirar na cabeça. Nunca mirar nas pernas nem tentar ferir. Mirar no volume central do torso e ter a maior margem de erro possível.

O homem logo percebe o que estou fazendo.

Ele ergue a arma. Mas minha ousadia, minha ação súbita, mais o fato de que Hayden está servindo temporariamente de escudo, me dão vantagem.

Atiro três vezes.

E o homem cai.

Hayden grita e corre para a porta ao se desvencilhar de mim. Eu me viro para segui-lo, mas vejo outro homem sacando uma arma.

Não hesito.

Atiro outras três vezes.

O cara também cai.

Não sei se os dois estão mortos ou feridos. Não quero saber. Hayden entrou pela porta.

Corro na direção do primeiro homem que caiu. Ele está de olhos fechados, mas acho que continua respirando. Não tenho tempo de conferir. Eu me curvo e arranco a arma da mão dele. E depois me viro para Rachel.

– Vem! – grito.

Rachel obedece. Corremos até a porta. Fico com medo de estar trancada, mas não está. Quem precisa trancar a porta de casa quando se mora em um lugar assim? Entramos no vestíbulo. Fecho a porta e dou uma das armas para ela.

– David?

– Para se proteger. Caso alguém tente entrar.

– Aonde você vai?

Mas ela sabe. Já estou subindo a escada quando escuto o som de passos correndo. Não sei quantos homens armados eles têm. Já atirei em dois. Não quero saber em quantos mais vou ter que atirar. A única coisa que me preocupa é a quantidade de balas.

A casa é totalmente branca, estéril, quase institucional. Tem muito poucos toques de cor. Não que eu repare em nada disso. O som ecoa. Eu sigo.

– Theo!

A voz de Hayden.

Seguro a arma com mais firmeza e continuo andando pelo corredor. Uma idosa sai para o corredor e fala:

– Hayden? O que está acontecendo?

– Pixie, cuidado!

Quando a idosa se vira, nossos olhares se cruzam. O dela se arregala. Ela me reconhece. Avanço às pressas pelo corredor onde ouvi a voz de Hayden. A idosa não se mexe. Ela continua parada e me encara com um ar desafiador. Não estou disposto a atropelar uma idosa, embora eu seja capaz, se for preciso, mas acho que não é. Passo correndo ao lado dela e continuo em frente.

– Pixie?

É Hayden de novo. Ele está logo à frente, no quarto à esquerda. Entro rápido no quarto e levanto a arma porque ele vai me dizer onde está meu filho ou…

E lá está Matthew.

Fico paralisado. A arma está na minha mão. Meu filho olha para mim. Nossos olhares se cruzam, e os olhos ainda são os do meu garoto. Na Times Square, tive uma sobrecarga dos sentidos. Aqui, acontece algo parecido, mas é tudo interno, no sangue e nas veias, uma vibração que se alastra por todo o meu corpo sem válvula de escape, sem jeito de sair. Talvez eu esteja tremendo. Não sei.

E aí eu reparo nas mãos e nos ombros dele.

– Theo – diz Hayden, se esforçando muito para manter um tom calmo –, esse é meu amigo David. A gente está brincando de arma, não é, David?

A primeira coisa que me passa pela cabeça é estranha: Matthew tem 8 anos, não 4. Ele não vai acreditar nisso. Dá para ver no rosto dele. Tem uma parte minha que quer encerrar o assunto agora mesmo, levantar a arma, acabar com a raça desse escroto e lidar com as consequências. Mas meu filho está aqui. Querendo ou não, aquele é o homem que ele considera um pai. Meu filho não está com medo dele. Dá para ver. Por mais doloroso que pareça, ele está com medo de *mim*.

Não posso atirar em Hayden na frente de Matthew.

– David, este é meu filho, Theo.

Sinto o dedo no gatilho. Pensando bem, já atirei em duas pessoas. Que diferença faz mais uma?

Escuto um barulho ao longe. O quarto, assim como o resto da casa, é moderno, com janelas de parede inteira. Vou até elas e olho para fora. Um helicóptero aparece e pousa no espaço aberto do gramado.

A idosa que ele chamou de Pixie entra e para ao meu lado.

– Vem, Theo. Está na hora de ir.

– Ele não vai para lugar nenhum – digo.

Pixie olha nos meus olhos, e seu rosto tem um ligeiro sorriso.

– Qual é o seu plano, David? Já chamamos a polícia local. Freddy, o delegado daqui, está vindo, provavelmente com metade do efetivo. Eles sabem que você está armado, é perigoso e já atirou em dois homens. Acho que Stephano morreu. Freddy adora Stephano. Eles jogam pôquer uma vez por semana. Se você tiver sorte, se baixar a arma e for agora para o gramado com as mãos para o alto, talvez, *talvez*, não leve nenhum tiro.

– Eu sei o que vocês dois fizeram – digo.

– Mas você nunca vai conseguir provar. Quais são as suas provas?

Olho para Theo. Ele já não parece tão assustado. Está mais para confuso e curioso, uma expressão que é um eco devastador da mãe dele.

– O que você acha? – continua Pixie. – Que vão fazer um teste de DNA no garoto? Não tem a menor chance. Você precisa de uma ordem judicial para isso. Precisa convencer um juiz de que tem motivos fortes, e nós conhecemos todos os juízes do país. Temos os melhores advogados. Trabalhamos lado a lado com políticos de tudo que é tipo. Theo vai voltar para o exterior enquanto você estiver apodrecendo de novo na Briggs.

– Além do mais – acrescenta Hayden –, é como eu disse para Rachel: o que você acha que um teste revelaria? – Ele sorriu. – Você quer criar um menino com sangue Payne nas veias? Ele é meu filho.

Dou uma olhada na idosa e vejo algo passar pelo rosto dela.

E aí eu digo:

– Não, Hayden, não é.

Hayden parece confuso. Ele olha para a mulher que está chamando de Pixie. Ela está olhando para o chão.

– Nunca acreditei na minha mulher quando ela disse que não tinha feito a inseminação – digo. – Acho que foi a gota d'água no nosso casamento. A gente tentou com Matthew, mas não sei se a relação teria sobrevivido.

Hayden olha para Pixie.

– Do que ele está falando?

Pego meu celular.

– Consegui acessar meu e-mail antigo. Estas mensagens são de oito anos atrás. Quando descobri que Cheryl foi a uma clínica de fertilidade, fiz um teste de paternidade. Dois, na verdade. Só para garantir. Eles confirmam que sou o pai de Matthew.

Os olhos dele quase pulam para fora da cabeça.

– É impossível – diz ele. – Pixie?

Ela o ignora.

– Vem, Theo.

– Não – digo.

– Você não vai atirar em mim – diz ela.

– Mas eu vou.

É Rachel. Ela entra no quarto de arma na mão.

– Hayden?

Ele está balançando a cabeça.

– Deixa eu adivinhar – diz Rachel. – Você trouxe Matthew para cá. Você estava em pânico. Não sabia se tinha feito a coisa certa. Foi isso que você me falou, né?

Ele continua balançando a cabeça. Escuto as sirenes se aproximarem.

– Se o teste de paternidade tivesse revelado que você não era o pai, o que você teria feito? Falado a verdade, provavelmente. Confessado. – Rachel olha para Pixie. – Ela não podia admitir isso. Ela mentiu, Hayden. Você não é o pai. Não devia fazer diferença. Paternidade não é questão de biologia. Mas ele é filho de David. De David e de Cheryl.

A voz de Hayden parece a de um menininho.

– Pixie?

Escuto sirenes. Por um instante, acho que ela vai negar, mas parece que ela não tem energia para isso.

– Você o teria devolvido – diz ela. – Ou pior. De qualquer jeito, você teria destruído a família. Então, sim, eu falei o que você queria, o que você precisava ouvir.

Viaturas, pelo menos dez, chegam em disparada pela pista de acesso e param em formação na frente da casa.

– Não importa, Hayden – diz Pixie. – Vocês dois precisam ir para o helicóptero.

– Não.

Agora é meu filho que está falando.

– Quero saber o que está acontecendo – diz Matthew.

– É tudo parte da brincadeira, Theo – diz Pixie.

– Você acha que eu sou burro? – Ele olha para mim. – Você é meu pai.

Não consigo identificar se é uma pergunta ou uma afirmação. A polícia agora está dentro da casa, correndo escada acima, gritando para eu sair com as mãos para cima e tal. Mas eu mal escuto. Ignoro tudo. Só vejo meu filho.

Meu filho.

Fico tentado a me ajoelhar, mas a verdade é que Matthew tem 8 anos, não é um bebê. Olho nos olhos dele e digo:

– É, eu sou seu pai. Ele te sequestrou quando você tinha 3 anos.

Meu filho está olhando para mim. Nossos olhares se cruzam. Ele não se vira. Não pisca. Nem eu. É o momento mais puro da minha vida. Meu filho e eu. Juntos. E eu sei que ele sabe. Sei que ele entende.

E, no momento que essa certeza me envolve, a primeira bala me atinge.

oito meses depois

ESTOU À ESQUERDA DA minha tia enquanto o caixão do meu pai, um modelo simples de pinho, é descido para o solo. Philip e Adam Mackenzie ajudaram a carregá-lo. Policiais jovens, velhos e aposentados compareceram em massa. Meu pai tinha muitos amigos. Fazia muito tempo que não estava na vida deles, mas todos vieram para se despedir pela última vez.

Dá para sentir os olhos do tio Philip em mim. Ele faz um gesto mínimo com a cabeça para mim, mas isso diz muita coisa. Ele estava do meu lado. Ele estará do meu lado.

Levei três tiros na residência Payne.

Teriam sido mais. Foi o que me disseram. Mas Matthew correu até mim. Quando os policiais viram isso, pararam de atirar. Passei por isso tudo desacordado.

À minha direita, sinto uma mãozinha se encaixar na minha. É reconfortante. Eu me viro e sorrio para Matthew. Olho para Rachel, que está do outro lado do meu filho, segurando a mão dele. Ela me dá um sorrisinho, e meu peito se aquece. Olho nos olhos dela e indico que estou bem.

Meu pai ficou doente por muito tempo. Ele estava mais do que pronto para ir embora. Acho que ele só resistiu por tempo suficiente para me ver inocentado – e ver o neto de novo.

Não tenho palavras para expressar minha gratidão por isso.

Todos baixamos a cabeça para o Kadish. Sou o primeiro da fila para jogar a terra cerimonial no túmulo do meu pai. A tia Sophie é a segunda. Seguro no braço dela enquanto ela joga, mais para eu me equilibrar do que para lhe dar apoio. Passei dois meses internado e passei por seis cirurgias. Disseram que é provável que eu nunca mais ande sem bengala, mas vou fazer de tudo e mais um pouco na fisioterapia.

Eu gosto de desafiar o impossível. Acho que sou bom nisso.

Depois do velório, voltamos para a casa antiga em Revere para a shivá. Os fantasmas continuam lá, claro, mas parece que estão fazendo um silêncio respeitoso hoje. Nenhum de nós é religioso, mas o ritual nos consola. Amigos mandaram comida suficiente para encher um estádio. Eu me sento na cadeira baixa, de acordo com a tradição, e escuto histórias do meu pai. É um consolo.

Tia Sophie vai morar sozinha aqui, a partir de agora.

– Este bairro – disse ela. – É tudo que eu conheço.

Eu entendo, claro.

Quando a fila de condolências dá uma pausa, tia Sophie me cutuca no braço e aponta na direção de Rachel. Rachel está ajudando a preparar mais uma bandeja de sanduíches de carne moída.

– Então, você e Rachel…? – pergunta ela.

– Ainda está no começo – digo.

Tia Sophie sorri. Ela não quer nem saber.

– Não tanto. Fico muito feliz. Seu pai também ficou.

Engulo em seco e olho para a mulher que eu amo.

– Sou muito feliz com ela – digo para minha tia. E não sei se já fui tão sincero na vida.

O agente especial Max Bernstein está no final da fila com a parceira Sarah Jablonski. Os dois apertam a minha mão e oferecem os pêsames. Os olhos de Bernstein pulam pela sala toda.

– Não sei se este é o momento certo – diz Bernstein para mim.

– Para quê?

– Para te dar uma atualização.

Olho para a parceira dele e volto para ele.

– É o momento certo – digo.

Jablonski assume.

– Talvez a gente tenha uma pista da… da identidade da vítima.

O menininho na cama de Matthew. Olho para Bernstein.

– Tem um orfanato administrado pela família Payne no exterior – diz ele. – A gente só sabe disso, por enquanto.

– Mas vamos descobrir mais – acrescenta Jablonski.

Eu acredito. Mas não sei se vai bastar.

Demorou três meses para eu ser solto. Tanto Philip quanto Adam perderam o emprego. Ainda se fala de processar os dois e até Rachel por ajudar um criminoso. Também tem questões em relação aos dois "seguranças" em que eu atirei na residência Payne. Mas parece que nossa advogada, Hester Crimstein, acha que não vai dar em nada. Tomara que ela tenha razão.

Preciso esticar as pernas, especialmente a que foi baleada, então me levanto. Estou a ponto de ir para a cozinha, mas paro.

Nicky Fisher está no canto, de braços cruzados. Está olhando para mim.

Na noite anterior, Nicky veio do complexo na Flórida e apareceu aqui na casa em Revere. Ele me pediu para sair, para que pudéssemos conversar em particular na frente da casa. Meus dois amigos capangas estavam na calçada, parados ao lado de um SUV preto. Eles acenaram para mim. Retribuí o gesto.

Nicky Fisher olhou para o céu preto sem estrelas e disse:

– Sinto muito pelo seu velho.

– Obrigado.

– Me conte tudo, David. Não esconda nada.

E eu contei.

Você, assim como Nicky Fisher, provavelmente vai querer ouvir que tanto Gertrude quanto Hayden Payne estão na cadeia, cumprindo longas penas. Mas não estão. Depois que atiraram em mim, Max apareceu na residência. Tio Philip tinha confessado tudo a ele, e ele entendeu muita coisa. Isso ajudou. Ainda assim, quando fiquei estável, fui levado de volta para a enfermaria da Briggs. As rodas da justiça giram devagar. Como os Paynes haviam observado, não havia muitas provas de crimes cometidos por Hayden ou pela avó. Nenhum indício de que Hayden estava envolvido em nenhum assassinato nem sequestro além de, bom, estar com Matthew. Nenhum indício de que Gertrude Payne sabia de alguma coisa além do que Hayden lhe dissera quanto ao menino ser filho dele. Como o menino tinha ido parar com Hayden? Ele contou uma história de que a mãe seria uma atriz italiana. Sim, era tudo mentira. Algumas eram óbvias. Mas, quando se tem um time poderoso de advogados, juízes e políticos capazes de iludir os outros como ninguém, as tais rodas atolam.

O dinheiro pode fazer as rodas girarem. Também pode fazê-las pararem.

Expliquei isso tudo para Nicky Fisher na frente da casa ontem à noite. Nicky Fisher ouviu sem interromper. Quando terminei, ele falou:

– Isso não pode ficar assim.

– O quê?

– Eles se safarem.

Depois disso, Nicky Fisher se afastou da casa, e o SUV o levou embora.

E agora ele voltou. Nossos olhares se encontram, o do velho e o meu, e ele também acena com a cabeça para mim. Mas esse gesto é diferente do que o tio Philip fez. Esse provoca um calafrio na minha coluna, mas é um calafrio que pode ser bom ou ruim.

Vou supor que é bom para mim e ruim para os Paynes.

Abro caminho entre as outras pessoas, gesticulando com a cabeça, sorrindo, apertando mãos. Quando chego à cozinha, vejo Ronald Dreason, o marido de Cheryl, olhando pela janela dos fundos para meu antigo quintal. Paro ao lado dele.

– Você está bem? – pergunta Ronald.

Faço que sim.

– Obrigado por ter vindo.

– Imagina – diz ele.

Ficamos lado a lado, olhando pela janela da cozinha. Cheryl está lá. Está com Ellie, sua filha de 4 meses, no colo. Dou uma olhada de esguelha para Ronald, o pai cheio de orgulho, e o vejo sorrir para elas. Ele ama Cheryl. Fico feliz por isso também.

– Sua filha é linda – digo para ele.

– É. – Ronald está quase estourando. – É mesmo.

E ali, junto da mãe no meu antigo quintal, está Matthew.

É tudo novidade, mas, por enquanto, Cheryl e eu estamos dividindo a guarda do nosso filho. Ele passa uma semana com Cheryl e Ronald. Depois, passa uma semana comigo e com Rachel. Até agora, parece que está dando certo.

E como Matthew está?

Ele tem pesadelos, mas menos do que seria de se imaginar. Crianças são resilientes, ainda mais ele. Será que vai surgir algum efeito adverso de longo prazo? Todo mundo diz que é provável, mas sou mais otimista. Oito anos é uma idade curiosa. Ele já é grande o bastante para entender quase tudo. Não dá para mentir nem tentar maquiar o que aconteceu. Hayden tratou Matthew bem, graças a Deus, mas o menino passou a maior parte da vida sem pais em um internato chique na Suíça. Parece que ele sente mais saudade dos amigos e dos professores do que do homem que antes achava que era seu pai. Mas ele tem boas lembranças de Hayden. Ele me pergunta sobre isso, sobre como um homem que foi capaz de coisas tão malignas também podia ser gentil. Tento explicar que os seres humanos são mais complexos do que a gente sabe, mas é claro que não tenho uma resposta.

Agora fico vendo Cheryl entregar a pequena Ellie para o irmão.

Matthew ama a irmã. Ele a segura com cuidado, com carinho, como se ela fosse feita de vidro, mas o rosto dele brilha. Enquanto fico olhando para ele, meu filho lindo, sinto o braço de Rachel me envolver. Ela está ao meu lado, olhando também. Todos nós estamos, todo mundo se esforçando para viver juntos, e, talvez, em algum lugar, meu pai também esteja olhando.

agradecimentos

O AUTOR (QUE DE VEZ EM QUANDO gosta de falar de si mesmo na terceira pessoa) gostaria de agradecer às seguintes pessoas, sem nenhuma ordem especial: Ben Sevier, Michael Pietsch, Wes Miller, Kirsiah Depp, Beth de Guzman, Karen Kosztolnyik, Lauren Bello, Jonathan Valuckas, Matthew Ballast, Brian McLendon, Staci Burt, Andrew Duncan, Alexis Gilbert, Janine Perez, Joseph Benincase, Albert Tang, Liz Connor, Rena Kornbluh, Mari Okuda, Rick Ball, Selina Walker, Charlotte Bush, Becke Parker, Sarah Ridley, Glenn O'Neill, Mat Watterson, Richard Rowlands, Fred Friedman, Diane Discepolo, Charlotte Coben, Anne Armstrong-Coben, Lisa Erbach Vance, Cole Galvin e Robby Hull.

Aqui é a parte em que geralmente nós, escritores, destacamos que todos os erros são nossos, mas, ora, essas pessoas são as especialistas. Por que eu deveria levar a culpa toda?

Também queria mandar um alô para George Belbey, Kathy Corbera, Tom Florio, Lauren Ford, Hans Laaspere, Barb Matteson e Wayne Semsey. Essas pessoas (ou seus entes queridos) fizeram generosas contribuições para instituições de caridade escolhidas por mim em troca da inclusão de seus nomes neste livro. Se você quiser participar no futuro, escreva para giving@harlancoben.com.

CONHEÇA OS LIVROS DE HARLAN COBEN

Até o fim
A grande ilusão
Não fale com estranhos
Que falta você me faz
O inocente
Fique comigo
Desaparecido para sempre
Cilada
Confie em mim
Seis anos depois
Não conte a ninguém
Apenas um olhar
Não há segunda chance
Custe o que custar
O menino do bosque
Win
Silêncio na floresta
Identidades cruzadas
Eu vou te encontrar

COLEÇÃO MYRON BOLITAR

Quebra de confiança
Jogada mortal
Sem deixar rastros
O preço da vitória
Um passo em falso
Detalhe final
O medo mais profundo
A promessa
Quando ela se foi
Alta tensão
Volta para casa

editoraarqueiro.com.br